Kadokawa Fantastic Novels
魔王學院的不適任者 11
—MAOH GAKUIN NO FUTEKIGOUSHA—
～史上最強的魔王始祖，轉生就讀子孫們的學校～
作者 † 秋
Illustration † しずまよしのり

Keyword

MAOH GAKUIN NO FUTEKIGOUSHA

銀水聖海

位在世界的外側，包含無數「世界」的廣大領域。每個世界都有各自的階層，越是深層的世界，秩序會越發強盛，該世界的居民也會相對地強大。

火露

流動在「眾神的蒼穹」深處，將影響地上「根源」的常理變為肉眼可見的產物。是世界包含的力量本身，世界秩序的強度大致上等同火露的總量。

主神與元首

主神是統治一個世界秩序的神，元首則是獲主神選定為適合統治該世界的人。主神的誕生是認知到世界外側、防止火露洩露，並促使泡沫世界進化的關鍵。

泡沫世界

存在銀水聖海的世界裡，還未誕生主神且進化未達到足以認知到世界外側的世界。這些世界會持續不斷釋出火露，絕大多數都注定會就此消滅。

銀水學院帕布羅赫塔拉

位於銀水聖海，聚集各種世界居民的學院。泡沫世界所洩漏的火露，對任何世界來說都是為了增強力量而想要取得的資源，但世界之間的衝突經常會帶來毀滅性的災害。為了避免這種情況，這裡被建來舉辦較量秩序力量的「銀水序列戰」，並根據結果和平地分配火露。

魔王列車貝爾特克斯芬恩布萊姆

將艾庫艾斯和「命運齒輪」貝爾特克斯芬恩布萊姆為材料創造的希望水風車，更進一步地作為材料建造的列車。這輛列車繼承了主神艾庫艾斯所具備通往世界外側的力量，因此能在銀水聖海中奔馳。

Maoh Gakuin no Futekigousha

Characters introduction

【魔王學院】

阿諾斯・波魯迪戈烏多

泰然且狂妄，具備絕對的力量與自信，人稱「暴虐魔王」而恐懼的男人轉生後的姿態。

米夏・涅庫羅

阿諾斯的同學，沉默寡言且個性老實，是他轉生後最初交到的朋友。

莎夏・涅庫羅

充滿了自信且略帶攻擊性的少女，但很重視妹妹與夥伴，是米夏的雙胞胎姊姊。

艾蓮歐諾露・碧安卡

充滿母性、很會照顧人，是阿諾斯的部下之一。

潔西雅・碧安卡

由「根源母胎」產下的一萬名潔西雅當中最為年輕的個體。

安妮斯歐娜

在神界之門對面等待阿諾斯他們的神祕少女。

【七魔皇老】

阿諾斯兩千年前轉生前，用自己的血創造出來的七名魔族。

【阿諾斯粉絲社】

由醉心於阿諾斯並追隨著他的人員組成的愛與瘋狂的集團。

§ 序章　【～創術師之魂～】

兩千年前——

迪魯海德的最南端有一座名為多穆福魯斯的島嶼，生長著廣大的法西瑪群生林。

法西瑪是一種細長的樹木，具備一種自然的術式，枝葉能吸收毒素與瘴氣，經由樹幹過濾與淨化。此外，由法西瑪的葉片纖維製成的布料，與塗料和魔力的附著性極佳，常被用於製作魔彩顏料的畫布。其樹液十分適合作為顏料的原料，樹枝則是製作畫筆的理想材料。

因此，多穆福魯斯被視為繪畫聖地，吸引了許多同好者。而為了避免法西瑪群生林被魔族之間的內戰，或是和人類與精靈們的戰爭波及、燒燬，他們建立了保護島嶼的據點。

正在充滿清淨大氣的法西瑪樹蔭下面對畫布的男人，也是為了保護群生林而來到多穆福魯斯島的眾人之一。

他是創術師法里斯．諾因。閃閃動人的金髮梳理成藝術性的龐巴度髮型，穿著以米黃色為基調的寬鬆衣著。他那流暢的畫筆有如手腳一般精密，每當顏料落在畫布上，所到之處就會立刻附帶魔力。

只要他在空中畫出火焰，那道烈焰就會展翅燒盡一切；假如他在海上畫出陸地，應該就會立刻出現一座島嶼。法里斯擁有如此驚人的創造魔力，卻只是將其封在畫布之中。不論是強大的力量，還是洗鍊的魔法技術，全都不過是為了畫出理想畫作的副產品。那一張白色的空間，正是他的靈魂所在。

法里斯原本正全神貫注地揮舞著畫筆，卻忽然停了下來。他感覺到背後有一股氣息。

「打擾到你了嗎？」

法里斯轉過身，在那裡看到一名黑衣青年。奇妙的是，他看不見青年的臉。可能有某種魔法使得暗影籠罩他，掩蓋住青年的真實面貌與魔力。

「不會，我正好要休息了。」

「真是美麗的畫呢。」

青年走向前來，站在法里斯的正後方。畫布上畫著除去葉片的樹枝，是一幅抽象畫。枝幹分歧成無數，彷彿就要發出閃光一樣。

「在你的魔眼（眼睛）裡，這片群生林看起來是這個樣子啊。」

「你怎麼知道這是群生林？」

法里斯就像對青年的話語勾起興趣一般詢問。畫布上的畫也許看起來像樹木，但要解釋成樹林，規模又顯得有點小。儘管如此，青年還是一語道中法里斯所畫的內容。

「沒什麼，我只是追逐著你的視線罷了。你的魔眼（眼睛）打從方才就一直在俯瞰整片森林，而不是眼前的樹木。還真是有趣呢。」

法里斯能從暗影中稍微窺見青年的嘴角，所以知道他正在微笑。

「你覺得哪裡有趣？」

「儘管你窺看著這片群生林的深淵，畫出來的卻是這幅畫。也就是說，儘管你在窺看法西瑪的深淵，眼裡卻沒有深淵。」

法里斯大感佩服。青年說的一點也沒錯，他所畫的本質並不是樹木。

「相對地，你知道我在看著什麼嗎？」

「不知道。我對畫不太了解。」

「你要是猜中了，我就幫你畫一幅你想要的畫。」

「哦？」

這次青年露出興致勃勃的眼神。

「你不是這座島的魔族吧？除了創術師與畫家之外，會來到這裡的都是侵略者，要不然就是想要贊助我們的人。」

「這句話聽起來像在說我是個不速之客呢。」

「想要尋求我們創術師力量的人，全都懷著不像樣的野心。」

「說得還真是嚴厲啊。」

法里斯筆直注視著青年。雖然比方才還要接近，仍舊看不清他的長相。

創術師都具備超凡的魔眼。這是因為要精熟地操控創造魔法，能否看穿事物的本質至關重要。對於被譽為希世創術師的法里斯．諾因來說，光是無法看穿他的真實面貌，就證明他絕非尋常之輩。

法里斯將魔力集中在魔眼上，更為深入地窺看潛藏在暗影之下的根源。青年說：

「我想要一艘船。能在破壞的天空中飛翔的船。」

「你在開玩笑吧？沒有東西能在『破滅太陽』閃耀的天空下飛翔。不論拿出什麼樣的飛空城艦，翅膀都會立刻遭到燒燬，墜落於地。」

「除了一個例外。」

法里斯一臉凝重地回望青年。

「應該在這座島的地下吧。你花費了一百年的歲月繪製，即將要完成的飛空城艦傑里德黑布魯斯。」

青年這麼說之後，法里斯驚訝得啞口無言。在經過數秒的沉默後，他才終於開口說：

「……你從哪裡得知這件事的……？」

「我偶然聽到的。昨天，我偷偷潛入確認過了。」

法里斯的眼神變得嚴厲。他從未想過，有人竟然能夠偷偷闖入擁有卓越魔眼的創術師們的據點。

「……你打算拿來做什麼？」

「我要讓破壞神殞落。」

彷彿跟攻陷城池一樣理所當然，青年輕描淡寫地說出這句話。

「請你回去吧。」

青年背後傳來一道尖銳的聲響。與此同時，一群魔族從群生林的陰影中紛紛現身。他們全都跟法里斯一樣是創術師。

「你似乎有所誤解，他的傑里德黑布魯斯並非兵器，而是作品。」

一名中年男子——范說道。創術師與畫家們在這座島上組成一個組織——多穆福魯斯工房，他是那裡的主人。

「我知道。」

「視條件，我們有時也會提供協助。如果你希望我們創建一艘船，我們也不是不會考慮。然而，作品是創術師的靈魂。」

「我正是要你們出售那份靈魂。」

青年這句話，使得創術師們回以銳利的目光。他們全都畫出魔法陣，握住顯現出來的魔筆。能在他們的魔眼（眼睛）裡窺見明確的敵意。

「你獨自闖入島上，還口出狂言，想必是個強大的魔族吧。不過，多穆福魯斯工房不會出賣靈魂。我們即使竭盡全力，也要把你趕回去。」

他們以筆尖畫出「創造建築」的術式（arisu）。只要青年一有什麼動作，他們或許就會一齊展開攻擊。

「請住手，范大師。」

法里斯的臉上明顯帶著焦慮說。

「別擔心，這裡是我們的聖域。假如他想擅自踐踏，我們絕對不會坐視不管。」

范以畫筆畫出魔法陣。就在青年緩緩動了動指尖的瞬間，范施展了「創造建築」的魔法。然而，魔法並沒有發動。

范畫出的魔法陣，遭到純白顏料所覆蓋。法里斯的畫筆在瞬間塗抹掉了「創造建築」的術式。

「請住手，范大師。倘若輕易開戰，這座聖地將會沉沒。」

「……他是如此強大的對手嗎？」

范詢問。法里斯靜靜地向他說：

「是頹廢之美在散發香氣吧。是故不見其形，因此更加濃郁。」

「什麼……！」

范啞口無言。他理解了法里斯的言外之意。

「……難不成是打倒了魔導王波米拉斯，據傳正在逐漸掌控迪魯海德的……那位魔王阿諾斯嗎……？」

大概是看穿暗影的另一側，法里斯以自信滿滿的語調說：

「對吧？」

「真是了不起的魔眼。雖說不能讓眾神察覺到我的存在，不過不展現真實身分，是我失禮了。」

纏繞在阿諾斯身上的暗影消失，展露出他的身姿。突然間，創術師們顫抖不已。簡直就像自己的身體不聽使喚，擅自感覺到畏懼。擁有卓越魔眼的他們就像能窺看到他深淵的模樣，理解到他的魔力有多龐大，無須交戰就已經感受到他的恐怖。他們彎曲膝蓋，看起來就要跪倒下來的樣子。

哪怕是范大師，也光是要站著就竭盡全力。唯一能正常行動的，就只有法里斯一人。

「請隨意將此身帶到任意地方。我會將生命奉獻給您，魔王阿諾斯。只不過，我怎麼樣都不會出賣這個工作室與靈魂。」

「要是我不允許呢？」

「我的畫筆與我的靈魂，都要我追求美麗。縱使您確實擁有玷汙它們的力量，遭到玷汙的靈魂只會凋零。」

法里斯以毫無迷惘的眼神注視著阿諾斯。他想必十分清楚，倘若惹怒魔王，就連尊嚴也會被澈底踐踏。即使如此，他還是有無法退讓的事物。

「唔嗯。」

阿諾斯將視線從法里斯身上移開，看著他正在作畫的畫布。

「真是美麗的畫。這是存在你內心深淵裡的法西瑪群生林吧。你所看的是樹，卻不是樹。因此將與實物不同的東西，像這樣畫了出來。」

法里斯默默聆聽魔王的話語。性命或許會在下一瞬間被奪走的緊張感瀰漫全場。

「雖然我不懂畫，並不是不明白你的想法。這是願望。吸收毒素並加以淨化的法西瑪群生林。你將希望能除去在這世上蔓延的戰爭之毒，盼望清淨的時代能夠到來的願望，寄託在這幅畫上了。」

阿諾斯看向法里斯。

「——能讓你不用再畫這種畫的時代。」

法里斯毫無迷惘的眼神被驚愕所取代。他從未想過，甚至被稱為暴虐魔王的這個男人，居然能看穿自己的內心深處。

「我說錯了嗎？」

「……沒有。」

縱使法里斯感到困惑，他還是回答：

「您說的沒錯。」

「那就依照約定，幫我畫一幅畫吧。」

阿諾斯說：

「一幅無比和平，你真正想畫的那幅畫。」

法里斯受到雷擊般的衝擊。

他心想，也許他曾經認為那個持續等待也永遠不會到來的那個瞬間，即使如此還是希冀的那個機會，現在或許終於到來了。

法里斯斟酌字句慎重地說：

「……我的畫，要想像與現實同時存在才得以完成。我能想像得出和平的景象，可是我從未看過真正的和平……」

他無法畫出和平的畫。儘管一直渴望畫出這樣的畫，卻是無法實現的願望——他曾經這麼認為。

「正因為如此，我要讓破壞神殞落。只要那個神不在了，許多人就能夠繼續活下去。我要斬斷仇恨的連鎖，然後——」

魔王堂堂正正地說：

「結束這場大戰。」

他作夢也沒有想過這種事。因為這是任何人都辦不到的事情。

「……您是認真的嗎？」

阿諾斯正面承受詢問的視線。他的眼神毫無動搖，泰然自若。

「法里斯，我要買下你的靈魂。我不會要你白白給我，我給你和平當作代價。」

淚水從法里斯的眼中滑落。他就這樣跪在那裡，向阿諾斯低下頭。雖然他是惡名昭彰的魔王阿諾斯，法里斯卻一點也不懷疑他。

他一直在畫法西瑪群生林。唯一能理解其真意的，自始至終只有他一個人。

在紛爭不斷的神話時代，魔族即使會在消滅敵人後氣勢大漲，然而不論是誰，都絕口不提「和平」二字。所有人都已經放棄，認為戰爭不會結束，也不可能會結束。不對，他們豈只放棄了，甚至連想都不會去想，全都認為戰爭是很平常的事。

他第一次遇到能理解自己的知音。法里斯想要畫出那個人所渴望的畫。作為一名創術師，這無疑是他最大的動機。

「我必定為魔王陛下獻上和平的畫作。」

在他宣誓後不久，法里斯與多穆福魯斯工房就漸漸明白，這位魔王是真心想要實現他所說的和平宏願。他要讓破壞神殞落，減少從世界上消逝的生命數量，然後要與創造神、大精靈和勇者們攜手合作，踏上和解的道路。

法里斯全心投入創造飛空城艦傑里德黑布魯斯一事。隨著這艘船接近完成，阿諾斯的計畫也進展得十分順利。

不久後——讓破壞神殞落的絕佳機會到來。在來到多穆福魯斯島的阿諾斯面前，是一艘具備無數的砲門與強韌的翅膀，甚至能在破壞的天空中自由翱翔的飛空城艦。

「……陛下，不知您是否滿意？」

「真是傑出的成果。」

阿諾斯窺看飛空城艦傑里德黑布魯斯的深淵說出評語。

「不過，有一點讓我很在意。」

阿諾斯指向飛空城艦的前方。看到他所指的位置，法里斯露出苦惱的表情。

「……您是指那幅畫嗎？」

「沒錯。」

在連結無數術式、供應著魔力的一點上，畫著一幅法西瑪群生林的畫作。假如在那裡刻下妥當的術式，就能稍微提升傑里德黑布魯斯的性能。要在破壞的天空中飛行，即使是傑里德黑布魯斯也是一項極大的挑戰。雖然法里斯最好將船的性能提升到極限，與此同時，他也有無法退讓的事物。

飛空城艦傑里德黑布魯斯並非兵器，而是作品。他確實裝上了砲門，也強化了外壁。然而，他的信念無論如何都無法容許醜陋的術式刻在上頭。縱使明白這樣作為兵器並不完全，他還是決定保留原狀。

如今他已經加入魔王軍，因此這應該是相當天真的想法。即使如此，他也是一名創術師。要是玷汙了靈魂，就無法進行戰鬥。要和他一同前往的部下們，全都體諒了他的這種心情，甚至願意為此賭上性命。

可是，對於想要實現和平宏願的魔王來說，這是個無法忽視的錯誤——法里斯這麼想。魔王應該會下令要他修正。然而，只要法里斯還有一口氣在，他就絕對不會讓人修正。傑里德黑布魯斯這樣就已經完成了。

他已作好受罰的心理準備。既然傑里德黑布魯斯已經完成到這種程度，他死後應該也能簡單做一些細微的調整。縱使無法畫出和平的畫作，他相信魔王一定能為人們帶來和平。這是他們創術師的夙願。法里斯心想，這是沒辦法的事。

「真是差勁的畫。想來是作畫時，分心想著一些不必要的事吧。」

法里斯不禁瞪圓眼睛。

「給我重畫一遍。這次要畫得美一點。」

他啞口無言，只能默默注視著主君的臉龐。

「我可無法將性命託付在醜陋的船上。只要覺得不能飛，就連鳥也飛不起來。」

法里斯屈膝跪下，深深地向他磕頭。

「期限到明早為止，聽到了吧？」

「是的，陛下。」

此時法里斯再度發誓。

不論如何，他都必定為這名主君畫出一幅和平的畫作。

§1 【和平的破壞神】

早晨——

當我差不多該起床而睜開眼睛時，與一雙碧眼對上了眼。小腦袋就像嚇到似的微微一顫，金色的雙馬尾觸碰著我的臉頰。臉頰緋紅的那名少女——莎夏．涅庫羅，整個人僵在那裡說不出話來。

「早。」

陽光從窗外灑落進來。房門敞開，門外飄來香醇的麵包香氣。是媽媽在準備早餐吧。

我躺在床上問候眼前的少女。

「……早……早安……」

莎夏以半彎腰的姿勢窺看我的臉，生硬地打著招呼。她或許正打算做些什麼，她的手微微抬起，僵住在不上不下的地方。

「妳今天難得起得這麼早呢。」

「……嗯，是啊。雖然早上爬不起來，但晚上就不會，只要不睡的話就沒問題……」

莎夏一臉不知該怎麼解釋的表情說。

「妳在這裡等我起床嗎？真有耐心呢。」

我這麼說完，莎夏的臉就變得越來越紅。

「……不、不、不是的！我晚上待在家裡，好好等到早上才過來。也有向伯母打過招呼！是真的！」

「妳在解釋什麼？」

莎夏一時語塞，從我身上別開視線。

「就憑妳我的交情，就算半夜悄悄溜進我房間裡，我也不會責怪妳。」

「那個……」

莎夏儘管困惑，還是擠出話語說：

「……也就是說，我、我可以來嗎？」

「當然。」

面對她帶有期待的表情，我回以具備包容力的笑容。

「我不會擊退妳。」

「………………什麼？」

莎夏發出愚蠢的聲音。

「擊退是什麼意思啦？聽起來很危險耶……」

「就說我不會了。假如我在入睡時感知到陌生的魔力，會採取相應的處置，但我不會認錯妳的魔力。」

莎夏微微低著頭，就像在警戒一般思考。

「可是，要是你睡昏頭了呢？」

「咯哈哈，我又不是妳。妳難道以為魔王會睡昏頭嗎？」

當我笑著調侃她，莎夏就像安心地鬆了口氣。

「頂多只有一次，我將來人誤認成加隆，把迪魯海德化為一片焦土罷了。」

「你這樣也睡昏得太離譜了吧！」

莎夏在我耳邊大聲咆哮。

「就這一次。當時碰巧有許多不利因素同時湊在一起。」

「誰受得了自己的國家因為不利因素而變成一片焦土啊。」

「別擔心，假如是現在的妳，應該能輕鬆擋下我睡昏頭發出的魔法。」

「雖然是這樣沒錯啦……」

「能安心睡昏頭了。」

「這樣誰受得了啊！」

莎夏再次在我耳邊大聲咆哮。

「唔嗯，妳的聲音還是一樣氣勢十足，我完全清醒了。」

我緩緩站起身，在腳邊畫出魔法陣。當魔法陣升到頭上後，我穿著的睡衣就變成魔王學院的制服了。

「能請你不要把別人的聲音當成鬧鐘來用嗎？」

莎夏這樣抱怨。

「所以呢？妳有什麼事嗎？」

「咦……？」

「妳特地等我起床吧？難道不是有事找我嗎？」

「啊，嗯。呃、呃……這個嘛……」

莎夏一臉困窘，視線四處游移。一副完全沒想過我會這麼問的樣子。

「破壞之子整晚都看著哥哥的睡臉。」

「啥！」

伴隨著輕快的腳步聲，一名金色眼瞳的少女現身。她的白銀色秀髮剪齊至領口位置，而且肌膚比銀髮還要白皙，渾身散發一種透明的氣息。她是我的妹妹亞露卡娜。

「一直帶著微笑看著哥哥，好像永遠不會厭倦一樣。」

「哦？」

我看向莎夏。

「我、我才沒有！等等，亞露卡娜！妳在胡說些什麼啦！我早上才過來，而且也有好好向妳打招呼不是嗎！」

莎夏快步衝向亞露卡娜。

「別這麼激動。」

我從背後抓住莎夏的頭，輕輕壓住她。

「唔……可是……」

「破壞之子，我……」

亞露卡娜面無表情地說：

「我大概想要開玩笑。」

「啥？」

「哥哥和爸爸、媽媽開玩笑的時候，破壞之子會開始所謂的吐槽，使得笑聲洋溢。我或許對此感到羨慕。可是，對我來說，這還是一面高牆。」

相對於一臉嚴肅的亞露卡娜，莎夏露出傻眼般的表情。

「倘若是這樣，妳應該要先說啊。」

「要是先說的話，還算得上是開玩笑嗎？」

「這要說的話，妳不說清楚才會讓人笑不出來啦。」

亞露卡娜表情凝重地垂下眼簾。

「牆壁果然高聳……」

「妳不需要這麼在意吧？說到底，伯父和伯母只是在正常地講話而已。就連阿諾斯，也只是在開玩笑一樣地認真說話。」

莎夏冷冷地盯著我。彷彿在說我們全家打從平時就一直在裝傻等人吐槽。

「如果平時就是那樣，開起玩笑來會變得更厲害吧？」

「那、那個……我不是在說本以為是『獄炎殲滅砲』，但其實是『火炎』的情況……」

「你在當然什麼啦！能請你不要打斷我說話嗎？」

「當然。」

莎夏立刻吐槽我的玩笑話。

「就如妳所見，亞露卡娜，妳就放心吧。她是破壞神，不論怎麼微不足道的笑話也絕不會放過，然後會將其破壞。」

「你在講什麼啊！大抵來說，要是破壞了笑話，那豈不就冷場了……」

莎夏這樣抱怨。

「莎夏，妳還不明白嗎？妳要破壞的不是笑話，而是腹肌與臉。也就是說，妳要毀滅腹肌，讓大家露出笑容。這就是在這個和平的世界裡，賦予破壞神的使命。」

「我還是第一次聽說耶！」

莎夏大叫。我則一臉若無其事地說：

「妳看，莎夏。這樣世界就會更加和平喔。」

「你剛剛才想到的吧！絕對只是把剛剛才想到的事情隨口說出來吧？」

「也就是說，破壞神掌管笑容嗎？」

亞露卡娜問。

我從容不迫地點了點頭。

「想裝傻就儘管裝傻吧，亞露卡娜。不論妳的言詞有多麼笨拙，說的笑話讓人笑不出來，腹肌的破壞神也會將其化為歡笑。」

「等、等等！這種事——」

莎夏就像在說她辦不到一樣大叫。

「腹肌之子，我乃背理裝傻，不順從之藝人。」

「妳有要讓我笑的意思嗎！」

亞露卡娜愣了一下。

「……讓妳笑的意思？」

「能請妳不要愣住嗎……」

「我大概想要說笑話，只是可能沒有想讓人笑的意思。」

「用這種心情說笑話，就算說了也讓人笑不出來啦。」

「腹肌之子對笑話好嚴格。」

亞露卡娜悲傷地垂下頭。

「真、真是夠了。不要那麼沮喪啦。沒問題的。只是要說玩笑話，並不是這麼困難的事，就讓我們一起來想吧。」

唔嗯，不管怎麼說，她還是很會照顧人。

「可以嗎？」

亞露卡娜就像在打量她的臉色一般問，莎夏則以笑容回應她說：

「不用跟我客氣喲。妳喜歡什麼樣的笑話？」

「我不太清楚自己的心情。不過……我大概……一定——」

她一面深思一面說：

「想要一個一句話就能讓大家爆笑的看家笑話吧。」

「明明是初學者，期望未免太高了吧！」

此時耳邊傳來「呵呵」的笑聲。轉頭看去，就看到米夏站在門旁。窗外吹進的風輕輕拂動她那頭白金色的側髮，使得柔順的秀髮看起來更為飄逸。

她的藍色眼瞳正笑瞇瞇地看著這裡。

「亞露卡娜真有趣。」

「是這樣嗎？」

「嗯。」

米夏點了點頭後，亞露卡娜的表情就微微放鬆。

「成功了。這應該都是多虧腹肌之子吧。」

「如果想道謝，就別再叫我腹肌之子了……」

「抱歉，看家笑話之子。」

「妳是笨蛋嗎！」

如此和平的早晨，讓我發出咯咯笑聲。

「要吃早餐了嗎？」

「嗯，伯母說快準備好了。」

米夏這樣回答。

「那就走吧。」

我們離開房間，下到一樓去。

§2　【媽媽的石窯與爸爸的助言】

「早安，小諾！」

一進到廚房，媽媽就轉頭看向我。她雙手戴著連指手套，露出滿面的笑容端著擺滿小麥麵包的鐵盤。廚房散發著麵包剛出爐的美味香氣。

「早安。」

「我今天試用了小米幫我新造的石窯呢。能裝得下很多料理，幫了媽媽很大的忙喲。」

「哦～是什麼時候造的啊？難怪覺得有點陌生——」

莎夏不經意地看向廚房的石窯突然中斷話語，然後轉頭又再看了一眼。接著她伸手扶額，露出有不好預感的表情。

「……喂，那個該不會是？」

「艾庫艾斯窯。」

米夏平靜地回答。這是將過去曾是世界齒輪的艾庫艾斯解體，再重新構築後創造出來的石窯。

「這、這沒問題吧？」

「別擔心，他以前的力量已經一點也不剩了。這是一個以絕望為燃料，烘烤出希望麵包的石窯。越是使用，世界就越會充滿希望。」

不過，這並沒有那麼戲劇性的效果，就只是一股微薄之力。可是只要持之以恆，總有一天應該能化為巨大的希望。

「安心安全。」

米夏一這麼說，莎夏便當場鬆了口氣。

「那就好。但我還真沒想到，你們竟然會把他弄成給伯母使用的石窯——」

『咕、嘰嘰……』

廚房響起的聲音，使得莎夏露出困惑的表情。

「喂，剛剛是不是聽到了什麼聲音……？」

「看來還保留一點以前的意識呢。不過，他終究只是齒輪，只要繼續一直烤麵包，他就會明白自己的角色了吧。」

「就算我退一百步當作是這樣好了，這種石窯，伯母也會感到噁心，不想使用吧……？大抵來說——」

媽媽正要關上艾庫艾斯窯的蓋子，應該已經熄滅的窯火就猛烈地燃燒起來。

『就這麼一點——』

艾庫艾斯窯傳來聲音。

『就讓我烤這麼一點麵包，你以為就能讓我化為希望嗎？』

「哎呀！哎呀哎呀哎呀！」

媽媽發出高亢的聲音，一臉笑吟吟的模樣。

「呵呵呵～小艾艾還真是勤勞呢。就這麼一點麵包才不夠你烤吧！可是你別擔心，我早就知道你會這麼說了。」

媽媽將放在角落的鐵盤端來，上頭擺著數個已經捏好形狀的麵團。

「鏘鏘～我已經準備好大量的麵團了！」

『不、不對……！我並不是在指麵包烤得不夠嘎咳咳喔喔喔喔……！』

鐵盤不斷被塞進石窯中，艾庫艾斯發出痛苦的聲音。

「要大量地烤，帶來大量的和平喲，小艾艾。」

『給我記住，女人！這座石窯的火總有一天會化為絕望的火焰，將一切燃燒殆盡！』

「哎呀！哎呀哎呀哎呀！」

媽媽再次露出滿面的笑容。

「居然鬧起彆扭來了。放心吧，我已經好好記住小艾艾說過想要烤很多料理的要求喲！因為今天早上有很多客人，所以還有焗烤料理、蔬菜料理、肉料理和魚料理要烤呢！」

媽媽動作輕快地端來新的鐵盤。

「呵呵呵～要將這麼多料理統統烤完喲。」

『不、不對——……！我不是這個意思……！』

「好啦、好啦，別跟我客氣。媽媽很高興多了一個能聊天的對象呢。有小艾艾在，我就能做許多料理了呢！」

媽媽動作熟練地將鐵盤一個接一個地塞進石窯裡。

『咕唔唔唔……啊啊……絕望……在燃燒啊啊啊——』

「太好了呢。要開心地烤喲。」

媽媽一臉笑吟吟的模樣。在沉重地關上蓋子後，艾庫艾斯的聲音就消失了。

「所以，莎夏，妳剛剛想要說什麼嗎？」

「……安心安全呢……」

米夏在一旁頻頻點頭。

「小諾，不好意思喔，還需要一點時間才會烤好，你能先在那邊稍等一下嗎？」

「沒問題。」

我們移步到跟廚房相連的客廳。

「咦？話說回來，亞露卡娜去哪兒了？」

莎夏稍微環顧一下附近。

「在工作室那邊吧。因為這邊要是太熱鬧，爸爸會感到寂寞嘛。雖然他說有個交貨日期很近的工作要趕，但是沒辦法丟著他不管。」

我邊說邊坐在椅子上。米夏把臉靠向莎夏，在她耳邊低語說：

「成功了？」

莎夏有點臉紅地低下頭。

「反正我又沒有特別想要做……」

米夏直眨了兩下眼。

「發生什麼事了？」

「有點太遲了……或者說時機不好。就只是這樣。」

米夏把手輕輕放在莎夏的頭上，溫柔地撫摸她。

「好乖、好乖。」

「我才沒放在心上呢。」

莎夏輕描淡寫地說，看起來又有點在逞強的樣子。

「唔嗯，妳們在說什麼事？」

「……沒、沒事啦……那個……什麼也沒有。」

她吞吞吐吐地別開視線，往斜下方看去。米夏說：

「莎夏想叫阿諾斯起床。」

「啊——！啊啊啊啊——！啊啊啊——！」

莎夏驚慌失措地用手摀住米夏的嘴。

「什、什麼事都沒有……！」

「這樣啊。」

我一臉認真地看向莎夏。

「就說不是了！米夏不是偶爾會來叫阿諾斯起床嗎？我則因為早上爬不起來，所以從來沒有叫你起床過。我隨口提到這件事之後，米夏就建議我今天來叫你起床。然後既然她都說到這個分上了，我也不好意思拒絕，所以才……」

莎夏急忙解釋起來，但我一看向她的臉，她就當場語塞，再度一臉困窘地別開視線。

「所以說，就只是這樣而已……」

仍被莎夏捂著嘴巴的米夏眨了眨眼。

「所以妳才會熬夜等到早上啊。」

「所、所以說，有一半是米夏不好啦！」

米夏一臉困惑地微歪著頭。莎夏強行將她的頭扶正，用手讓她微微點頭。米夏一臉困惑地再度眨了眨眼。

「她、她說什麼下次輪到我了，還不讓我睡覺……所以，就只是因為這樣……」

「唔嗯，然而我在被叫醒之前先自己醒來了，所以妳才會這麼失望啊？」

「……我、我才沒有失望呢……說到底，是米夏要我做，所以我才會做……我其實怎麼樣都好……」

「那我就不放在心上了。」

莎夏把額頭靠在米夏的肩膀上。

「我懂！」

忽然響起一道宏亮的聲音。

「我懂，爸爸我懂啊。不論是小莎的心情——」

他發出將重點放在男人味上的低音。

「還是阿諾斯的心情。」

轉頭看去，可以看見爸爸帶著一反常態的溫柔表情走來。

「還真好啊，這就是青春吧。不過，看在爸爸眼中，你們兩人可能有點太過耀眼了呢。哈哈！」

爸爸剛好站在逆光的位置上。假如直視朝陽，那樣確實會感到很耀眼沒錯。

「那個啊，這也許是爸爸多管閒事，但就我的經驗來說，你們兩個或許再稍微坦率一點比較好。不然的話，將來也許會後悔喲。」

「唔嗯，我們看起來很不坦率嗎？」

爸爸以理解的眼神點頭說：

「因為阿諾斯是魔王嘛。所以你有時候會在不知不覺中壓抑自己不是嗎？唉，所謂的立場就是這種東西呢。」

「哦？」

「不過，爸爸知道真正的你並不是這樣。」

唔嗯，我真正的心情嗎？的確，人的心境確實會受到環境與際遇左右。也就是說，爸爸能明白我還未能真正體會到和平的心情嗎？

「當然，跟拯救世界的暴虐魔王相比，爸爸沒什麼了不起。即使如此，我也還是你的爸爸。長久以來，我一直都關注著你，我自認為能理解你的心情。」

爸爸以莫名豁達的表情說。這讓我將那個時候——兩千年前的父親身影與他重疊。

「首先第一點，我想如果是阿諾斯，應該會覺得小莎很可憐，想在近期內幫她實現願望不是嗎？」

聞言，莎夏就像詢問似的朝我看來。我回以微笑後說：

「好啦，會是怎麼樣呢？」

「然後要是實現了小莎的願望，這次阿諾斯就會覺得熬夜等待的小米很可憐。」

爸爸擺出裝模作樣的表情，就像要貫穿我一樣指著我。米夏困惑地微歪著頭。

「為什麼會提到米夏？」

「我懂。爸爸都懂喔。」

爸爸把臉靠到我耳邊，就像在說悄悄話一樣地說：

「自古英雄多好色。」

爸爸向我眨了眨眼。

「爸爸覺得你可以不用再忍了。當然，人必須考慮到社會觀感和種種因素，爸爸也思考了很多喲。可是到頭來，最重要的還是你的幸福。爸爸會挺你，永遠都會。所以你不要再糾結細枝末節，下次就別讓其中一方等待，成為夜晚的暴虐魔王，同時救贖她們兩人吧。」

他用力拍打我的背，將充滿包容力的臉靠過來。

「要重視你真正的心情啊。」

爸爸啊，你快去工作吧。

§3　【新世界的學院生活】

德魯佐蓋多魔王學院——

當我們走在走廊上時，忽然聽到一陣熱鬧的談話聲。在不經意地將魔眼（視線）望去後，發現在第二訓練場裡，黑制服與白制服的學生們正圍成一個圓圈。

「——話說回來啊，都發生世界轉生這種莫名其妙的事情了，難道就不能再停課個半年左右嗎？」

「就是說啊。世界瀕臨毀滅也才幾天前的事，就算給我們這些拚命戰鬥的人一點慰勞也不為過吧。」

「老實說，我不論休息再久都消除不了疲勞。說真的，我們是不是死過頭了啊？」

「我懂、我懂。我也是早上完全爬不起來，感覺就像整個人一直被拖在彼岸對吧。」

「是『復活』（ingaru）用得太差了嗎？對了！能不能拜託阿諾斯大人，讓白制服學生全體一起休假啊？」

「啊～這主意不錯呢。假如拜託愛蓮她們去說，或許意外地可行喔？」

「喂喂喂，為什麼只有白制服啊？我們黑制服也想休假啊。」

「咦～可是你看啊，我們白制服這麼柔弱～你們黑制服可是完全繼承了始祖之血，恢復力超群呢。」

「才沒關係咧！皇族和恢復力一點因果關係也沒有！」

「啊～你在批判皇族。」

「我要去向老師告狀。」

「歧視是不好的吧！」

教室內爆出哄堂大笑。

「不過，能變得和平真是太好了呢。」

「你怎麼啦？突然變得這麼感慨？」

「不是，畢竟你看嘛。仔細想想，我們至今以來的學院生活，絕對過得太艱苦了吧？」

「去亞傑希翁時，我們遭到人類士兵們監禁，演變成了戰爭。然後才剛有神當上我們的教師，接著就要遠征阿哈魯特海倫。」

「在地底則遇到天蓋墜落下來，然後還得和兩千年前的什麼魔導王交戰，到最後還得跟神打仗呢。」

「我真的以為自己死定了。或者說，我已經死了十次了。」

「贏了。我是十一次。」

「我沒在跟你比輸贏啦……」

「這些全都是因為阿諾斯大人一會兒是學生，一會兒是教師導致的。可是既然現在變得和平了，他怎麼說都不會再來魔王學院了吧？」

「這樣我們就不用再次經歷那種地獄般的課程了呢！」

「是啊，我們也能告別灰色的青春了！」

「再會了，魔王大人！請保重，暴虐的日子！」

「歡迎回來，玫瑰色的青春！初次見面，陽光明媚的學院生活！」

「喀答」一聲，我打開教室門。才剛踏進教室裡，黑制服的學生們就以驚恐僵硬的表情朝我看來。

「……啊……呃……噫、噫──……！」

「魔……魔、魔王……阿、阿、阿諾斯大人……」

「為……為什麼……會……在這裡……？」

「……唔……喔……真、真是非……非常抱歉……啊……呃呃……」

儘管都發出牙齒不停打顫的聲響，教室內還是到處都傳來極度驚慌的聲音。我回頭看向在門口露出傻眼表情的莎夏。

「怎麼了，莎夏？妳為什麼要佇立在那裡？」

由於莎夏擋在門前，米夏和亞露卡娜都無法進來。

「只是覺得你等一下再進來不就好了？這不是把他們都嚇壞了嗎？」

莎夏嘆著氣走進教室，身後跟著米夏與亞露卡娜。

「唔嗯。」

如今和兩千年前不同，並不是時時需要戒備的狀況。就算稍微放縱一點，我也不可能責怪他們。

「唉，別這麼緊張。即使稍微放縱了一點，難道你們以為我就會生氣嗎？我不會忘記你們為了迪魯海德挺身奮戰的功績。」

我向那些怕得渾身顫抖的學生們說。

「……功、功績……」

「這樣就抵消了……」

「要是下次再犯錯……」

「斬立決！」

他們全都露出像是被推落恐怖深淵一樣的表情倒抽一口氣。

「咯哈哈，你們在誤會什麼？你們愉快的談笑聲非常舒服，這種和平的聲響讓我感到心曠神怡。」

當我像這樣朝他們溫柔地微笑之後，他們的身體僵硬得比剛才還要厲害了。

「……會……會比死還要悽慘……」

「我會毀滅嗎……」

「不、不對！阿諾斯大人可是連過去曾經支配世界的齒輪集合神，都改造成水車小屋的人啊……」

「也就是說……」

「會比毀滅還要悽慘……」

黑制服的學生們吞了一口口水。看這樣子，我的用詞可能有些過時了。為了避免誤會，我就再說得直接一點吧。

「別擺出這種表情來。我很溫柔，懂了嗎？」

「是、是的。」

「您說的一點也沒錯。」

「在這世上沒有比阿諾斯大人還要溫柔的人了。」

「那就笑吧。就像方才一樣。」

「哈、哈哈……」黑制服的學生們發出笑聲。可是，總覺得他們的笑容有些僵硬。

「怎麼了嗎？別跟我客氣，快笑啊。還是說，在我面前就笑不出來了嗎？」

「不、不是的。才沒有這種事……哈、哈哈哈哈哈哈哈哈！」

「阿諾斯大人萬歲！迪魯海德萬歲！哈哈哈哈哈哈哈哈！」

「和平真美好呢——！魔族真是棒啊——！哈哈哈哈！」

學生們極為熱烈地大笑起來。

「唔嗯……算了，就先這樣吧。莎夏，妳覺得怎樣？」

「完全就是獨裁國家的景象呢……」

她傻眼的目光直直注視著我。

「阿諾斯大人。」

八名穿著白制服的學生聚集到我的座位旁。她們是阿諾斯粉絲社的愛蓮等人。

「您今天要來上課嗎？」

「難道說今後也會一直來上課嗎？」

她們朝我望來期待的眼神。

「這次是有特殊的原因。雖然不是我要上臺講課，今天的授課內容我還是在場會比較好的樣子。」

「原來如此！」

「不過，能和您一起上課，我們真的很高興！」

潔西卡與麥雅說。

「聖歌隊的公務還好吧？妳們還有許多事情需要學習，假如會影響到學業，需要我幫妳們安排調整嗎？」

「不，我們沒問題！謝謝您的關心。」

「我們會同時兼顧好課業與公務！」

兩人立正站好這樣回答我。

「那就好好努力吧。」

「「「遵命，阿諾斯大人！」」」

她們在齊聲答覆後，就踏著輕快的腳步回到自己的座位上。

「該怎麼辦、該怎麼辦！意外地得到了阿諾斯大人的勉勵耶！」

「要不要將今天訂為『在平凡日子裡受到阿諾斯大人關心的勉勵紀念日』啊？」

「我贊成！能在平凡的日子裡受到勉勵，就像意味著阿諾斯大人每天都在為我們加油一樣呢！」

「倘若每天都被勉勵，粉絲社的活動就能進行得更加順利喔喔喔！」

「這時不是應該要在課業與公務上努力嗎！」

她們一面興奮地尖叫，一面非常熱烈地討論起來。

「真熱鬧呢。」

雷伊與米莎走進教室，來到我的座位旁。

「她們要是沒精神的話，反而會讓人擔心。」

「哈哈哈……考慮到愛蓮她們的個性，如果放任不管，感覺好像會永無止盡地吵鬧下去，讓人有點擔心……」

粉絲社的少女們紛紛模仿著我說：「那就好好努力吧。」米莎有點不安地看著她們。

「不過，她們作為魔王聖歌隊表現得很出色。比起我來，她們要來得了不起多了呢。」

「妳在自卑什麼？倘若妳想要，我可以幫妳安排適合的工作。一個只有妳才能做到的重責大任。」

「咦？不是。我、我不行啦！我還需要再多學習一點……」

米莎連忙揮手婉拒我的提議。

「但我不認為妳在學院能學到多少東西喔？」

「如果是知識或魔法技術，我只要變身成真體就足夠。可是，我至今一直在進行統一派的活動，如今這個目標也已經幾乎達成了……」

由於皇族與混血之分，迪魯海德長久以來一直處於分裂狀態。當然，現在也無法斷言已經完全統一，沒有留下任何問題；然而就像方才看到白制服與黑制服的學生們在談笑一樣，雙方之間的隔閡正在逐漸消失。至少，會讓混血無法與親人相認的制度已經全部廢止，她的夙願已經可以說幾乎實現了。

「所以，今後我想去尋找新的夢想——屬於我的夢想。」

「這樣啊。」

她不論處在什麼樣的情況下，都會確實地向前邁進，肯定能找到一個美好的夢想吧。

「你今後打算做什麼呢？」

雷伊在前排坐下後，轉頭過來詢問。

「我有一些想法，今天的課程也跟此事有關。有空的話，你也來幫忙吧。」

「好啊。」

他爽朗地笑了笑，以輕鬆的語調回答。

「對了，你有看到靈神人劍嗎？」

「最後一次看到是插在莎潔盧納貝上的時候，怎麼了嗎？」

「由於終滅之光與『總愛聖域熾光劍(ra senshia torearosu)』的爆炸威力，我想它不曉得被震飛到哪裡去了，可是我就算試著召喚它，它也沒有過來。」

雷伊伸出手後，光芒開始在手中聚集。不過，平時應該會召喚過來的靈神人劍，卻沒有出現在手裡。

「我想該不會是受到世界轉生的影響吧？」

我看向米夏，她連忙搖著頭。

「我沒對伊凡斯瑪那做什麼。」

「靈神人劍也到底還是壞掉了吧？」

莎夏一提出疑問，雷伊就說：

「這點我也曾經考慮過。可是，既然沒有毀滅，那麼它應該會在近期自行修復。儘管我試著等了等，總覺得有點花時間。」

「我去找找看？」

米夏指著自己的魔眼（眼睛）。

「那就等放學後吧。反正也不急。」

靈神人劍只有雷伊能使用。即使被其他人找到，也不會造成問題。

「咦？等等，上課鐘聲就快響了，但潔西雅和艾蓮歐諾露還沒來耶。還有娜亞也是。」

莎夏一環顧起教室，上課鐘就正好響起。教室門被推開，辛還是一樣帶著凶狠的眼神出現。他踏著毫無破綻的步伐走到講臺上。

「……咦？只有辛老師嗎？」

「耶魯多梅朵老師呢？」

就在這時，校舍外響起一道「汪嗚嗚嗚嗚——」的嚎叫聲。某種東西在高速旋轉的「喀啦喀啦喀啦」聲響，迅速地逼近這裡。

「咯咯咯咯，咯——咯、咯、咯、咯！」

「呀！老師！熾死王老師，請看著前面……！」

能聽到愉快至極的笑聲與女學生的慘叫。當我們朝窗外看去，就看見一輛南瓜馬車自空中奔馳而來。說是馬車，似乎有點不太準確。拉著南瓜型車廂的不是馬，而是一條狗。而且還是一條具有凝膠狀身軀的狗。總而言之，或許可以說是一輛南瓜狗車。熾死王耶魯多梅朵戴著大禮帽坐在車夫座位上，愉快地揮著鞭子驅使狗奔馳。

當狗拚命地動著四條腿使得木製車輪發出「喀啦喀啦喀啦」的聲響轉動後，南瓜狗車就覆蓋起龐大魔力，開始加速前進。

「老、老師！就快撞上了！」

娜亞從南瓜型車廂裡探出頭來。

「咯咯咯咯，安心吧，留校的。不是就快撞上了。一點也不是就快撞上了啊！」

「是、是的。就、就是說呢。」

「是要・撞・上・去・了・啊！去吧，狗啊！衝鋒、衝鋒、衝鋒啊啊啊！」

「咦咦咦咦咦咦咦咦咦！」

「呀啊啊啊啊啊啊啊」的巨大慘叫聲，被刺耳的破壞聲響蓋過。魔王城德魯佐蓋多劇烈搖晃，南瓜狗車撞破外牆，一路削掘著地面衝進來，最後在講臺的位置上停了下來。

「各位，你們已經在享受新世界，享受這個未知的世界了嗎？」

耶魯多梅朵大大地敞開雙手後，幾隻不知從哪裡冒出來的鴿子朝著窗外飛去。紙花與緞帶沿著鴿子的軌跡閃亮亮地灑落，開始響起「鏘鏘嘎鏘啦鏘啦」的無意義音樂。

「世界轉生後的首日課程，就是這個！」

耶魯多梅朵用手杖發出「答、答答答答答」的聲響敲打黑板，上頭浮現出一排文字。

「大‧世‧界‧教‧練——！」

「開始上課。」

辛以冷靜的聲音說。

§4 【大世界教練】

「嘰」的一聲，南瓜狗車的車門開啟。娜亞一臉尷尬地走出車廂，縮著身體向眾人低頭問候。

「大、大家早……」

她快步走向自己的座位坐下。

「那就來大略說明這堂課的概要吧。」

耶魯多梅朵開始說：

「大世界教練是要逼近這個新世界深淵的訓練。過去依照齒輪集合神艾庫艾斯的意思愉快轉動的這個世界，經由匯集無數人們意念的『想司總愛』（ra senshia），以及『溫柔的世界自此而始』（aru anto erutonoa）的力量完成了轉生。到這裡為止，跟你們也知道的一樣。」

他就像把玩似的旋轉手杖。

「不過具體來說，這個世界發生了什麼變化呢？」

他突然用手杖前端指著一名白制服的男學生。

「你來回答我吧。」

男學生思考了一會兒，可是最後就像投降似的說：

「……那個，就我看到的範圍來說，並沒有感覺到什麼明顯的變化，迪魯海德和密德海斯都跟原本一樣。儘管說世界已經轉生了，也有種地形幾乎沒有改變的印象……」

「沒錯、沒錯，就是這樣。你不是說得很好嗎！」

受到熾死王稱讚，學生的表情稍微放鬆了一點。

「乍看之下，世界並沒有太大的變化，這一點非常重要。因為重新創造世界的，就是坐在那邊的那位創造神。」

耶魯多梅朵用手杖指著米夏，而她點了點頭表示同意。

「假如讓世界出現劇烈變化，會對現在活著的人們帶來許多不便。倘若只是將人們丟進未開墾的大地之中，那麼人們就很可能會開始爭奪土地與魔力資源的所有權，同時也有國境劃分的問題。因此，重新創造的世界基本上就跟以前的世界沒有兩樣。」

雖然也存在與以前的世界明顯不同的地方，他們以後就會明白了吧。在這次的大世界教練中，應當要傳達的重點在其他地方上。

「既然如此，世界是哪裡改變了？」

熾死王再度看向學生。

「……哪裡變了嗎……」

「看得到的部分並沒有太大的變化。那麼，是哪裡改變了？」

白制服的學生再度煩惱起來。

「假如不是看得到的部分，那麼會是什麼？」

「……看不到的部分改變了嗎？」

「沒錯，沒錯沒錯沒錯。你很接近答案嘍。是肉眼看不到的部分。也就是說？」

「那個……是秩序嗎？」

熾死王咧嘴一笑。

「秩序！沒錯，正確答案！世界轉生導致的最大變化，即世界的法則、此世的常理，也就是神族們稱為秩序的力量。那麼，秩序有了什麼樣的變化？」

「我記得阿諾斯大人曾經說過，舊世界會緩慢地邁向滅亡就是因為秩序。而這個新世界已不再有這種秩序……毀滅與創造達到了平衡……是這樣嗎？」

耶魯多梅朵大大地點頭。

「太棒了。這不是正確答案嗎！」

重新創造的世界不再邁向毀滅，生命得以持續輪迴。在眾神的蒼穹裡，火露已不會再被奪走。

「話說，反正都要重新創造，直接讓毀滅消失不就好了？」

一名學生這樣說。

「確實是這樣呢。我們要是能像神族一樣不滅，豈不是太棒了嗎？就算不用去煩惱什麼困難的事，似乎也能夠實現和平呢。」

「咯咯咯咯，你們兩個，這是個好疑問不是嗎！」

耶魯多梅朵愉快地揚起嘴角，用手杖指著發言的學生們。

「好啦、好啦，讓毀滅消失是個非常合理的意見。只要生命不會結束，大致上的問題都能解決。如果人們不會因為爭鬥死去，就連兩千年前的大戰都是一場遊戲了。然而！」

熾死王大跳起來，「咚」的一聲踏響地板。他在倏地舉起雙手後，燈光就打在黑板上，上頭大大地寫著「不可能」三個字。

「她做不到！對吧，創造神？」

米夏點了點頭。

「創造神的權能，無法創造出不滅的世界。」

「好啦，你們聽到了嗎？接下來的部分考試會考喔。就連創造這個世界的創造神的權能，都無法自由地改變這個世界。即使將礙事的艾庫艾斯解體，『命運齒輪』已經不在了也還是一樣。」

耶魯多梅朵滔滔不絕地說。

「這是為什麼？為什麼創造神無法自由地創造自己想要的世界？嗯？就算她能隨心所欲地創造世界也沒什麼不好吧？」

熾死王朝著學生們看去，他們全都一臉認真地在思考那個理由。

「你覺得呢，傳說中的勇者？」

耶魯多梅朵指著雷伊。這件事目前還只有我、耶魯多梅朵，以及辛等一部分的人知道。就連他也是在這堂課上第一次聽說吧。

「也就是說，創造神也會受到自己創造的世界秩序束縛嗎？既然世界已經存在，就無法避免會受到那個秩序影響，無法做出會大幅偏離那個秩序的事情。」

「正確答案。只不過，這樣又會衍生一個愉快的疑問。」

耶魯多梅朵咯咯笑地指著莎夏。

「世界和創造神米里狄亞，是誰先誕生的？」

「是世界。在米里狄亞誕生之前就有世界，前任的創造神艾蓮妮西亞就已經存在了。當舊世界達到極限時，創造神就會毀滅。祂們會在這時，以瀕臨毀滅的根源進行最後的創造，讓下一任創造神誕生。」

有關自身誕生的事，莎夏毫不費力就回答出來。

「那麼，讓我們將時間回溯到起源吧。最初的創造神是怎麼誕生的？」

莎夏頓時語塞。米里狄亞的母親——前任創造神艾蓮妮西亞的說明，就跟方才莎夏回答的一樣。可是，我們無從得知最早出現的神——最初的創造神是如何誕生。

「……我不知道……又沒有辦法確認……」

「咯咯咯，確實如此、確實如此。要調查此事很困難。既然如此，我們能提出什麼樣的假設？是先有神？還是先有世界？」

莎夏用手扶著頭開口說：

「假如要說，我想應該是先有神……」

「為什麼？」

「因為如果是先有世界，那個沒有秩序的世界就會崩潰。我不認為那個世界能支撐到偶然有神誕生為止。」

假如沒有秩序，世界就會毀滅。沒有神的世界無法長久維持，是顯而易見的事。

「那就假設是先有神吧。那麼是只有創造神先誕生，還是連同其他的神一起誕生呢？」

耶魯多梅朵指著米莎。

「……那個，我想是只有創造神先誕生。不管怎麼說，各種神族同時誕生這種事，我覺得即使是偶然也不太可能發生……」

「咯咯咯，答得很好。那麼，最後一個難題，創造神是如何誕生的？」

耶魯多梅朵用手杖指著娜亞。

「妳覺得呢，留校的？」

「……是、是怎麼呢？會、會是『啵』的一聲就誕生了嗎？」

教室瞬間陷入沉默，然後突然爆出一陣哄堂大笑。這個出乎意料的怪答案把大家都逗笑了，其中就屬耶魯多梅朵笑得最開心。

「咯咯咯咯，咯——咯、咯、咯、咯！創造神『啵』的一聲誕生了嗎？『啵』的一聲。哎呀哎呀，留校的，這是怎樣的聲音啊？」

「會、會是怎樣的聲音呢？我想應該是某種聲音……像是誕生時的……」

「原・來・如・此！」

能聽到學生們竊笑的聲音。

「……對、對不起……」

「哎呀哎呀，妳這不是答對了嗎？」

「咦？」

娜亞愣愣地看著熾死王。他咧嘴一笑。

「儘管不知道有沒有發出聲音，能確定曾經有過某種東西。假如什麼也沒有，就什麼都無法誕生。也就是說，為了讓創造神誕生的某種東西，打從最初就存在了不是嗎？」

耶魯多梅朵撐著手杖，把體重壓在雙手上。

「如果在什麼也沒有的世界裡要發出『啵』的一聲，需要什麼東西啊，留校的？」

「……聲音的秩序……嗎？就像福音神那樣？」

「沒錯，沒錯、沒錯，就是秩序啊！至少類似的東西，在這個世界形成之前，打從最初就已經存在，不然就難以想像創造神會誕生。哎呀哎呀，可是這樣一來，就會衍生出一件很困擾的事。」

耶魯多梅朵搖著頭露出愉悅不已的笑容。然後，他轉向前方說：

「如果在這個世界形成之前就已經有秩序存在，那就還會有其他東西存在不是嗎？」

娜亞猛然一驚。教室內開始騷動起來。直到方才都還和樂融融的氣氛突然一變，瀰漫起緊張的氣息。

「……有神族存在嗎……？這個世界之外的……？」

娜亞詢問。就像在說她答對了一樣，耶魯多梅朵笑了笑。

「說到底，是誰將那個齒輪埋進這個世界的神族體內？會是偶然嗎？哎呀哎呀，我覺得這已經算是奇蹟了。那麼，是誰引發了這一切？艾庫艾斯說他奪走的火露已經消耗掉了，不過真的是這樣嗎？的確，火露從眾神的蒼穹與地面上完全消失了。然而，即使認為這些火露不是消失，而是移動的話，事情也能說得過去。而這是基於什麼樣的意圖？又是誰策劃了這種事呢？」

耶魯多梅朵用手杖將魔力傳到黑板上。

「也就是說，結論就是這樣──」

熾死王在黑板上畫出一個大圓，並在圓上寫上米里狄亞的世界。然後，他在旁邊畫出另一個圓，在那個圓的中心寫下一個「？」，並用手杖重重地敲打在那上頭。

「在這個世界的外側，可能存在另一個世界。」

§5 【魔王列車】

寂靜籠罩整間教室。學生們聽到有另一個世界存在，不知內心作何感想。至少不像是樂觀看待的樣子，看來他們全都察覺到這次的大世界教練和平時的課程截然不同了。

「……所、所謂的另一個世界，老師，你是指還有其他像是我們的世界一樣，有著天空、有著海洋，還有人類和神族居住的世界存在嗎？」

娜亞問。

「哎呀哎呀，目前還不清楚存在什麼樣的世界喔，留校的。不覺得很興奮嗎？未知、未踏、未體驗的世界，可能就在我們的世界之外展開啊！埋入神族體內的齒輪、適任者、不適任者、世界的進化、火露的去向，還有艾庫艾斯留下的謎題答案，恐怕……不，一定就在那裡啊！」

熾死王敞開雙手，發出「咯咯咯咯，咯——咯、咯、咯」的聲音放聲大笑。

「啊啊，能聞到，我能聞到喔。一股前所未有的危險氣息。」

熾死王就像嘴巴要裂開似的揚起嘴角，同時朝我看來。

「魔王之敵的氣息。」

「還無法確定是敵人。」

在我這麼說後，瀰漫在教室內的緊張感就稍微和緩。

「說的沒錯。正因為如此，我們接下來才要去確認不是嗎？確認在這個世界的外側，究竟存在什麼。」

「……應該沒辦法用普通的方式過去吧？」

雷伊說。

「雖說在世界的外側，至少我們這個世界的外側，至今從未有人見過。即使是異空間或異界，應該終究還是在這個世界的內側才對。」

「事情就是這麼回事，創造神。這個世界的盡頭究竟是什麼樣子，能請妳親自為我們說明嗎？」

「我明白了。」

米夏站起身往前走，在黑板上傳送魔力。

「天空之上與地底之下，是一望無際的黑穹。」

她在黑板上的米里狄亞世界周圍，添加上黑色的天空——黑穹。

「越是遠離這片大地，黑穹越會擴展，接近空無一物的無。那是近乎無限的天空，而神界就在此處。」

她在黑穹裡添加上「眾神的蒼穹」。

「會無限擴展的黑穹沒有盡頭。」

「要是飛得比黑穹擴展的速度還快會如何呢？」

「當從天空往上飛時，會從地底之下出來。」

「也就是說，這個世界的空間並不一致，存在扭曲。儘管應該是筆直往上飛去，卻會自然而然地改變方向，在繞了世界一圈之後從下方出來。換句話說，世界經由秩序形成了一個球體。」

耶魯多梅朵在黑板的圖畫上多添加幾筆，將世界畫成球體。

「可以認為在這顆球體的外側，存在不同於我們世界的秩序所形成的不同球體。而這就是另一個世界不是嗎？」

「雷伊說的沒錯，我們無法用普通的方法到球體之外。」

「因此，就輪到這個登場了。」

耶魯多梅朵用手杖敲了敲南瓜狗車的車輪。

「知道這是什麼嗎？」

米夏直眨著眼睛。

「艾庫艾斯的轉輪。」

「正確答案。假設存在於另一個世界的某人，將艾庫艾斯與『命運齒輪』送進我們的世界。那麼，這個轉輪不就具備能夠跨越世界，前往其他世界的力量嗎？」

耶魯多梅朵搖了搖頭說：

「哎呀哎呀，失敗、失敗，完全是大失敗啊！我在來學校的途中試著順道去黑穹散步了一趟，但光是轉動轉輪，並沒有辦法讓我去到世界的外側。」

「嗯……真的有世界的外側嗎？」

莎夏邊說邊歪頭困惑。

「要以相信會有為前提努力思考啊，破壞神。我們該如何利用艾庫艾斯跨越世界的方法——只要證明可行，至少我們就能確定那傢伙是從外側來的。」

莎夏低下頭煩惱起來。

「你們怎麼看？哪怕是靈機一動也無所謂喔。我們可以一一測試不是嗎？」

耶魯多梅朵大概又想點學生起來回答，他朝眾人望去打量的眼神。

這時，教室門被用力推了開來。

「啊～完全遲到了喔！」

帶著一臉糟糕的表情大叫的，是一名有著黑色長髮的少女——艾蓮歐諾露。她穿著勇者學院的深紅色制服。

「……我……睡過頭了……非常……抱歉……」

潔西雅躲在艾蓮歐諾露背後，冷不防地探出頭來。

「咯咯咯，妳們來得正好不是嗎？來想想要怎麼到這顆球的外側吧。」

「哇喔！突然就給我出了一道完全看不懂的問題喔……」

艾蓮歐諾露看著黑板，一副摸不著腦袋的樣子歪頭困惑。

「耶魯老師……」

口齒不清的潔西雅戰戰兢兢地說：

「……可以……自我介紹嗎……？」

「啊啊，對了、對了。請開始吧。」

潔西雅表情一亮，同時轉向後方。

「安妮……要自我介紹……了……姊姊……會陪著妳。」

緊接著，又有一個小女孩走進教室。她跟潔西雅和艾蓮歐諾露兩人一樣穿著勇者學院的制服，頭上長著一對蓬鬆的翅膀。

那個人是安妮斯歐娜。由於潔西雅想和她一起上學，所以從今天開始就讀魔王學院。所屬就和艾蓮歐諾露她們一樣是勇者學院，在文件上的身分是學院交流生。

「……那個，雖然有些人已經認識我了，還是要說初次見面大家好。我是從今天起要和大家一起上課的安妮斯歐娜喲！請多多指教。」

「……安妮是……潔西雅的妹妹……希望大家……能和她好好相處……」

潔西雅像個姊姊一樣低頭拜託，安妮斯歐娜也跟著一起鞠躬。學生們熱烈地向她們鼓掌，安妮斯歐娜看起來有點不知所措，頭上的翅膀縮得緊緊的。

唔嗯，看來她有點緊張呢。雖說大家並不陌生，今天畢竟是她第一天上學，第一印象對她來說很重要。為了讓她能融入這個班上，我就來製造一個機會吧。

「──所以，這是什麼？為什麼是一顆球？」

「我將秩序進行了圖解。」

艾蓮歐諾露悄悄地向米夏詢問黑板上圖畫的意思。

「原來如此、原來如此。嗯～我大致明白了喔！雖然明白了，要到外側去是不可能的吧？畢竟世界的盡頭像這樣一直在旋轉對吧？」

艾蓮歐諾露給出一個非常合理的結論。

「沒問……題……用我和安妮平時在做的那個，就能去了……」

潔西雅信心滿滿地挺起胸膛。

「嗯？那個？是哪個那個？」

「安妮……要上了……」

潔西雅洋洋得意地微微舉半手做出「向前看齊」的整隊姿勢，而安妮斯歐娜則把雙手搭在她的肩膀上。

「……魔王列車……出發……」

「出發前進了喲。」

潔西雅與安妮斯歐娜一面轉動雙手一面發出「汽鏘汽鏘」的聲音，步調一致地在教室裡走起來。

「……啊～那個……潔西雅、安妮妹妹，我覺得這樣不行喔。」

潔西雅與安妮斯歐娜沮喪地垮著肩膀。

「不行呢……」

「……魔王列車……應該能……前往……任何地方……」

兩人在教室中央垂頭喪氣。

「唔嗯，還有這一招啊。」

我一這麼說，學生們就一齊轉頭看來。

「或許這意外地行得通。就試試看吧。」

「你認真的嗎！用魔王列車？」

一旁的莎夏聲音尖銳地問。

「咯哈哈，這可是要前往不知是否真的存在的世界外側，幹嘛在意什麼認真不認真？」

「或許是這樣沒錯啦……」

我站起身慢慢走向前，然後站在有點沮喪的潔西雅與安妮斯歐娜前面。

「我來當火車頭吧。」

「魔王列車……能去……世界的外側嗎？」

「來試試看吧。」

我朝她們笑之後，潔西雅和安妮斯歐娜也恢復了笑容。我轉過身，微微舉半手做出「向前看齊」的整隊姿勢，潔西雅和安妮斯歐娜則站在我身後擺出相同的姿勢。學生們全都傻眼地看著我們。

「你們怎麼還站著不動？要開始嘍。」

「遵命。」

一直在旁觀課程的辛立即回應。他不改冰冷的表情，站在安妮斯歐娜的背後。

「……話說身高差距……」

「凹凸不平……？」

莎夏與米夏說。

「喂、喂……！」

「啊啊！我們也要參加！」

「如果不在這裡挽回……！」

黑制服的學生們互相點頭，在一齊離開座位後，站在辛的背後。粉絲社則早就八個人排成列車，一面說著：「與阿諾斯大人連結連結！」一面連接在隊伍後面。

莎夏一看向米夏，她就歪著頭問：「參加？」無奈地嘆了口氣後，兩人也站在魔王列車的尾端。雷伊、米莎、艾蓮歐諾露，還有其他的學生們也紛紛加入，形成一條長長的隊伍。

我眼神銳利地盯著前方。

「魔王列車要出發嘍。」

「遵命。出發前進。」

我們轉動舉半手向前對齊的雙臂，慢慢地開始前進。

「汽鏘汽鏘。」

低沉的聲音響起，魔王列車威風坦蕩地在教室內齊步走著。

「……喂，阿諾斯？我想問一下，這樣要怎麼到世界的外側去啊？」

「汽鏘汽鏘。」

「你在汽鏘汽鏘什麼啦！」

「……他很認真……」

米夏看著我的臉說。

「話說，這樣也許能到達世界的外側，到底是怎麼回事啊……？」

莎夏滿臉疑問地問。

「哈哈哈……確實有點難以理解呢……不過，畢竟是阿諾斯大人，我想應該有某種深思熟慮的理由吧……？」

米莎說完，莎夏就一臉嚴肅地低下頭。

「……妳這麼說也對。既然他這麼認真地在『汽鏘汽鏘』，就表示這雖然看起來像在做蠢事，實際上可能就是通往世界外側的關鍵……」

「那我們也鼓起幹勁吧！」

大家全都擺出認真的表情，齊聲發出「汽鏘汽鏘」的聲音。旋轉的雙臂是車輪，連結的身體是車體，我們彷彿化為一輛列車。然而，還不夠。

「『魔王軍（gaizu）』。」

我連接魔法線，形成更加符合魔王列車的形狀。

「……原來如此，是集團魔法啊……也就是集結全員的魔力與魔法術式，就能前往世界的外側了……？」

「莎夏，妳的手臂垂下了。米夏，妳的旋轉速度慢了。全員配合我的呼吸。聽好了嗎？我們是列車，而手臂是車輪，既然如此，那就要維持一定的轉速。不要太靠近，也不要離太開，讓隊伍的間隔一致。」

「「「遵命！阿諾斯大人！」」」

學生們拚命配合著我的呼吸，讓轉速與隊伍間隔越來越一致。隨著我們將課桌之間的走道視為鐵軌、在教室內齊步前進後，最初七零八落的列車漸漸地化為一體。

最後，我們心中的車體連結起來，意念的車輪開始疾速轉動。氣笛響起。不該響起的那道聲響，也許是眾人心裡的聲音。我們此刻正化為一輛魔王列車行駛著。

「很好，就是這樣，繼續維持下去。」

「……還真是精巧的術式呢……即使是阿諾斯擔任術者，也還是需要我們配合，到底是規模多麼龐大的大魔法……？啊……！」

看到我併攏雙腳，莎夏嚇了一跳。

「……停下了……？」

魔王列車停止，「魔王軍」的魔法線消失。莎夏用魔眼（眼睛）直直凝視。

「幹得好，你們成為了一輛真正的列車。唯獨只有這件事，是怎麼樣都無法憑我一己之力做到。」

「那麼，這樣就……？」

「是啊。」

我靜靜轉身，就像慰勞部下一樣說：

「列車遊戲結束了。」

「世界的外側怎麼了啦——！」

莎夏激動地大喊。

「別這麼著急，才剛要開始而已。今天是第一天上學，首先要想辦法讓安妮斯歐娜融入這個班級。」

「這種事你要先說啊！我還以為你要施展前往世界外側的魔法耶。」

「咯哈哈，前往世界的外側？就憑剛才的列車遊戲？怎麼可能去得了啊。」

莎夏露出難以形容的表情。

「……那麼，結果到底是怎樣？又要從頭開始想嗎？」

「不，剛才的列車遊戲其實是個很大的提示，也許有試著創造的價值。」

她微微瞪圓了眼。

「呃……創造列車？」

「要用風車和水車吧。」

§6　【希望水風車】

魔王學院的後門——

與世界轉生之前不同，這裡以一定間隔排列著銅製的水車與風車。葉輪隨著轉動散發出銅色粒子，經由水流與風吹帶走，形成一條通向魔樹森林的閃耀道路。這壯觀的景象讓學生們看得倒抽了一口氣。

「哇，水在逆流耶！」

「……不可思議……」

艾蓮歐諾露與潔西雅充滿好奇地盯著旋轉的水車與水路。追溯多條水路的源流，可以看到它們全都是來自於地底。水流就像在爬坡一樣，有違常理地逆流而上。

「……這不是魔法……是秩序嗎？」

頭上的翅膀微微動了動，安妮斯歐娜向我提問。

「這是希望水風車。利用艾庫艾斯與『命運齒輪』作為材料創造出來，是這個世界的新秩序。」

我一看向米夏，她就點了點頭。

「水路之門。」

米夏低聲唸道。於是，水車旁邊畫出一個大型魔法陣，使地面出現一道巨大的門。那扇門緩緩開啟，讓我們能看到通往地下的水路。

「裡頭是什麼樣的情況，你們要仔細看好了。」

我這麼說著跳進地面的門，施展「飛行(furesu)」沿著水路逆流飛去。水流上方有足以讓我們飛行的空洞，所以不用擔心會弄溼衣物。大家跟著我，紛紛跳進了門內。

「裡頭也有……水車和風車……有好多……」

潔西雅可能很喜歡希望水風車，眼睛閃閃發光地說：

「安妮……要玩……魔王水車嗎……？」

「嗯，我要玩喲！」

艾蓮歐諾露困惑地看著兩人。

「嗯？要怎麼玩啊？」

「……潔西雅是水車的……葉片一號……」

「安妮斯歐娜是水車的葉片二號喲。」

兩人一面飛行一面擺出筆直立正站好的姿勢，將彼此的腰部靠在一起。在錯開角度後，形狀看起來就像一個「Ｘ」。

「「……喀啦喀啦……喀啦喀啦……」」

兩人就像水車一樣，讓全身旋轉起來。

「……喔、喔～很、很厲害喔。是水車呢！」

艾蓮歐諾露雖然在稱讚她們，卻能看得出來她努力過的痕跡。然而，有一個人正用崇拜的眼神看著這個魔王水車的旋轉。

「好厲害……」

那個人不是別人，正是吾妹亞露卡娜。她平時缺乏感情的聲音確實參雜著感慨的語調。

「居然這麼簡單就做出高水準的表演。我還辦不到。」

「嗯、嗯——？小亞露，妳在說什麼啊？我想就算辦不到也沒問題喔。」

艾蓮歐諾露笑盈盈地豎起食指。

「多子之子，我也許想要精通笑話，掌握表演吧。我想我覺得這就是身為一個人的生活方式。」

「喔～原來如此、原來如此。小亞露找到目標了啊。」

「是這樣嗎？」

亞露卡娜就像無法理解自己的心情般詢問。

「我想應該是這樣喔。還有，多子之子這種稱呼，要是被不認識的人聽到了，我會有點害羞喔。」

亞露卡娜愣了一下。

「這不是一件好事嗎？」

「是這樣沒錯，但有點太過直接了。有沒有其他的綽號啊？」

亞露卡娜低著頭緩緩靠近艾蓮歐諾露。

「多產之子。」

「變得更直接了喔！」

亞露卡娜困擾地垂下眼簾。

「普通地叫我艾蓮歐諾露如何？」

「我會是背理命名，不順從之取名者嗎……」

她顯得很沮喪的樣子。

「啊、啊～我、我覺得沒這回事喔。那個……對啦，我希望妳能根據我的性格之類的來取名啦。」

「妳總是表現得很悠然，面帶微笑。」

亞露卡娜直直地盯著艾蓮歐諾露的全身，舉出她的特徵。

然後，她就像突然想到什麼似的說：

「和平之子。」

「啊～嗯嗯嗯！雖然有點害臊，我覺得這個綽號很好喔！」

得到艾蓮歐諾露的同意，亞露卡娜露出靦腆的笑容。

「根據性格來取名會比較好嗎？」

亞露卡娜這麼說，同時再度陷入思考。

「鬥爭之子。」

「為什麼艾蓮歐諾露是和平，我卻是鬥爭啊！這完全不符合我的性格！一點都不知道妳在叫誰啦！」

遠處的莎夏一如字面意思地立刻飛了過來，激烈地發出吐槽。

「……妳知道我在叫誰，所以才會跑來抱怨吧……？」

亞露卡娜若有所思地低語後，莎夏就像被戳到痛處一樣當場語塞。

「……總、總之！像平時那樣，叫我破壞之子就行了……！」

莎夏看似無可奈何的模樣說。看來她判斷取名為「破壞之子」的話，就沒有代表個性的意思吧。

「亞露卡娜，潔西雅……也想要綽號……」

潔西雅一邊和安妮斯歐娜一起像水車一樣旋轉，一邊朝著亞露卡娜飛了過去。

「妳有許多姊妹。」

亞露卡娜舉出潔西雅的特徵。

「數（註：鯡魚子在日本的別稱）之子。」

「那是鯡魚子喔！」

艾蓮歐諾露反射性地大喊。

「……也就是說，和平之子是鯡魚？」

「不行喔，像這樣說得好像自己想到了什麼好名字一樣。」

艾蓮歐諾露帶著笑臉逼近，斥責著亞露卡娜。接著，米夏從她們兩人之間探出頭來。

「妳們有好好看著嗎？」

她微微歪著頭詢問。可能是因為我方才要他們仔細看好裡頭的情況，所以才過去提醒她們吧。

「潔西雅……有好好看著……！」

「安妮斯歐娜也有看著喔……！」

兩人像水車一樣旋轉，堂堂正正地說。

「對不起，創造之子。」

「我、我會好好看著喔。也會要求潔西雅她們看著。」

在米夏面前，亞露卡娜與艾蓮歐諾露一臉尷尬地說。

「很可惜，要看的地方還在後頭。就快到了。」

我這麼說完，眼前漸漸能看到一道敞開的巨大門扉。水路綿延不絕地通往發著純白光芒的門後。

在球型的室內空間裡，整齊排列著靜靜旋轉的風車。

「曾經看過……的地方……」

「是德魯佐蓋多的深處嗎？」

潔西雅與艾蓮歐諾露說。

「是啊，我把原本位在黑穹的神界之門移到這裡了。」

「那麼，這些水路會通往眾神的蒼穹嗎？」

來到身旁的雷伊問，我則點了點頭。

「在眾神的蒼穹裡，有許多具象化的秩序。而希望水風車，就是以在這些秩序裡的絕望來轉動。」

我降落在房間的地面上，轉身看向同樣降落在地的學生們繼續說明：

「這原本是艾庫艾斯，同時也是『命運齒輪』貝爾特克斯芬恩布萊姆。假如他來自世界的外側，那麼認為他事先準備好了回程的道路，這種想法很合理。否則，祂也無法將火露從這個世界轉移出去。」

米夏直眨著眼。

「埋入神族體內的齒輪，就連我的神眼（眼睛）也無法察覺。」

「原・來・如・此！」

耶魯多梅朵愉快地揚起嘴角。

「也就是說，通往世界外側的軌道早已存在，而那個軌道只會對艾庫艾斯與『命運齒輪』產生反應嗎？」

「我打算把這個希望水風車重新創造成一輛列車——創造成一輛能在任何軌道上行駛的魔王列車。」

即使假設存在能通往世界外側的軌道，我們也不可能知道它如何運作。既然如此，我們只要創造一個能對應任何運作機制的東西就好。只要逐一嘗試，或許總會找到能通行的方法——假如真的存在這種軌道。

「辦得到嗎？」

米夏點了點頭。

「雖然能重新創造，要讓它運行起來會很困難。」

「別擔心，這裡有許多優秀的人才。」

聽到我這麼說，學生們全都嚇得張大嘴巴，露出驚訝的表情。

「……阿、阿諾斯大人……難道說我們也要……」

「前往世界的外側嗎？」

「……不光是在教室裡上課……？」

「當然。就是為此才有大世界教練，就是為此才有魔王列車。等將來你們成為治理國家的魔皇時，踏入未知世界的體驗必定會派上用場。」

他們露出幾乎要暈過去的表情。

「不會吧……」

「治理國家還比較簡單吧……」

「畢竟那可是連阿諾斯大人都從未踏足過的地方吧……」

能聽到各種畏縮害怕的聲音。

「別擔心，我打算把會礙手礙腳的人留下。」

我這句話使得學生們立刻作出反應。

「就問除了我的小組以外的人。誰覺得害怕就老實舉手吧。」

現場瞬間陷入寂靜。就像在觀望其他人會如何反應一樣，學生們互相使眼色。

「……是、是哪一邊啊……？」

「是假如說會害怕，就會回『那就讓你們見識更可怕的事』的模式嗎？」

「還是說，因為真的會礙手礙腳，所以想把人留下來嗎……？」

他們竊竊私語。接著，有一個人立刻舉起了手。那個人是娜亞。

「……對、對不起……」

彷彿現在是唯一的機會，學生們一齊把手舉了起來。我十分滿意地朝著他們說：

「很好，大家都舉起手，你們合格了。」

「咦？」

「啊？」

「什麼？」

「這是要前往從未有人踏入的領域。倒不如說，覺得無所懼怕的想法反而危險。明白恐懼為何物的你們，才有資格前往未知的世界。」

學生們全都一臉死掉了的表情。

「表情很好。假如一直想著要活下去，恐懼就會太過強烈，使得身體無法動彈。儘管感到恐懼，還是作好了視死如歸的覺悟，這種程度剛剛好。」

他們的眼神逐漸變得空洞。表情就像在說：「已經只能硬著頭皮上了一樣。」是耶魯多梅朵教導有方吧，將他們訓練得相當不錯。就是因為擁有這樣的心性，他們才能成功度過與艾庫艾斯的戰鬥吧。

相信他們這次也能回應我的期待。

「米夏就從現在開始創造魔王列車。然後是操作訓練。就跟飛空城艦一樣，要結合眾人的力量操作列車。不過，操作可能會很困難，我要你們在一週內熟練操作。聽清楚了吧？」

「「「遵命，阿諾斯大人。」」」

學生們氣勢十足地回答。

「那就立刻開始吧。」

§7 【投煤訓練】

數小時候，在德魯佐蓋多的深處地區，停放著已經完成的魔王列車貝爾特克斯芬恩布萊姆。車體以古時候在亞傑希翁行駛的蒸汽火車為基礎，正面有著風車，並以水車當作車輪。這些葉輪以承受絕望的秩序或類似「命運齒輪」的力量來回轉。換句話說，它們就像感測器一樣，能捕捉到看不見的「齒輪」。此外，車體還具備各種魔法裝置，能夠行駛在任何惡劣的道路上。與曾經飛越破壞的天空的飛空城艦傑里德黑布魯斯相比，可以說是毫不遜色的成品。

「咯咯咯咯，投煤也太不像樣了不是嗎？司爐、火夫，這樣魔王列車可無法保持正常的速度喔，嗯？不想葬身天空的話，就在一分鐘內投入六噸煤炭。」

耶魯多梅朵在魔王列車的司機室裡說。司爐與火夫都是在蒸汽火車上負責用鏟子將煤炭投入火箱的人員，兩名黑制服的學生正在接受這樣的訓練。

「呃，一鏟大概兩百公斤……？」

「一分鐘要鏟三十次？這怎麼可能……！」

「話說為什麼要用這麼原始的操作方式啊……難道不能像飛空城艦那樣，直接利用魔法操作嗎……？」

儘管抱怨連連，司爐和火夫兩人仍舊用他們手中的鏟子竭力從煤炭室挖出煤炭，然後投入火箱。當然，這不是普通的火箱，也不是普通的煤炭。

「這輛魔王列車不只需要魔力，也需要神的權能運作。說起來，它是一個能行駛的神域。為了讓你們也能操作，創造神才特意以這種原始的方式創造出來吧。假如接上魔法線以魔力驅動，你們的根源會在一瞬間被燒燬喔。」

耶魯多梅朵發出「咯咯咯咯」的愉快笑聲。

「投煤的精準度太低了。接著要投向右下角的E六區，必須確保秩序煤炭的分布不能出現偏差。」

在兩名學生的背後，辛朝他們亮著魔眼（眼睛）。假如不能平均投放煤炭，就無法有效率地燃燒，最終可能會導致魔王列車無法發揮應有的力量。

「……就算是這樣，但煤炭這麼重，火箱前這麼熱，怎麼可能投得這麼準確……」

「就連這把鏟子，光是拿著就會消耗非常誇張的魔力……」

大概是自從魔王列車完成以來，他們就一直在進行訓練的關係，司爐與火夫兩人已經累得氣喘吁吁。即使繼續訓練，也無法提升多少效率。

「你們先暫時休息。至於替代人選，也是呢，勇者加隆，為他們示範一下吧。」

黑制服的兩人精疲力盡地放下鏟子後，從司機室中走出來，累倒在地板上。其他學生立刻趕來，對他們施展恢復魔法。餘下的學生則在司機室以外的其他地方，繼續累積操作魔王列車的訓練經驗。

「那就讓我來吧。」

雷伊走進司機室，接替了他們的位置。

「雷伊同學，你有投煤的經驗嗎？」

正在休息的米莎，從開著的門外探頭看著司機室。

「這畢竟是亞傑希翁的交通工具呢。如果是普通的蒸汽火車，我一個人就能操作。」

「哦～這樣啊。那下次去亞傑希翁的時候，我想坐坐看雷伊同學駕駛的火車。」

聽到她這麼說，雷伊露出笑容。

「當然——」

「咚」的一聲，鏟子刺在雷伊的腳邊。稍有偏差，他的腳指應該就會被切斷。

「請示範。」

辛的目光帶著濃厚的殺意朝雷伊看去。他一拿起鏟子，辛就再度退到後方。

「……怪、怪了……？我還以為你們之間的關係稍微改善了一點……？」

米莎小聲地詢問，雷伊苦笑著回答：

「沒事喔。」

話一說完，雷伊就以熟練的動作舉起鏟子。

「呼！」

轉瞬間，三十鏟的煤炭就以「咚咚咚咚咚咚」的聲響投入火箱裡，而且每一鏟都以等間隔漂亮地均勻排開。火箱裡的火焰猛烈燃燒，魔王列車的煙囪湧出大量的煙霧。

「就像這樣吧。」

雷伊轉身看向兩名黑制服的學生。

「簡單來說，鏟子就像劍一樣喔。所以只要像揮劍一般揮舞，投煤的速度也會變快。」

「就算你說跟揮劍一樣……」

「唉……這根本無法參考……」

「的確，這實在無法參考。」

站在雷伊背後的辛如此說：

「就我所見，大概是每秒六噸。如果是我，就能投入這個的十倍，也就是六十噸。」

「……六噸怎麼說都是極限了吧？」

雷伊瞥了一眼火箱，疑惑地歪著頭。他大概覺得無法投入三十鏟以上的煤炭吧。

「因為是亞傑希翁的交通工具，才對你懷有期待，結果你說六噸就是極限了？」

辛以雙手握住鏟子，宛如揮劍般將鏟子前端指向火箱。他以銳利的眼神側眼看著雷伊。

「投劍小鏟，祕奧之一——」

辛的魔眼（眼睛）亮了起來。

「投炎壓縮。」

帶有魔力的鏟子，也就是投劍小鏟，鏟起一大塊煤炭。他在以迅雷不及掩耳的速度揮出鏟子前端後，煤炭眼看被壓縮成十分之一的大小。

眨眼間，無數的劍光閃過，大量的煤炭被投入進去。火箱被壓縮的煤炭緊緊填滿，數量正好是六十噸。

緊接著，火室就發出「轟隆隆隆隆隆隆隆隆」的聲響，被烈火所籠罩，煙囪噴出滾滾黑煙。司機室充滿尋常魔族光是站在那裡就似乎會融化的熱氣。

「雖然你方才說鏟子就像劍一樣……」

辛沐浴在足以形成熱霾的熱氣之中，一臉若無其事的表情把鏟子舉到雷伊眼前。

「鏟子就是劍。如果你連這點都不明白，我不會讓女兒坐你的蒸汽火車。」

下課鈴聲響起，今天的課程就到此為止。

「明天再繼續。」

辛走出司機室，颯爽地離開這個地方。

「鏟子就是劍啊……」

「對、對不起。爸爸雖然那樣說，但你不用太在意喲？不過是蒸汽火車，他太過擔心了。基本上，就算脫軌我也不會有事。」

聽到米莎慌亂地這麼說，雷伊苦笑起來。

「我怎麼可能不在意呢？」

米莎驚訝地眨眨眼。

「畢竟他是妳的父親嘛。」

米莎露出開心的笑容。

「那麼，我也要一塊兒戰鬥……！」

這次是雷伊驚訝地看著米莎。

「啊，呃……也就是說，我會去和爸爸好好談談，讓他放軟態度！」

「他會聽進去嗎？」

「呵呵呵～我也成長了不少喔～？敬請期待吧。」

米莎看了辛的背部一眼。

「我過去一下。」

她這麼說著，追著辛的背影跑去。

「爸爸──等我一下啦──我們一起回家吧。」

辛停下腳步，靜靜地轉身看向米莎。

「米莎，在學校要叫我老師。」

「可是，授課不是已經結束了嗎？」

米莎邊說邊摟住辛的手臂，他的眼神變得更加銳利。

「……這麼說也是……」

「可是，我還真不知道，爸爸原來會操作蒸汽火車呢。」

「以前曾奉吾君之命稍有涉獵。那並不是什麼值得誇口之事，只有消遣的程度。」

「可是，很厲害呢～下次大家一起去旅行吧～」

米莎撒嬌似的說。辛的魔眼（眼睛）亮起，就像要窺視深淵一般看著她。

「米莎，我也並非無端就被稱為魔王的右臂。妳心裡在盤算什麼──」

「我好想坐坐看爸爸駕駛的蒸汽火車呢。」

「我會考慮看看。」

父女兩人摟著手臂，和樂融融地回家了。只要先乘坐辛駕駛的蒸汽火車，雷伊駕駛的蒸汽火車就會是第二順位。她大概判斷只要這樣做，辛的態度就會軟化。

「唔嗯，起初還很生疏，但現在已經相當有父女的樣子了呢。」

「話說辛老師是不是傻爸爸啊……？」

莎夏在我身旁傻眼地說。

「啊～莎夏妹妹不懂呢。父母可是只要孩子向他們撒嬌，就會想要為孩子做到任何事情的生物喔。」

艾蓮歐諾露戳了戳莎夏的肩膀。於是，聽到她這麼說的潔西雅，興高采烈地快步走來。

「……潔西雅喜歡……媽媽做的……料理……」

「哦！那麼，我就為了可愛的潔西雅，準備美味的蔬菜可樂餅和蔬菜湯吧！今晚要吃大餐喔！」

「……騙子……！我才沒說……要吃草……！」

潔西雅用小拳頭捶打著艾蓮歐諾露。

「雷伊。」

米夏叫住走出司機室的雷伊。

「找到了。」

「靈神人劍嗎？」

米夏點了點頭。

「在亞傑希翁大陸的東北方，冰山山脈之中。」

米夏眨了眨眼，在她視線的前方畫出「遠隔透視」的魔法陣。上頭顯示出一座冰山山脈，能看到靈神人劍埋藏在那座山脈的深處。

「那我這就過去。」

「有件不尋常的事情。」

米夏畫出「轉移」的魔法陣，轉移地點設在冰山山脈中靈神人劍的旁邊，然而魔法並未發動。

「……能以神眼看到，卻無法施展『轉移』？」

雷伊問。

「原因不明。」

本來只要能以神眼看到，應該就能轉移過去才對。如果是因為魔力場劇烈動盪，那麼這種情況還可以理解，卻沒有這種跡象。

「被某人阻撓的可能性呢？」

「很高。可是沒有看見任何人影。」

雷伊一臉嚴肅地陷入思考。

「假如對方能避開妳的神眼，那麼肯定不是尋常人物。」

我從米夏的身後開口說，她便抬頭看向我。

「不過，對方並沒有對靈神人劍動手，也許單純只是以這個地方作為地盤而已。」

「如果是這樣，或許給對方添麻煩了呢。」

那樣會變成聖劍插在對方的地盤裡。由於只有雷伊能夠拔起靈人神劍，可能讓那個人很困擾。

「如果有人在，我會去道歉。」

雷伊這麼說，畫出「轉移」的魔法陣。因為無法直接轉移到靈神人劍附近，他把轉移的地點設在了冰山外頭。

「為了以防萬一，小心點。」

我這麼說，與雷伊連上「魔王軍」的魔法線。

「我會的。」

雷伊笑著回應，然後轉移離開了。

§8 【被遺棄的孩子】

我在密德海斯的街道上悠哉漫步，身旁跟著米夏和莎夏。亞露卡娜似乎很中意潔西雅與安妮斯歐娜的水車表演，所以留在德魯佐蓋多最深處，三個人一起在那裡玩著什麼遊戲。

「就這樣下降，在盡頭左轉。」

『了解。』

米夏透過「意念通訊」指引著雷伊前進。埋藏著靈神人劍的冰山山脈，內部就像一座迷宮般錯綜複雜。倘若能以最短的路線貫穿過去固然會更快，考慮到那裡可能是某人的地盤，或許不要太過張揚比較好。既然米夏的神眼（眼睛）看得見位置，也不需要擔心會迷路。

「有人的氣息嗎？」

『目前並沒有特別感受到呢。即使我發出呼喚也沒有回應，也看不出有人在這裡居住的痕跡。』

雷伊一面在冰山山脈裡前進，一面以「意念通訊」回話。

「說到底，會有人住在這種一無所有的地方嗎？」

莎夏提出這種疑問。

「誰知道呢。就算有人在此處過著類似隱居的生活，也沒什麼好驚訝。」

魔族裡也有很多這種人，他們大都擁有強大的力量。

「下一個岔路口右轉。」

雷伊依照米夏的指示繼續向前。

「就快到了。」

『不過，都離靈神人劍這麼近了，卻完全感受不到它的魔力，也有點不可思議呢。』

雷伊像在思索一樣地說。會跟無法施展「轉移」有關嗎？就連以前勇者學院將它安置在神殿裡時，也只要靠近就能感受到它散發出的魔力。即使伊凡斯瑪那稍微有些損壞，感受不到它的力量這點很奇怪，而且就連米夏也察覺不到。還以為只要雷伊去到附近，就到底能察覺到什麼，沒想到竟然連氣息都感受不到。

會有什麼東西潛伏在那裡嗎？

才剛轉生為新世界。不論是無法施展「轉移」，還是感受不到靈神人劍的魔力，儘管可能都只是我們單純疏忽了，最好還是保持警戒。

「要謹慎前進。」

『我會的。』

雷伊一面對周圍保持最大限度的警戒，一面在冰之迷宮裡前進。就在這時，我聽到一陣奔跑的腳步聲。那道聲音並非來自雷伊所在的冰山山脈，而是從我身旁傳來。

「阿諾斯大人……還請您留步……！」

一個男人這麼向我出聲。雖然我不認識他，他應該是這座城市的居民，我對他的魔力有些印象。

「有什麼事嗎？」

「在下是諾羅斯家的多拉姆，對於攔下您的失禮深感抱歉。儘管惶恐，在下有要事找阿諾斯大人的部下，涅庫羅家的兩位大人。」

米夏與莎夏帶著疑惑的表情面面相覷。

「什麼事？」

米夏平靜地問。

「其實想就令堂的事情來請教兩位。關於生日派對的禮物，有事情想與兩位商討。」

莎夏就像心裡有底一般「啊啊」了一聲。就她的反應看來，她與多拉姆似乎不是第一次見面。

「還真是性急呢。而且，這件事有重要到需要攔下阿諾斯嗎？至少等只有我們兩人的時候再來怎麼樣？」

莎夏說。於是多拉姆便當場跪下，向她們深深磕頭。

「……真是非常抱歉。由於此事攸關我等諾羅斯家的存亡，故而粗魯冒犯。在下願意甘受一切懲罰，能否請兩位借用一點時間給在下呢？」

莎夏困擾地看著我。

「去吧。雷伊那邊我會看著。」

我這麼說，與米夏連上「魔王軍」的魔法線。

「就借用妳的神眼（視野）了。」

「嗯。」

米夏與莎夏向磕頭不起的多拉姆走去。

「這次是特例喔。下次請至少在三天前發出通知。」

多拉姆露出安心的表情看向莎夏，然後再度磕頭。

「非常感謝您！」

「所以呢，我們要去哪裡做些什麼？」

「在下會帶路，請兩位跟我來。」

多拉姆站起身，為米夏與莎夏帶路。

「雷伊，從那裡往上走，有個能讓一個人通過的洞穴。」

我一面窺看米夏的視野，一面如此發出指示。雖說只要直接讓雷伊使用米夏的神眼就好，創造神的視野太過廣大，連我都有些吃不消。這樣就算雷伊想要偵察情況，也反而可能會疏忽附近的氣息。

「從那裡暫時沿著道路前進。」

我這麼說的瞬間，魔眼的內側閃爍著火星，響起柴火燃燒的聲音。艾庫艾斯窯的窯火擅自點燃了。

『……怎麼了嗎？』

「沒什麼，是這裡的問題。別放在心上。」

我將魔眼朝向家裡。

工作室裡沒有人，爸爸和伊杰司好像出門工作了。

店門門鈴發出「哐啷哐啷」的聲響。

「歡迎光臨！」

媽媽帶著笑容迎接客人，一名看起來憔悴如幽靈的男子走進鐵匠・鑑定舖「太陽之風」。他只有一隻手，左臂的肌肉粗壯結實，而且穿著一套陌生的制服。

制服的顏色是灰色的，肩膀上有一個骷髏的紋章，胸前則是一個泡沫與波浪的紋章。他是軍人嗎？或者也可能是學院的校徽，但我從未看過這種紋章。他是從哪裡來的？

「請問需要什麼嗎？如果有看上的商品，請儘管和我說，我會幫你拿過來。」

體諒到他只有一隻手，媽媽這樣向他發話。男人朝店內的劍和長槍看了一眼，然後喃喃自語：「太脆弱了。」

「……請問怎麼了嗎？」

男人走向有些疑惑的媽媽，在桌上「咚」的一聲放下一個東西。那是一把紅色的利刃，上頭沒有裝上劍柄或之類的握把。

「妳有印象這是什麼嗎？」

「你要鑑定啊。能稍微借我一下嗎？」

媽媽這樣請示並戴上白手套，拿起那把刀刃。

「是很特殊的刀刃呢……這與其說是刀刃，不如說更像是生物的爪子……」

「是爪子。」

獨臂男子聲音低沉地說。媽媽拿起放大鏡，仔細檢查那根紅色爪子。然而，她就像毫無頭緒一樣，露出傷腦筋的表情。

「想不起來嗎？」

「不好意思，我們這裡可能有點……雖然想試著找出一點線索……」

媽媽把紅色爪子放回桌面上。

「要我幫你介紹更大的店家嗎？」

「不了。」

粗魯的聲音響起。獨臂男子帶著凶狠的眼神說：

「這根爪子只有妳才知道。」

轉瞬間，現場瀰漫起令人不安的沉默。媽媽困惑地看著那個男人的臉。

「還想不起來嗎？那個被妳遺棄的孩子。」

媽媽驚訝地瞪圓眼睛。獨臂男子拿起紅色爪子，眼神變得銳利。受到連平民也能感受到的強烈殺氣，媽媽向後退開。

「這根爪子啊——」

男子將紅色爪子的前端朝向媽媽。

「是這樣使用的。」

他將紅色爪子對準媽媽的腹部，以驚人的速度刺出。在這個剎那，男子遭到從廚房噴出的熊熊烈火所籠罩。

「小艾艾……！」

『可惡啊——為什麼我要……絕不原諒啊——……！』

燃燒絕望的艾庫艾斯窯，只要聽到令人不安的腳步聲，就會立刻將其燒燬。這就是新世界的秩序，媽媽的守護者。

可是——

男子在重重地踏響地面後，光憑聲音就滅掉了艾庫艾斯窯的火焰。

「居然讓主神侍奉妳。看來我沒有認錯人啊，災禍淵姬。」

「——唔嗯，盡在說一些沒聽過的詞彙，你到底是什麼人？」

獨臂男子朝後方看去。我趁著他滅火的空隙轉移到了他的背後。

「垃圾，不准妨礙我。」

男子不由分說就揮出一記反手拳。我搶先一步，用手掌猛烈擊中他的後頭部。

「……咳……嗚……！」

男子一頭撞向地面，隨著一聲悶響，整張臉埋進地板裡。

「擁有如此強大的力量，卻不認識我嗎？還真是件怪事。」

「該死的——咳噗……！」

縱使他想立刻起身，卻被我一腳踩住了腦袋。

「回答我的問題。只要你如實回答，那麼只需要接受火刑就好。」

§9　【恨】

「雷伊，在那裡左轉。」

我一面用腳踩住獨臂男子，一面透過米夏的神眼窺視冰山山脈，向雷伊發出「意念通訊」。男子憤怒地看著我。

「別在意，跟你無關。」

他以打探的魔眼（眼神）冷靜地看著我，就像毫不在意自己的臉被踩在地上一樣。

「……你是元首嗎？」

「要提問的人是我。既然不知道我是誰，那麼為何要襲擊我的母親？」

聽到我這麼說，男子不知為何臉色大變。

「……你說……………什麼……？」

「你聾了嗎？我問你為何要襲擊我的母親？」

那是一副難以形容的表情。憤怒、歡悅、輕蔑與瘋狂都交織在一起，讓人感到非常醜陋的一張面孔。「咯、咯咯……」他發出讓人毛骨悚然的笑聲。

「咯咯咯、咯呵呵呵呵呵呵呵呵呵！這樣啊！妳生下來了！妳終於生了啊！一直在抵抗的妳，終於還是委身災禍了嘎咳啊啊……！」

我狠狠地踩了踩腳，讓他的臉再度埋進地板裡。

「給我搞清楚自己的處境。這麼粗俗的笑聲，媽媽聽到會嚇到。」

他突然伸出獨臂，抓住我踩在他頭上的腳踝。他充滿執著的眼神，緊緊地盯著我。

「別這麼說嘛，兄弟。」

男子全身湧出漆黑粒子。一股驚人的魔力奔流，開始撼動以結界覆蓋的家。

「你打算一個人獨占嗎？」

他的手緊緊握住我的腳踝，使得骨頭嘎吱作響。

「不好意思，我才八個月大，獨占媽媽是我理所當然的權利。」

縱然我以「破滅魔眼」封殺他的魔力，漆黑粒子還是源源不絕地湧出，屋內眼看就要充斥魔力。

「不過，我不知道媽媽有其他孩子，這該不會是新的詐騙手法吧？」

為了抑制他的力量，我也在身上纏繞漆黑粒子。

「咯、咯、咯、咯、咯，不論你怎麼狡辯，魔力都無法隱藏。雖然你似乎成功讓它變質了，但是我知道。而你應該也知道，我們擁有同種魔力。」

耳邊傳來奇妙的耳鳴發出「嘰、嘰嘰」的聲響。儘管確實很微弱，我的根源呈現與他的根源產生共鳴一般的反應。要說我們擁有同種魔力，可能未必是錯的。

「據說這世上有三個長相相同的人。就算碰巧有人的魔力與我相似，也不代表我們是兄弟。說到底——」

他的手指更加深入地陷入我的腳踝。真不簡單，他的臂力居然與安納海姆相當，甚至可能還在祂之上。當我將魔力集中在腳上的瞬間，他迅速放手，撿起落在地上的紅色爪子投向媽媽。

我展開「四界牆壁(beno iebun)」，不過那根紅色爪子才剛接觸到黑色防壁，就將其吸收為自己的力量。帶著黑色極光的爪子逼近到媽媽眼前，我立刻踢開他的腦袋且同時後退，抓住那根紅色爪子。

我竭盡全力壓制迸發著激烈火花掙扎的爪子。若非家中受到艾庫艾斯窯的秩序守護，這一帶恐怕已經化為焦土了。

「哪怕我們真的從同一個娘胎出生，像你這種不孝的傢伙，我也不會稱你為兄弟。」

終於重獲自由後，他立刻起身朝我猛然衝來。

「『根源戮殺（zagadesu）』。」

「『根源死殺（bebuzudo）』。」

縱使我們施展的魔法各不相同，彼此的手都染成了漆黑。他筆直刺出手刀，我則以手掌擋下。由於強大魔法的衝突，周圍迸散魔力火花，家裡的柱子發出慘叫。

「唔嗯，你擁有如此強大的力量，這些年來究竟藏身在哪裡？」

「這應該要問你才對，兄弟。你是如何隱藏的？」

「你指的是什麼？」

「想裝傻啊？」

無法承受我與他的推撞，雙方的腳「砰」的一聲陷入地板裡。轉瞬間，他的獨臂聚集起漆黑粒子。

太不自然了。雖然他的右臂欠缺肩膀以下的部位，那隻不存在的右臂看起來似乎才帶有更加強大的魔力。那隻右臂的不祥魔力，賦予他的獨臂力量。男子的力氣異常增強，將我的身體推了開來。我的雙腳在地板上滑行，使我的背撞上牆壁。

「居然想用一隻手壓制我的獨臂。看來你的魔眼（眼睛）很差呢，兄弟。」

「是啊，其實最近看不太清楚細小的東西。」

我背後的牆壁出現裂痕。

「尤其是小人物，更是看不太到呢。」

或許是受到了我的挑釁，漆黑粒子開始以他的獨臂為中心形成漩渦。他猛力地蹬向地面，連同我的身體一起撞破牆壁。

「小諾……！」

媽媽的聲音響起。獨臂男子就這樣把我推進廚房。

「哼，連力量的深淵都看不出來，光只會耍嘴皮子。你可能想以對等的條件展現力量，但我的獨臂可不是一隻手，而是有兩隻手的力量。不趕快用上右手，你可是會後悔喔。」

「別擔心，一隻手就夠了。畢竟你……」

我再後退一步對他說：

「缺了腦袋啊。」

我鬆開手掌的力道，將他的手刀撥開。然後趁他向前跨步站穩的時候，用「根源死殺」的手一把抓住他的後頭部。

「這個時間要是使出更大的力量，會對鄰居造成困擾。」

他止不住向前的衝勢，就這樣被我抓著頭部，猛力地扔了出去。而在前方等待他的，是已經點燃窯火的艾庫艾斯窯。

「……呃、嘎啊……！」

他一頭撞進艾庫艾斯窯裡遭到窯火焚燒。他迅速展開反魔法，用左手抓住石窯的邊緣。

「別再撐了。」

我用力踹了他的屁股一腳，將他突出來的半個身體踹進艾庫艾斯窯裡。

「……呣……！」

「『獄炎殲滅砲』。」

我朝堅固的艾庫艾斯窯內連續射出漆黑太陽。威力足以將一國化為焦土的「獄炎殲滅砲」接連命中，漆黑火焰在石窯內部洶湧肆虐。

「回答我，你是什麼人？為何要襲擊媽媽？」

我朝著發出「轟隆隆隆隆隆隆」聲響漆黑燃燒的艾庫艾斯窯內詢問。

「………你還真會裝傻呢，兄弟……」

「唔嗯。」

我以「獄炎鎖縛魔法陣」緊緊綁住他的身體。

「……咕呣……！」

「等你想說的時候，再放你出來。」

我「砰」的一聲關上艾庫艾斯窯的蓋子，裡頭響起了「咚、咚」的敲擊聲。雖說如此，這可是以艾庫艾斯為材料創造的石窯，一般的攻擊無法破壞它。

艾庫艾斯窯判定這傢伙是會帶來絕望的存在，因此這個石窯現在如同投入大量燃料一般，內部轉眼間越燒越旺，溫度每分每秒都在不斷上升。他遲早承受不住吧。

我將椅子拉來打算坐下，忽然感覺到一道視線。我抬頭透視天花板，空中並無人影。

我縮小視野範圍，並在魔眼注入魔力，讓視線變得狹窄而遙遠。天空的盡頭依舊空無一人，然而在天空的遙遠彼端——黑穹裡，有一個將長髮綁成麻花辮的少女。她的肩膀上有一個骷髏的紋章，胸前則有一個泡沫與波浪的紋章，手上撐著一把陽傘。雖然她穿著女裝，不過跟獨臂男子是同一款制服吧。

她正閉著眼睛。然而，她就算不睜開眼，大概也看得見。她將陽傘的尖端對準遠在地面上的我，在上頭畫出魔法陣。

我以「森羅萬掌」將右手染成蒼白。

「妳是那傢伙的夥伴嗎？」

我向她發出「意念通訊」。

『姑且算是。』

陽傘前端射出一道漆黑光彈，我立刻以多重展開的「四界牆壁」覆蓋住家的外側，同時也在媽媽周圍設置了「四界牆壁」。轉眼間，那道「四界牆壁」消失，漆黑光彈則突然出現在媽媽眼前，兩者被交換了。

「咦……」

伴隨著媽媽的低聲驚呼，發生了一場大爆炸。外牆與天花板被吹飛，家裡在一陣「嘎啦嘎啦」的聲響中崩塌。

「好不容易才重新創造得這麼堅固。」

我抱著媽媽，比爆炸擴散的速度還快的速度逃了出來。雖然條件不明，假如她能讓魔法與魔法進行交換，就不能離開媽媽身邊了。

被炸燬的家中響起一道「喀答」聲響，唯一還保留原樣的艾庫艾斯窯的蓋子打了開來。應該是剛才的爆炸氣浪使得爐門鬆脫了吧。

「現在才是重頭戲。」

獨臂男子從艾庫艾斯窯裡爬了出來，用一隻手畫出魔法陣瞪著我。儘管要對付這傢伙很容易，在黑穹的女子就很棘手了。

『退下吧。』

陽傘女子向獨臂男子發出「意念通訊」。她似乎並不打算隱藏，無須竊聽也能聽得一清二楚。

「目的尚未達成。」

『已經取得在這之上的成果了，退下吧。』

女子以高壓的語氣說：

『這裡是對方的領域吧？援軍很快就會趕到，而你的獨臂也無法使用。』

「給我五秒，我就能達成目的。」

話一說完，獨臂男子就朝我撲來，以高速揮出「根源戮殺」的手刀。我抱著媽媽，輕而易舉地躲過他的所有攻擊，反過來將他的臉一腳踢飛。

「唔……！」

「你難道以為我不能使用雙手，就會很好對付嗎？」

「這種不痛不癢的攻擊，你還真敢說。」

獨臂男子將他的手放在右臂的切斷面上，那裡浮現出一道不祥的魔法陣。

「我這是在手下留情，你可別太囂張了啊。」

就在湧出漆黑粒子的下一瞬間，男子的身影突然消失。取而代之，一個少了一隻手的小人偶掉落在地面上。

「唔嗯，也就是說，只要有相似之處，就能使雙方互換嗎？」

我將視線投向上空，望向遙遠的黑穹，便看見獨臂男子正飄浮在陽傘少女的身旁。我將媽媽輕輕放下並問他們：

「你們是從哪裡來的？」

『現在對你無可奉告。本來沒想到會找到你。下次見面的時候，我們說不定是你的同伴，也說不定是你的敵人。』

「你們擅自闖入別人家中，以為這種說法能被接受嗎？」

『我只是在陳述事實。我並不恨你，而且事到如今我對母親——』

女子突然露出驚訝的表情，就像察覺到自己從方才就一直閉著的眼睛有些不太對勁，伸手摸了摸右眼的眼皮。

「妳終於注意到了啊？」

我張開手掌面向上空，掌心裡放著一顆玻璃珠。那個東西是義眼。我在方才進行攻防之際，以「森羅萬掌」的手偷偷將它搶了過來。

「還在想妳為何要閉著眼睛，不論是那個男人的獨臂，還是這顆義眼，你們力量的祕密看來就隱藏在缺損的肉體上。」

『……你叫什麼名字？』

一直很冷靜的女子，聲音微微地顫抖起來。

「好啦，尚未自報姓名，算是彼此彼此吧。」

『珂絲特莉亞・亞澤農。』

女子唾棄般的說，而我無畏地笑了笑。

「阿諾斯・波魯迪戈烏多。」

『……阿諾斯……』

她帶著怒意顫抖地說：

『……我絕對不會原諒你。不論你會成為敵人還是同伴，都無所謂。你就留著那顆義眼，並且記住我的名字吧。珂絲特莉亞・亞澤農將會奪走你最珍貴的事物……』

「哦？這東西有這麼重要嗎？」

我將義眼一把捏碎。珂絲特莉亞驚訝地張大嘴巴。

「這就是妳方才想做的事。在遷怒他人之前，妳先好好體會這種感受並加以悔改吧。」

珂絲特莉亞睜開左眼。她充滿憤怒的義眼瞪著我。

『你給我記住。我總有一天，總有一天絕對會消滅你……！』

「別說什麼總有一天，現在就動手如何？」

她氣得咬牙切齒，散發出強烈的怒火。然而，她並未受到挑釁，而是在向獨臂男子說了幾句話後，繼續上升到更高的黑穹。

要再以魔眼繼續追蹤下去，到底只有米夏辦得到。

接著，身旁出現兩道魔法陣後，辛與伊杰司便轉移過來。

大概是察覺到這場騷動，他們立刻趕了過來。

「請吾君下令。」

辛說。

「先按兵不動。我對賊人設置了『追蹤(enoi)』。根據他們逃回的地點，應該就能確定他們是誰的手下。」

我踢開獨臂男子時，趁機對他設置了魔法。他們尚未察覺到此事，目前正在黑穹高速移動。不論他們想回到哪裡，憑藉我的魔力，哪怕是世界的盡頭都追蹤得到。

「……哦？」

「怎麼了？」

伊杰司一臉凝重地問。

「『追蹤』中斷了。」

「被察覺到了嗎？」

「倘若魔法被動了手腳，我應該能察覺到。」

我所設置的「追蹤」並未被破壞，也沒有被切斷，就只是突然中斷了。就像超出了有效範圍一樣。

§10 【侍奉死者之人】

諾羅斯家的宅邸——

米夏與莎夏在多拉姆的帶領下，走在華麗的地毯上。不愧是與涅庫羅家有所交流的家族，諾羅斯家也是名家望族的樣子，宅邸建造得十分奢華，走廊上陳列著各種美麗的家具與藝術品。

「就在這裡。」

多拉姆停下腳步，指向一道巨大且顯得堅固無比的門。雖然造型在迪魯海德十分常見，門上畫有魔法陣，形成一道強力的結界。

「……還真是森嚴呢。」

即使莎夏用魔眼窺視，也無法感受室內的魔力。這是因為用來維持門上結界的魔力太過龐大了。

「因為禮物已經準備好了。」

「哦～」

米夏與莎夏輕輕使了個眼色。大概是對於他們為了保護一樣禮物，居然準備如此強大的結界感到疑問。而諾羅斯家有能構築這種結界的術者，更讓她們感到有問題。這是即使與兩千年前相比，也顯得毫不遜色的魔法結界。

「所以呢？既然已經準備好了，還要找我們商量什麼？」

「想請兩位幫忙挑一件令堂會喜歡的禮物。」

多拉姆邊說邊把手伸向門。在他送出魔力後，門就無聲無息地打了開來。

「請進。」

兩人跟隨著多拉姆進入房內。

寬敞的室內擺滿各式各樣的東西。從寶石、裝飾品、衣服、小飾品，到繪畫和古董等，蒐集到的禮物種類多到讓人嘆為觀止，而且每一樣都是一眼便知的頂級品。米夏就像在俯瞰室內一樣，心不在焉地用神眼（眼睛）看著。

「要我們選是可以，但在那之前能先和我們說一下理由嗎？」

莎夏一臉嚴肅地說：

「準備好這麼多禮物，還說這攸關諾羅斯家的存亡，感覺非同小可。」

「我明白了。其實——」

話說到一半，多拉姆就露出困惑的表情。他就像陷入沉思一般，久久沒有開口。

「怎麼了嗎？」

「……不，那個……」

多拉姆欲言又止。

「……我不清楚……」

「嗄？」

「……我想不起來……我為什麼要做這種事……？我記得直到方才……」

米夏與莎夏面面相覷。隨後，室內響起一道耿直的聲音說：

「抱歉，我對他植入了虛假的記憶，而且對他沒有害處。」

房間深處浮現一道人影。出現在兩人面前的，是一個戴著軍帽的男人。

男人身穿孔雀綠色的制服，肩膀和軍帽上帶有火焰紋章，胸前則有一個泡沫與波浪的紋章。他板著一副儼然是軍人的表情，筆直走到米夏與莎夏的面前。

「你……你是誰！」

多拉姆大聲疾呼的瞬間，軍帽男子將指尖伸向了他。

「莎夏。」

「我知道！」

在他向多拉姆畫出魔法陣的瞬間，莎夏的「破滅魔眼」便在魔法發動前將其破壞。

「退開。」

米夏與莎夏就像要保護他一般挺身站在多拉姆前方。

「我無意傷害他。事情已經完成，因此我打算恢復他的記憶。」

「誰會相信你的話啊。」

莎夏厲聲大喊完，軍帽男子便將手放下。

「是我失禮了。等過幾天，他的記憶就會自然恢復。」

「找我們有事？」

米夏平靜地問。

「肯定的。我名為吉恩．安巴列德。所屬不能說，此外我也不會回答任何問題。米夏．涅庫羅、莎夏．涅庫羅，我來到此處，是有事想要拜託兩位。」

「有事想拜託我們，卻不想回答問題？還真是自我中心的主張呢。」

莎夏顯現出「破滅魔眼」瞪視著吉恩。雖說她無意攻擊，一般人光是與她對上視線，恐怕就會當場暈倒。然而，那名男人直視著她的破壞視線。

「我知道這樣不合禮數。」

米夏直直注視著他然後問：

「所託為何？」

「跟那個男人說的一樣，想請妳們從這些物品中選出一件要贈與令堂的禮物。」

吉恩以耿直的語調說，莎夏感到疑惑。

「我不明白你的意思。你做出這種與涅庫羅家為敵的行為，卻又想請我們為母親挑選禮物。你要不是別有用心，就是腦袋有問題吧？」

「兩者都是否定的。我想請妳們挑選的，是要贈送給妳們過去母親的禮物。」

米夏微微瞪圓神眼（眼睛）。

「……你是指創造神艾蓮妮西亞？」

「肯定的。只要妳們選好了，我就會立刻離開，保證不會傷害妳們。」

米夏思索片刻之後說：

「母親已經毀滅了。」

「肯定的。」

「為何還要為祂挑選禮物？」

「我不會回答任何問題。」

米夏與莎夏相互交換眼神。她們完全不了解吉恩的意圖。

「說出理由，我們就幫你選。」

「如果不能說，不好意思，那我們只好請你離開了。」

吉恩一臉冷漠地站在那裡。他似乎在思考著什麼，面無表情地一直保持沉默。最後，他開口說：

「我是艾蓮妮西亞的隨從，需要帶伴手禮回到主人身邊。」

「……你是說你要死嗎？」

「我不會回答任何問題。」

吉恩毫不理會莎夏詢問地如此回答。假如他真的是前任創造神艾蓮妮西亞的隨從，那就意味著他來自米里狄亞誕生之前的世界。

的確，他的魔力波長非常異質，與人類、魔族和龍人都不同。他既非精靈，也非神族。

然而，只要窺看深淵，能感覺到所有種族的特徵似乎都混合在他身上。

「我明白了。」

米夏這麼說，同時開始物色附近的物品。莎夏則一面警戒吉恩，一面跟著妹妹走去。

「……這樣好嗎？我們並不清楚他的來歷喔？」

「禮物的事情，我想他並未說謊。」

「那其他呢？」

「不清楚。」

米夏看向始終立正不動，無意理會兩人的吉恩。

「他以強烈的意志，隱藏著自己的內心。只有提及禮物的時候，才能稍微看出他真正的想法。」

「所以他說自己是艾蓮妮西亞的隨從，可能是真的？嗯……既然世界在生命完全毀滅之前就被重新創造，也許真的有人能保留上一個世界的記憶……」

莎夏露出難以置信的表情。

「我也是第一次看到。」

既然從創世之初就一直看著這個世界的她這麼說，那麼這就是相當罕見的事情吧。

「……他所說的禮物，總之就像要獻給死者的供品吧……？他為什麼要做這麼兜圈子的事情……？」

米夏微歪著頭。

「是上一個世界的規則？」

「……無從確認呢。算了，只是要選禮物的話，我是無所謂啦。而這樣應該也能確認那傢伙的目的。」

「選這個。」

米夏拿起一張羊皮紙信箋。

「……要寫些什麼嗎？」

她點了點頭。

「寫感謝的話。」

莎夏微微瞪圓眼睛後微笑起來。大概是因為即使是這種時候，米夏也還是認真挑選了艾蓮妮西亞會感到高興的禮物。

「很有米夏的風格呢。」

「莎夏也一起寫？」

「雖然覺得要交給那個可疑的傢伙有點奇怪……」

「不行？」

「算了，好吧。看來要給母親禮物這件事，確實是真的。」

莎夏拿起一旁的鵝毛筆魔法具。

「我們就一起寫吧。」

「嗯。」

兩人用那支鵝毛筆在羊皮紙上寫下文字，在放入信封後又施展了「封蠟」。這是一種只有收信人能看到信件內容的封印魔法。迪魯海德自古以來就有寫信給故人時，會在信件上施展「封蠟」的習俗。據說只要這麼做，就能讓信送到那名故人的手上。

「寫好了。」

米夏將信件遞給吉恩，莎夏則將方才使用的鵝毛筆也一併交出。她沒有放鬆警戒，緊盯著軍帽男子。

「感謝配合。」

吉恩收下信件與鵝毛筆後，隨即施展了「轉移」的魔法。他的腳邊出現魔法陣，然後消失無蹤了。

莎夏一臉錯愕，站在原地愣了一會兒。

「……他真的只是請我們來選禮物的嗎？」

「好像是。」

§11　【黃金劍柄】

亞傑希翁大陸東北方，無名的冰山山脈──

『──在那裡左轉。』

雷伊聽到我發送的「意念通訊」，在岔路口往左轉。在前進一段時間後，能在眼前看到一塊巨大冰塊。雷伊走到那塊冰塊旁抬起視線，靈神人劍伊凡斯瑪那就埋藏在裡頭。

他畫出魔法陣，從中心拔出一意劍席格謝斯塔。

「呼……！」

冰塊被斬碎，無聲無息地崩塌下來。他一面保持警戒，一面掃視周圍。沒有任何陷阱，也依舊感受不到任何人的氣息。然而，既然如此，為何無法施展「轉移」——他留下了這個疑問。

雷伊小心翼翼地走去，來到插在冰面上的伊凡斯瑪那旁。

沒發現到損傷。靈神人劍一如往常，散發著神聖的光芒。他碰觸劍柄並握住。

接著，一道蒼白電流竄過整把聖劍，激烈地作出抵抗。雷伊立刻放開伊凡斯瑪那，劍柄微微掉落了一部分。

「……發生什麼事了，伊凡斯瑪那……？你能告訴我嗎？」

於是，以劍身所插入的位置為中心，地面上畫出一道魔法陣。聖劍的劍柄，再度掉落了一部分。

如今，靈神人劍發生了某種狀況，所以才沒有回應雷伊的召喚吧。雷伊將意識集中在聖劍上，再度把手伸向劍柄。

「不准碰它。」

一道斥責的聲音響起。雷伊轉頭看去，看見一名男子從深處的通道裡走出來。

他穿著上等的背心與金色刺繡的夾克，胸前裝飾著垂胸領飾，背上背著一把大弓。他的裝扮既像貴族，也像個獵人，但那恐怕是一套制服。肩膀上有一個劍的紋章，胸前則有一個泡沫與波浪的紋章。肩膀上的紋章總覺得很像靈神人劍。

「骯髒的小偷。你就連它正要恢復成真正的模樣都不知道嗎？」

男子以高高在上的態度說，一副他很熟知伊凡斯瑪那的語氣。

「你是誰啊？」

「無禮之徒。區區小賊，膽敢詢問貴為五聖爵的我的名字嗎？你沒有資格知道我的名字，只要乖乖聽從我的命令就好。」

男子以高壓的語氣說：

「給我讓開，那把聖劍已經歸還於我了。」

「我不太明白你的意思，能為我說明嗎？」

「行了，給我讓開。我不會再說第三次。否則，我會讓你成為我的劍下亡魂。」

自稱是五聖爵的男子將手移至腰間的劍上。對於以威脅般的眼神瞪來的那傢伙，雷伊回以一抹爽朗的微笑。

「我不會讓開喔。」

剎那間，劍光奔馳，金屬聲響起。雷伊以席格謝斯塔擋下自稱五聖爵的男人拔劍揮出的一擊。

「賊人無恥，這話說的果然沒錯。」

「我不覺得自己有偷就是了。就算靈神人劍選擇其他人，我也不會介意。」

兩人一面以劍鍔相推，一面互相對視。沒有一招就分出勝負，看來自稱五聖爵的男人也非泛泛之輩。

可是，我從未見過此人，也從未聽聞過五聖爵的名號。

「既然如此，那你說說看，鍛造出伊凡斯瑪那的劍匠之名。」

「是由人類的名匠所鍛造——應該就只知道這種程度喔。早在兩千年前時，他的名字就已經失傳了。」

男子冷笑一聲繼續詢問：

「那麼，祝福此劍的神叫什麼名字？劍上寄宿的精靈呢？」

「你知道嗎？」

自稱五聖爵的男人在全身充斥魔力，將雷伊連同他的劍一起震飛出去。

「我當然知道！只不過——」

他的劍尖對準雷伊。

「你已經說溜嘴啦！」

他以超越閃光的速度刺出剎那間的一擊。雷伊以一意劍打掉直逼眼前的劍尖。對方立即刺出的第二擊，這次則對準了雷伊的喉頭。男子就像不知極限一樣，刺出的劍擊越來越快，掀起的風壓打穿雷伊背後的牆壁。

劍擊聲激烈得足以撼動整座冰山山脈，僅僅數瞬之間，兩人就已交鋒過上百次。

「馮——！」

男子發出尖銳怪叫，刺出渾身的一擊。劍鋒相交，雷伊的一意劍脫手飛出，插在天花板裡。這是個圈套。靈神人劍就插在他的身旁。雷伊打算讓對方以為他手無寸鐵，然後再趁對方攻擊之際，反過來給予致命一擊吧。

自稱五聖爵的男人衝進雷伊的懷中——本以為他會這麼做，他卻立刻收劍，呆立不動地停在原地。

「不過來嗎？」

「別小看人了。我巴爾扎隆德以伯爵之名發誓，哪怕對手是個罪人，我也絕不會攻擊手無寸鐵之人。快點拿起你的劍吧。」

「哦～」

雷伊跳起來，拔出插在天花板上的席格謝斯塔。

「可是，這樣好嗎？」

巴爾扎隆德冷笑一聲。

「哼哼～即使你拿起劍，結果也不會改變。你勝不過乃是顯而易見的——」

「你方才不是說我沒有資格知道你的名字嗎？」

巴爾扎隆德露出「糟了」的表情，然後就像要掩飾失誤一般板起面孔。

「伶牙俐齒的傢伙。居然這麼巧妙地問出我的名字，還真是可怕。」

就像要敷衍過去似的，他的魔力沿著手臂傳到劍上，魔力覆蓋住整把劍。一股開始讓劍身嘎吱作響的力量聚集在劍上。

「然而，在劍的對決上，我絕不會輸。」

他一股似乎要強行將自己的失誤視作未曾發生過的氣勢直逼雷伊。巴爾扎隆德舉劍說：

「我的劍是最快的劍。連時間也能斬斷的巴爾扎隆德流狩獵劍。」

寂靜籠罩整個場地，讓人陷入時間彷彿靜止一般的錯覺。在這個萬物靜止的世界裡，只有巴爾扎隆德動了起來。不對，是那男人的劍太快了。

相對地，雷伊則採取了捨身攻勢。他判斷不論巴爾扎隆德的劍有多麼快，也無法一擊斬斷他的七個根源，所以故意不作出防禦，瞄準對方大招過後的破綻。遲了巴爾扎隆德一步，雷伊將一意劍迅速揮向他的脖子。

「馮——！」

巴爾扎隆德的劍刺向雷伊的胸口——然而，劍身在那之前便粉碎四散。這是因為劍速太快，讓他的劍承受不住。雷伊的一意劍就在即將砍下巴爾扎隆德腦袋的瞬間突然停住，使得他的脖子滲出淡淡血絲。

「……那個，等等。先暫停……」

儘管被人用劍抵著脖子，巴爾扎隆德還是堂而皇之地說：

「我要求重新來過。這把劍不行了。我還不習慣在這裡的戰鬥。」

「你在說什麼啊？」

縱使雷伊朝著他揚起一絲微笑，卻沒有要將一意劍從他脖子上移開的意思。只要他有那個意思，就能在瞬間砍下巴爾扎隆德的脖子吧。

「……唔…………卑鄙小人……」

「雖然我不是很清楚，能告訴我你的目的和靈神人劍的事情嗎？」

男子緊咬牙關。此時，響起某種東西碎裂的聲音。當雷伊轉頭看去，插在那裡的靈神人劍的劍柄已經粉碎四散，宛如聖劍自行粉碎一樣。

雷伊的眼神變得凝重。至今從未發生過這樣的情況。

「那不是靈神人劍本來的劍柄。」

巴爾扎隆德說，以指尖畫出魔法陣。

「真正的劍柄在這裡。」

一把閃耀黃金光澤的劍柄出現在魔法陣的中心。劍柄上沒有劍刃，護手上則鑲著一顆藍寶石。

接著，靈神人劍獨自飛脫，就像被黃金劍柄吸引似的飛來。正好就像靈神人劍朝著雷伊的背後刺去一樣，他立刻從那裡跳開。

雷伊伸手抓住飛來的伊凡斯瑪那，而巴爾扎隆德則握住了那個沒有劍身的劍柄。

「被指派的使命結束，如今正是伊凡斯瑪那恢復成真正模樣的時候。把它還來吧。」

黃金劍柄溢出神聖的光芒。它散發的魔力，確實和伊凡斯瑪那很相似。

「……看來你說那是靈神人劍劍柄一事，所言不假呢。」

雷伊舉起席格謝斯塔與沒有劍柄的伊凡斯瑪那，警戒地注視著巴爾扎隆德。雖然他踏出一步，卻在那裡停了下來。

『把靈神人劍交給他。』

沒錯，他收到了我的「意念通訊」。

『你有什麼打算嗎？』

『這邊看到了一群帶有相同紋章的人。他們或許是從外側來的。』

『……世界的外側嗎？』

『這傢伙有點蠢，很適合在放走後進行跟蹤。』

我這樣傳達後，雷伊就將靈神人劍拋向巴爾扎隆德。他看了一眼插在地上的劍，然後對雷伊說：

「哦？看來你意識到抵抗是沒有用的了。」

「如果你能拔出靈神人劍的話，我就承認你是持有者。反正，這個世界已經不再需要那把劍了。」

「既然如此，你就睜大眼睛看好吧！」

巴爾扎隆德握住劍柄損毀的靈神人劍將它拔起，然後將聖劍高舉在頭上。

「我，巴爾扎隆德，是真正被靈神人劍伊凡斯瑪那選上的人。是勇敢果斷的獵人！」

會自行選擇持有者的那把聖劍，儘管握在他的手中，卻像在展示力量一般發出神聖的光芒。看來那把劍原本由他持有一事，可能並非謊言。

「這可是你自己說的，應該沒有異議吧？」

對於巴爾扎隆德的詢問，雷伊點了點頭。

「哼哼～心態很好。你撿回了一條命呢。」

他這樣說完，就將黃金劍柄高舉向天。劍柄才剛湧出光芒，冰塊的天花板就開始融化。

「再會了。以竊賊來說，你的劍術相當了得，值得讚揚。」

巴爾扎隆德飛向被光芒融開的大洞，往天空飛離而去。

§ 12 【外側的世界】

我與辛轉移到冰山山脈的上空。

媽媽那邊有伊杰司陪著。小心起見，我也通知了亞露卡娜要她回來。由於艾蓮歐諾露她們也會一塊兒跟來，應該不用擔心。

「如果巴爾扎隆德來自世界的外側，那麼靈神人劍也是嗎？」

雷伊以「飛行」從下方飛來。

「恐怕是。」

那傢伙持有的那個黃金劍柄，確實與伊凡斯瑪那產生了共鳴。那是靈神人劍的劍柄這件事，並非謊言。

「這麼遠的距離應該足夠了，追上去吧。」

我們以「幻影擬態」與「隱匿魔力」隱藏身影和魔力，跟蹤持續上升的巴爾扎隆德。

「根據傳承，伊凡斯瑪那是為了毀滅邪惡災禍而存在的聖劍。守護那把劍的奉祀神曾經說過，那把劍是為了斬斷災難的宿命，由遠古的人類、神和精靈共同創造出來。而靈神人劍在你出現之後，才開始發出那道神聖光芒。」

雷伊說。靈神人劍毫無疑問是為了毀滅暴虐魔王而存在的聖劍。實際上，這把劍能對我的毀滅根源發揮出無與倫比的力量。

「為什麼它會從世界的外側過來？」

「天曉得。」

我們飛越天空來到黑穹。

「襲擊吾君母親的珂絲特莉亞與獨臂男子，如果那兩人也是來自世界的外側，情況就難以理解了。」

辛說。

「的確。不論是要搶奪靈神人劍，還是要襲擊我的母親，等到現在才行動確實很令人懷疑。機會照理說應該要多少有多少才對。」

假如要搶奪靈神人劍，最佳時機應該是趁它被安置在勇者學院神殿裡的時候；假如要襲擊媽媽，則是趁我出生之前動手最為確實。然而，不論是巴爾扎隆德還是珂絲特莉亞，他們都沒有這麼做。

「就在我們開始注意到可能存在世界的外側時，他們出現了。我不認為這是巧合。」

「意思是說，可能與世界轉生有關嗎……？」

「假設他們在世界轉生之後，才發現到這個米里狄亞世界，這些事情就說的通了——」

因為世界進行了轉生，使得我們的世界變得容易被外側發現到嗎？

「停下來。」

我張開雙臂停止上升。辛與雷伊也都停了下來。

「是船嗎？」

遠在黑穹的另一端，能在巴爾扎隆德的視線前方看到一艘大型船隻。那是一艘三桅的飛空帆船。船上設有砲門，應該是一艘軍艦。能在船上看到武裝士兵的身影。船體溢出的魔力粒子形成了一個結界，以球型將整艘船包覆其中，是個威力相當強大的魔法屏障。

那艘船並非以魔法飛行，讓人對於它的動力來源感到疑惑。即使窺看深淵，也看不到任何東西，但那艘帆船確實在這片漆黑的天空中自由地翱翔。巴爾扎隆德朝著來到附近的飛空帆船大喊：

「各位辛苦了。這附近沒有這個小世界的人。解除那道粗俗的魔法屏障，全員朝我這邊看來。」

他這樣宣告後，帆船的魔法屏障就解除了。

「好啦，睜大眼睛看好吧。我，巴爾扎隆德，已將靈神人劍伊凡斯瑪那被奪走的劍身取回來了！」

巴爾扎隆德將伊凡斯瑪那高舉在頭上，為了展現給帆船上的人看，而在船的正上方緩慢游著。

「榮歸巴爾扎隆德！榮歸狩獵貴族之神！海馮利亞萬歲！」

巴爾扎隆德高聲喊道後，船上的人們也紛紛齊聲應和：

「「「海馮利亞萬歲！海馮利亞萬歲！」」」

船員們是巴爾扎隆德的部下嗎？他們都穿著與他相同的制服，背上背著弓，腰上掛著劍。只不過，這男人比我想得還要蠢啊。

『要攀在船體上了，跟我來。』

我以「意念通訊」發出指示，朝著帆船飛去。魔法屏障已被解除，船員們的目光全都集中在上方的巴爾扎隆德身上。我從反方向，也就是船的下方繞過去，以「森羅萬掌」抓住船底。在伸出另一隻手後，辛就握住我的手，雷伊再握住辛的手。

「轉舵航向帕布羅赫塔拉。」

巴爾扎隆德降落在桅杆上向眾人說。

「遵命！可是，巴爾扎隆德卿，您要是不下來……！」

「哼哼。要觀察潮流，這裡是最好的位置。啟航吧。」

「遵、遵命！」

不出所料，船開始轉舵朝向黑穹的盡頭前進，眼看著不斷加速。不論以多麼快的速度飛行，依照這個世界的秩序，都只會繞行黑穹一圈，從反方向出來。

假如他們要前往世界的外側，就必然會有必須搭乘這艘船的理由。我攀附在船底，以魔眼凝視，窺看著深淵。

果然，看起來不像展開了特別的魔法術式。然而，當我試著俯瞰整艘船時，卻發現船帆大大鼓起，彷彿承受著魔眼所看不見的風一樣。

那裡一定有什麼。就像艾庫艾斯的齒輪一樣，有某種魔眼看不見的力量在作用。是類似秩序的力量嗎？不管怎麼說，既然那裡存在某種力量，就應該有能窺看那個深淵的方法——

我不斷地變化魔眼，尋找能和這股看不見的力量對上的波長。不過，在我掌握到訣竅之前，眼前的黑穹先溢出了銀色光芒。

船筆直地航向那道銀光。漸漸地，漆黑天空被一點一點地染成銀色。船仍在持續加速，並能在眼前看到無數的泡泡流過。

『這是……？』

周圍的景象讓雷伊倒抽一口氣。就連辛也難掩驚愕之情，眼神變得凝重起來。我們身處在一片滿溢著銀色光芒的大海裡。當我看向背後時，那裡有一個無比巨大、散發著銀光的圓形泡泡。

我以魔眼凝視後，確實可以看到創造神米里狄亞的魔力。這個銀泡，就是我們所在的世界。也就是說，我們來到世界的外側了。

「唔嗯，向米夏發出的「意念通訊」傳達不到呢。」

我目前正與她連著「魔王軍」的魔法線。儘管如此，卻幾乎沒有發揮任何作用。

『看來內部與外側的情況稍微不太一樣。』

我的話讓雷伊與辛的臉色都變了。前方是未知的世界。不僅不知道有什麼在等著我們，而且對方似乎比我們知道得更多。

『接下來有什麼計畫？』

雷伊問。

『就當作是順路，讓他們帶我們前往他們的世界吧。就算以肉身返回，也無法保證能再次進入米里狄亞的世界。』

『回不去這種事，拜託就饒了我吧。』

雷伊帶著微笑說。

『有關回程，奪船應該會是最好的方法。』

辛提議。

這就目前來說應該是最為確實的方法。我們靜靜地等待船隻抵達目的地。

在覆蓋船隻的球型魔法屏障之外，無邊無際的海水一直延伸開來。魔眼的反應也很不靈敏，幾乎無法看見前方的景象，只有銀光從各種角度灑落下來。

『假如世界從外側看來就像那個銀泡，這些光也許全部都是那些泡泡散發出來的。』

『也就是有多少光，就存在多少世界嗎？』

辛以魔眼看著眾多的光。數量驚人到就算要數，也會讓人感到愚蠢的程度。

『咯哈哈，沒想到外頭竟然如此廣大。一不小心就會迷路呢。』

『這一點也不好笑啊。』

雷伊略帶苦笑地說。

就這樣過了數小時，終於有一道銀光照射到我們眼前，宛如一條光之道路。船隻在那道光的引導下繼續前進後，我們眼前出現了一個巨大銀泡，就像方才看到的米里狄亞世界。

船隻直接駛進那個泡泡裡。這次眼前是受到黑暗籠罩的景象，銀水漸漸消散。取而代之顯現的，是一片漆黑的天空——與我們的世界一樣的黑穹。船隻繼續下降，我們漸漸能看到太陽的光芒。

天空被染成了紅色。是夕陽。下方能看到一片廣大的森林、連綿的山脈，廣闊的湖泊和小河，還有城市。無庸置疑，這是與我們的世界截然不同的另一個世界。

「——你們這些傢伙，那是怎麼回事！」

突然間，船上響起一道怒吼聲。那是巴爾扎隆德的聲音。

「怎麼會沒發現到，那些小賊就掛在船底下！」

辛與雷伊朝我看來。我本來還想就這樣直接前往他們的根據地，不過到底沒有蠢到這種地步嗎？儘管我們應該隱藏了身影，「幻影擬態」與「隱匿魔力」的效力似乎正在衰退。是他們施展了反魔法嗎？

「實、實在非常抱歉……！因為我們奉命要讚揚巴爾扎隆德卿——」

「……唔唔……確實是這樣呢。算了，已經發生的事多說沒用。把他們甩下去！」

「遵命！」

在解除魔法屏障後，船體就立刻加速前進，然後做出一個急轉彎。強烈的加速度襲向我們，但「森羅萬掌」的手不會這麼輕易就放開。

「難纏的傢伙。既然如此，我們這邊也有對策。不要轉舵，就這樣全速前進。」

「可是，巴爾扎隆德卿，這前頭可是幽玄樹海……」

「假如進入那片空域，那傢伙就會……！」

「就到邊界為止，懂了吧？」

一名部下恍然大悟。

「遵、遵命！全速前進！」

船的速度越來越快，強烈的風壓襲向我們。

「吾君。」

辛將視線投向雲層的對面，那裡有一座高聳而巨大的山脈。突然間，船隻緊急轉彎，以就像要迫降在那座山頂上一樣的速度俯衝而下。船底與地面發出「嘎、嘎嘎嘎嘎、嘎嘎嘎嘎嘎嘎嘎」的聲響不斷相互摩擦。

「哼哼，不知天高地厚的偷渡客。這就是選上我的船的懲罰。」

「——哦？」

巴爾扎隆德朝著上方瞪大眼睛。

「在你們的世界裡不允許偷渡，但用軍艦闖入他國的領海就可以嗎？」

我、辛和雷伊三人以「飛行」降落在船上。

「如果要入境，就給我表現出相應的禮節，蠻族。」

§ 13 【井底之蛙，不知大海】

「蠻、蠻……蠻蠻……」

巴爾扎隆德瞪大眼睛，帶著備受打擊的表情顫抖著聲音說。

「你說我是蠻族！你可知我是狩獵貴族中享譽盛名的五聖爵之一，巴爾扎隆德・弗雷納羅斯伯爵？竟然膽敢對我如此放肆！根據答覆，我可不會輕易放過你！」

「巴爾扎隆德卿，他們恐怕是淺層世界的居民，而且還是剛形成的第一層世界。我想他們並不知曉五聖爵之名。」

「……唔……！」

聽到部下的進言，巴爾扎隆德懊惱地咬牙切齒。

「可惡……鄉下人就是這樣……」

「還真是愉快的餘興節目呢，叫什麼巴爾扎隆德的。」

我一這麼說，他就以嚴厲的眼神瞪來。彷彿進入戰鬥態勢，他的部下們全都拔出劍。

「別這麼急著送死。你們的行為確實無禮至極，但假如是來取回靈神人劍，姑且還有正當的理由。只要你們願意商量，我就不過分追究。」

巴爾扎隆德的眼神變得凝重。

「區區小賊，態度竟然如此狂妄。」

「這個前提本身就是錯的。我們並不清楚那把聖劍的來歷，是不知從何時開始就出現在我們世界裡的東西。也許有人把它偷走了，但至少我們對此一無所知。」

對於我的說詞，巴爾扎隆德姑且有在認真聆聽。

「說出犯人的名字。倘若有證據，我就把那傢伙抓來交給你們處置。」

「哦？你要自證清白嗎？倘若想騙我，你應該知道會有什麼下場吧？」

「我就任憑處置。」

我這麼說完，他就冷笑一聲。

「很好，那就讓這傢伙看看證據吧。」

巴爾扎隆德說。接著，他的部下們騷動起來。

「怎麼啦？動作快。」

「……巴爾扎隆德卿，這次是奉聖王的赦命，所以沒有證據……」

他的一名部下跑來，在他耳邊低聲說。巴爾扎隆德聽了臉色大變。

「沒有證據！你們這群笨蛋！意思是說，我們沒有證據就平白誣陷他們是賊嗎！在出發前，我叫你們去確認了吧！」

「不、不是的！這件事絕對不是沒有證據，只是沒有告知我們而已……！聖王陛下的話就是證據。」

「閉嘴，聖王陛下又怎麼了！不論是誰說的話，都算不上是證據啊！」

「這、這句話太不敬了……！」

「哪裡不敬了！竟然要我審判無辜之人，是想讓五聖爵之名蒙羞嗎？」

「可、可是……這是聖王的赦命，我們不敢懷疑……」

巴爾扎隆德的怒氣把那名部下嚇得半死。他應該是被夾在那個叫什麼聖王的赦命之間，左右兩難吧。

「夠了！」

巴爾扎隆德打斷他的解釋，來到我的面前。

「非常抱歉，看來是我冤枉無辜了。部下失態是我的責任。這把聖劍就歸還你們吧。」

巴爾扎隆德交出靈神人劍。

「巴爾扎隆德卿！不行這麼做！」

「這樣不知道會受到什麼樣的懲罰！」

「閉嘴！」

被他大喝一聲，部下們全都沉默了。

「你們想為了保全自己，平白誣陷他人嗎？不准你們繼續讓狩獵貴族之名蒙羞了。」

他意外地是個明理的男人呢。雖說只要一開始確認好證據，事情就不會搞成這樣，所以他確實有點蠢。

「這並不代表它不是被偷走的。不管怎麼說，這把聖劍原本是你們手裡的東西吧？」

「靈神人劍具有自己的意識。倘若伊凡斯瑪那是自行前往你們的世界，我們也會尊重它的意願。如果日後找到盜竊的證據，到時我們會再次前去索回。這是人與人之間的禮節。」

我看向雷伊後，他向前走出幾步，收下了靈神人劍。

「容我再次自我介紹，我是巴爾扎隆德・弗雷納羅斯。」

「我是阿諾斯・波魯迪戈烏多。」

「我要為我的無禮之舉向你謝罪。假如有我辦得到的事，還請告訴我。」

「唔嗯，我有幾件事情想要問你。」

我畫出魔法陣，把手伸進中心，從中取出獨臂男子投向媽媽的那把紅色爪子。

「你知道這是什麼嗎？」

突然間，巴爾扎隆德瞪大魔眼。

「巴爾扎隆德卿！」

「請退後！」

伴隨這句話，巴爾扎隆德警戒似的與我拉開距離。

「這個是！這個男人是……！」

他的部下們自全身釋放魔力。魔眼呈現最大限度的警戒，展現出與我們搭上這艘船時無法相提並論的強大氣勢。

不對，這與其說是氣勢，看起來更像是殺氣嗎？他們簡直就像在凶惡野獸面前的獵人，帶著冷酷的魔眼。

「別吵，我十分清楚。」

巴爾扎隆德對部下們說。

「唔嗯，這是這麼誇張的東西嗎？」

「你說你叫阿諾斯・波魯迪戈烏多吧？這對我們聖劍世界海馮利亞來說，是無法坐視不管的東西。」

巴爾扎隆德投來嚴厲的眼神。他也收起方才的愚蠢表情，就像面對獵物的獵人一樣，露出冷酷無情的表情。

「你是從哪裡拿到的？」

「沒什麼，是方才侵入我們世界的賊人落下的。」

話才說完，巴爾扎隆德的兩名部下就衝了過來。

「急什麼，我的話還沒說完呢。」

他們無視我的話，毫不留情地揮劍。辛與雷伊用魔劍擋下這兩劍。

「淺層世界的人不可能擊退得了那群毀滅獅子！」

「巴爾扎隆德卿，這傢伙是跟亞澤農串通好的。假如無法捕獲的話，就只能在這裡斬草除根了！」

趁這兩人衝來的間隙，其他士兵們也都紛紛舉弓搭箭。他們的目標全都對準了我。

「有這種血氣方剛的部下，真是辛苦你了。這明明就跟方才一樣，沒有任何證據。」

「如果沒有證據，就無法問罪於人。這是人與人之間的禮節，也是道理。」

巴爾扎隆德一臉苦澀地說：

「對方要是野獸的話，就另當別論了。要是你們不僅擁有伊凡斯瑪那，甚至還持有亞澤農之爪，我身為狩獵貴族就不得不狩獵你們了。」

「哦？」

居然這麼輕易地就翻臉不認人。

「我無法將伊凡斯瑪那交給你們，更別說讓它返回原本的世界。不過，作為方才冤枉你的賠罪，我就給予你最後的慈悲。」

就像自詡正義一樣，巴爾扎隆德坦蕩地說：

「你們若是無辜的話，就拋下一切武器，乖乖束手就擒。只要這麼做，我就以伯爵之名發誓，會竭盡全力證明你的清白。」

「要是我拒絕呢？」

「我就無法保證你的性命。」

巴爾扎隆德斬釘截鐵地如此斷言。不論我的回答為何，他的部下都已經準備好要動手。只要我露出破綻，他們的箭矢就會毫不留情地射出吧。

有別於他們手上的劍，弓的魔力超乎常規。也就是方才他們是用對人的武器，而現在則是用對野獸的武器吧。看來巴爾扎隆德的態度，以他們那叫什麼狩獵貴族的基準來說算是天真的。

「唔嗯，我明白了。因為我不可能從那個叫珂絲特莉亞的小丫頭手中搶走這把亞澤農之爪，所以我一定與那個女人有所勾結——你們是這個意思吧？」

我在眼前畫出魔法陣。

「也就是說，想要洗刷冤屈，只要證明我比那個女人還要強就好了吧？」

「亞澤農的毀滅獅子，可是能毀滅深層世界國家的怪物。你不可能證明得了這種事，就老實投降吧。」

「咯哈哈，才一個國家就在大驚小怪。假如要稱作怪物，至少希望要有足以毀滅世界的力量啊。」

從魔法陣的砲門中，突然出現一顆漆黑太陽。

「『獄炎殲滅砲』。」

我朝著巴爾扎隆德射出漆黑太陽。可是，情況不太對勁。火勢太弱了。

「『聖十字凍結（erurosse）』。」

巴爾扎隆德發出一道十字光芒，在擊中「獄炎殲滅砲」的瞬間，漆黑太陽立刻凍結了。

「聖十字凍結」沒有減速，就這樣朝我射來。我稍微跳開，避開這一擊。

我應該避開了，十字光芒卻掠過我的腳尖，一路凍結到我右腳膝蓋的位置。這是……身體好重？他做了什麼嗎？不對，並非如此。

「你的魔法與身體都無法如你所願地行動。」

我的膝蓋下跪後，巴爾扎隆德瞬間移動來到我眼前。他並沒有施展魔法。這是他本身的速度。

「唔嗯，狀況確實有點不太好。」

「在這個比你的小世界位置還要更深層的小世界裡，一切的力量都是天壤之別。不論是力氣、速度、堅韌性還是魔力，皆是如此。就連一粒空氣的阻力，對你來說應該也都很沉吧。就算你施展出足以毀滅你們淺層世界的魔法，在這裡就連這艘船都破壞不了。」

巴爾扎隆德以訓誡的語調說。他大概不想毀滅我，而是想讓我投降。

「在你的世界裡，那傢伙應該是極具實力的強者。」

巴爾扎隆德指著雷伊。

「然而，在方才的比試中，我一直在抑制力量。即使抑制了力量，這個男人還是跟不上我的速度。我——巴爾扎隆德要是使出全力，那種程度的世界就會破壞。就讓我講得明白一點吧。」

他的身影才剛晃動一下，就瞬間來到我的背後。我以手掌接下他立刻踢來的一腳，迸發出激烈的魔力火花。

「你是井底之蛙。」

我的身體被輕易踢飛，猛烈地撞上船體的牆壁。

「好好認識大海吧，阿諾斯．波魯迪戈烏多。然後，拋下武器投降。身為最為淺層的小世界居民，這是你唯一能做到的事。」

「唔嗯。」

我緩緩地當場站起。原以為被非常強大的力量踢飛，但船體居然毫髮無傷。還真的確實比我們世界的物質還要堅固。

「即使施展足以毀滅世界的魔法，也破壞不了一艘船嗎？」

我在凍結的右腳注入魔力。漆黑粒子畫出螺旋，冰塊碎裂飛散。

「這還真是個好消息。既然你對速度有自信，那我們就來比一場賽跑——」

我邊說邊使勁蹬向船的甲板。而就在這一瞬間，宛如爆炸的激烈巨響，從我的腳底響徹開來。

「……什麼……！」

「嘎……啊……啊……！」

「啊……唔……啊啊……」

船上滿是士兵們的驚愕聲。因為在空中飛行的大型船隻斷成兩截，開始在空中解體。大概是我起跑的衝擊，讓這艘船承受不住了吧。他們就像在哀嚎般發出慘叫。

「怎……怎……怎麼可能啊——！這艘銀水船涅菲斯居然……！」

「到底怎麼了……！剛才到底發生什麼事了！」

「……該不會是被他剛剛那一踏——」

「這、這種事！不可能！區區淺層世界的居民，不可能對船體造成任何傷害！」

「夠了，快去修船——！要垂直墜落了！」

「在、在修了！可是，輪機部的損害太嚴重了……！」

「前、前方是！雲間山脈……！」

「快、快迴避！迴避——！」

「不、不行啊！船舵失去控制了——」

開始崩解的銀水船朝著在雲層中露出的山峰撞去，船體因為急遽的氣壓變化凹陷。崩壞到這種程度，已經無法阻止墜落了，整艘船在墜落的衝擊之下粉碎四散。士兵們被拋到半空中，狠狠地撞擊在地面上。

「……唔……！」

巴爾扎隆德在空中重新穩住身體，降落在山峰的地面上。他以嚴厲的眼神看向沙塵飛揚的方向。

「咯哈哈，抱歉。本來想跟你比一場賽跑，沒想到這艘船比你說得還要脆弱許多呢。」

一陣風倏地帶走沙塵，顯露出我、雷伊與辛的身影。

「……這股……力量是…………」

巴爾扎隆德臉色凝重地喃喃說道。我揚起無畏的笑容開口說：

「雖說井底狹窄，難道你以為青蛙就會小嗎？」

§ 14　【幽玄樹海】

我將視線看向聳立在雲間的山地一帶。

巴爾扎隆德的部下們重新站了起來，同時已經拉開了弓。儘管銀水船遭到破壞一事使他們陷入動搖，全員都沒有因為撞山而失去戰鬥能力，戰意也都沒有消退。跟他說的一樣，他們比米里狄亞世界的人還要結實。

「放下弓吧。我只不過是要證明你們的理論是錯的。」

縱使我都這麼說了，巴爾扎隆德他們卻比方才還要緊張，將魔力纏繞在箭矢上。

「唔嗯，看來方才這點力量，還不足以證明呢。」

「……你以淺層世界的人來說太強了……」

巴爾扎隆德說。

「相信亞澤農之爪是我搶過來的了嗎？」

「不，這不可能。淺層世界的人，況且還是第一層世界的居民，竟然能一腳踏碎銀水船涅菲斯，這種秩序哪怕放眼整座銀水聖海，也不可能存在！」

「咯哈哈，『要說以前不存在』不是嗎？畢竟我至今都還待在井底之中呢。」

「誰會相信這種戲言啊！」

巴爾扎隆德緊握黃金劍柄，以嚴厲的眼神瞪著我。

「亞澤農的毀滅獅子，你奪走靈神人劍的劍身後，潛藏在淺層世界裡了吧。」

唔嗯，給我來這招啊？因為不清楚外側的情況，完全猜不到他會做什麼反應。

「說到底你們所謂的亞澤農的毀滅獅子，指的究竟是什麼？我可是確確實實出生自那個世界喔。」

「閉嘴！我才不會上當！」

就像不願聽我講話一樣，巴爾扎隆德說。

「我是一名獵人，所以比起算計，我更相信直覺；比起思考，更優先採取行動；比起話語，劍與弓更有說服力。」

「這擺明在說你是個笨蛋呢。」

「所以我才不會被你們毀滅獅子的花言巧語蒙騙！你是否為該狩獵的獵物，就由這把正義的劍柄判定。審判吧，伊凡斯瑪那！揭露此人的災禍！」

巴爾扎隆德將黃金劍柄高舉向天。上頭的藍色寶石變成紅色，士兵們默默地倒抽一口氣。他們的殺氣正在急遽上升。

「睜大眼睛看好靈神人劍展示的災禍之紅吧。這正是你身為從毀滅深淵中誕生的災厄之獸，亞澤農的毀滅獅子的證明！」

搞不懂呢。我不覺得他是故意讓那把劍柄發出紅光，好可以冤枉我。要是他的個性像格雷哈姆一樣扭曲也就算了，實在不覺得這名男人擁有能讓個性扭曲的智慧與懂得演戲騙人的腦袋。

假設靈神人劍的劍柄具有能辨別什麼亞澤農的毀滅獅子的力量，為什麼會對我產生反應？我在與獨臂男子對峙時，聽到了奇怪的耳鳴聲。我與他的根源，確實呈現出像是在共鳴一樣的反應。

然而，我一點頭緒也沒有。媽媽被他們稱為災禍淵姬，跟這件事有什麼關係嗎？不論如何，即使我再怎麼解釋，現在他都聽不進去。

「隨你怎麼稱呼我都可以。然後呢？」

我悠然地向前走去，然後對他說：

「所以怎麼了嗎？那個叫什麼亞澤農的毀滅獅子，襲擊了我的母親，目前我們是敵對關係。你要是獵人，現在還是別管我會比較有利喔。」

我朝警戒的他們露出笑容。

「我絕對不會輕易放過威脅我們和平的人。哪怕是同胞也一樣。」

「……我不會把靈神人劍交給你……」

就像完全不相信我說的話一樣，他以嚴厲的眼神看向我與雷伊手中的靈神人劍。巴爾扎隆德的部下們也都露出作好覺悟的表情。

他們就像要擾亂一樣，一齊朝不同的方向衝了出去。

「「「『聖獵場（raaze）』。」」」

從士兵們畫出的魔法陣中颳起強風。閃耀的空氣粒子激烈紛飛，讓這塊山地一帶充滿了光。捲起的暴風遮蔽視野，就連魔眼也看不清楚。

「聖風吹拂之地，即是我們的獵場。」

聲音乘著風從各種方向傳來。看來也無法依靠聽覺了。剎那間，一根纏繞著閃耀之風的箭矢出現在眼前。在我以單手接住後，狹窄的視野裡突然冒出數百根的箭矢。

「唔嗯。」

我以「森羅萬掌」之手將其盡數抓住。不對，有五根漏掉了。疾風之矢正要刺穿我的身體，辛的劍就瞬間將其一一打掉。

「身體很重呢。」

辛說。

「而且，魔法的運作更不靈敏的樣子。」

「獄炎殲滅砲」也是這種感覺。看來這不是單純增加魔力量就能解決的問題。與我們不同，他們能充分地施展魔法。

「無法視物。」

獵人們的聲音響起。

「你乃是獸，擁有非人之力。」

「然而在獵場裡，獵人將能勝過野獸。」

「即使是獅子，也無法逃過海馮利亞獵人的箭矢。」

「為離開族群的選擇感到後悔吧。」

聲音迴蕩開來，拉弓的弦音層層疊起。

「確實只能隱約看見，但這點程度你們還是住手吧。」

我握緊拳頭，漆黑粒子畫出螺旋。

「你能隱約看見？」

「在這種距離下握拳嗎？」

「哪怕你能一拳崩山，只要打不中就毫無意義。」

「不論是什麼野獸，在我等狩獵貴族之前都毫無差別。」

「陷入獵場的獵物，將因為無法視物的恐怖逐漸錯亂。」

巴爾扎隆德的聲音響起。

「你越是掙扎，越會被我們逼入絕境。」

我向前踏出一大步，使勁揮出拳頭。

「笨蛋！在這種距離下，揮拳有什麼用——咳啊啊啊啊啊啊啊啊啊啊啊啊啊啊啊啊啊啊啊啊啊啊啊啊啊啊啊啊啊！」

帶有魔力的拳壓，粉碎了他們射出的無數箭矢，轟散形成漩渦的「聖獵場」，將巴爾扎隆德等狩獵貴族打飛到遙遠的另一端。

「巴、巴爾扎隆德卿——……！」

從山地被轟飛出去的那些人，就這樣頭下腳上地墜落到樹海裡。

「我應該叫你們住手了。一旦看不清楚，就不知道該對誰手下留情。」

還留在這座山地上的士兵有十幾名，大略還剩一半的人數吧。他們在互相使了一個眼色後，在下一個瞬間以「飛行」飛上天空，決定逃走。

判斷還真快。假如失去對上野獸的優勢，立刻逃跑才是他們的基本策略吧。只要在能確實解決的時候動手就好。

「追上去。我們需要他們的情報和船。」

「遵命。」

辛與雷伊追著他們飛上天空。

兩人朝著就像陷阱一樣設置在空中的「聖獵場」飛了進去。

「這個世界的人總體來說都很強大，切勿深追。」

『我知道喔。』

我施展「意念通訊」朝樹海的方向飛去，將視線投向長滿蒼鬱樹葉的一個角落。雖然覺得就落在這附近，這片樹海應該不是普通的地方。我感到比密德海斯的魔樹森林還要強大的魔力。

魔眼的運作也受到阻礙，無法看得像平時那樣清晰。我大略環視一圈後，發現到他的一名同伴掛在樹上，似乎暈了過去。可是，其他人不在附近，可能得稍微費點工夫找。

不過出乎意料地，我很快就找到他的所在位置。

『芬，你在哪裡？沒事的話就回答我！』

因為巴爾扎隆德一面大喊，一面無差別地發出「意念通訊」。我從上空靠近並投以視線，他正和士兵們一起警戒四周，搜尋著走散的同伴。

「……巴爾扎隆德卿，不能再待下去了。」

「不僅是毀滅獅子的問題，我們也不能在這片樹海裡逗留太久……要是連二律僭主都出現，我們就……」

「芬也是一名獵人，他早就作好覺悟了。」

「笨蛋！你難道覺得本伯爵巴爾扎隆德，是會捨棄隨從的男人嗎！假如害怕，你們就自己先回去吧！」

巴爾扎隆德獨自朝著森林的深處走去。

「巴、巴爾扎隆德卿！」

「請等一下！」

隨從們連忙追上他。

「唔嗯，倘若能解開無聊的誤解，我想我們應該能愉快地相處。」

我從空中降落到樹海後，他們立刻舉起弓箭。

「如何？在開打之前，要不要先試著談談？」

我朝前方勾了勾蒼白的手指，那一名掛在樹枝上的士兵就飛到我的手邊。我朝著表情變得凝重的巴爾扎隆德，將士兵拋還給他。他毫不遲疑地用雙手接住那名士兵。

「……你這是什麼意思？」

「你應該很清楚實力差距了。就算你的腦袋不夠聰明，也該知道談話對你比較有利。」

巴爾扎隆德說不出話，同時一副懷疑的表情。

「你覺得我會相信你嗎？」

「大家一開始都這麼說。」

巴爾扎隆德不敢大意地瞪著我。他抱著的那名士兵，是叫做芬吧。大概是撞到他的要害，傷勢相當嚴重。雖然已經對他施展恢復魔法的樣子，傷勢恢復得很慢。

「既然如此，就無條件放我們走。」

巴爾扎隆德說。

「辦不到。這裡是未知的世界，我還分不清楚東西南北。」

我泰然自若地站在那裡，不帶敵意地說。

「回應對話吧。我會保證你們的生命安全。」

巴爾扎隆德沒有立刻回答，緊緊咬著牙關。他在尋找我的破綻嗎？還是在想是否有交涉的餘地？沉默維持了數秒。

「既然如此——」

他開口說。而就在這一瞬間——

「…………！」

「滴答」一聲，血滴在地面上。

我的嘴角滲出鮮血並滴落，有人從背後貫穿了我的身體。直到接近的前一刻，我都沒感覺到任何魔力。然而，此時站在我背後的那個人，卻散發出巴爾扎隆德無法相提並論的強大魔力。

「……二律僭主……」

巴爾扎隆德臉色發白地喃喃說道，他的部下全都嚇得渾身發抖。

「快抱著芬離開！我來爭取時間——」

巴爾扎隆德這樣大喊，同時拿出黃金劍柄。他向前衝去並畫出魔法陣，從中拔出沒有劍柄的劍身。就在巴爾扎隆德將黃金劍柄與劍身接合、正要注入魔力的瞬間，他的右臂就「啪答」一聲落在地上。

「嗚……唔啊啊啊啊啊啊啊啊……！」

應該站在我背後的那個人，瞬間移動到了巴爾扎隆德面前，異常長的銀髮就像在水面緩緩漂蕩一般漂浮。那名高大的男人穿著將暮色具體化一般的外套，有一雙不帶色彩的眼睛。

「啊……啊……唔……！」

銀髮男子踏住巴爾扎隆德的影子。僅僅如此，他就當場吐血倒下。男子默默地低頭看著倒下的他，就像要給予他最後一擊似的在手上注入魔力。

那道毫不留情揮下的手刀，在巴爾扎隆德的眼前突然停住。

「哎，等等。我可是預定要和這傢伙談談喔。」

我從一旁抓住銀髮男子的手臂。

「請教一下——」

不帶色彩的眼睛緩緩看向我。沒有驚訝，也沒有恐懼。是不懷疑自身力量的強者眼神。

「冷不防地打穿他人胸口，是這個世界打招呼的方式嗎？」

§15 【二律僭主】

「我定下二律。」

沙啞的聲音傳來。沒有回答我的問題，銀髮男子說：

「要交出狩獵義塾院巴爾扎隆德伯爵的性命離開樹海？」

狩獵義塾院？從名字看來，似乎是一座學院——？

「還是要為帕布羅赫塔拉的學院條約犧牲，與本二律僭主戰鬥到最後一刻？」

盡說些聽不懂的事。儘管完全掌握不了情況，似乎因為我保護了巴爾扎隆德，讓他誤以為我是他的同伴了。

「選吧。」

男子沒有甩開我的手靜靜地向我宣告，彷彿沒有其他選擇一樣。

「唔嗯，那就這麼辦吧。我可以原諒你剛才的招呼方式與無視我問題的失禮之舉。作為交換，你能放過這些傢伙，跟我稍微聊聊天嗎？」

「這樣啊。」

有如螢火般的光芒突然從二律僭主的身上冒出。那是魔力的燈火。

「要為學院條約犧牲啊。」

銀色長髮就像在水面緩緩漂蕩一般搖曳。即使我以魔眼（眼睛）凝視、窺看著深淵，還是看不出這名男人的真正實力。

「不管是哪個傢伙都不聽人說話。」

我為了壓制他的力量，解放根源的魔力，全身冒出漆黑粒子。

二律僭主為了推開我，在右手上施加超乎尋常的力量。我使勁壓住他推來的右手後，魔力就以我們為中心形成激烈的漩渦。

我們的手臂互相推擠，銀色螢火與漆黑粒子互相拉鋸。

「……什麼……這、這是…………」

巴爾扎隆德對著被砍斷的手臂施展恢復魔法，同時瞪大魔眼（眼睛）。下一瞬間，隨著「轟轟轟」的聲響，突然颳起一陣暴風。

「唔喔……！」

巴爾扎隆德和他的隨從們被暴風颳走，猛烈地撞在樹上。

「……咕唔唔……快、快搭上風……！就這樣逃離樹海……！」

「遵、遵命……咕啊啊啊啊……！」

面對再度颳起的暴風，隨從們幾乎就像被颳走一樣地紛紛逃離這裡。只要運氣別太糟，應該就不會死。可是，這個男人一點也不為所動。

有意思。

「你叫做二律僭主吧？」

他毫不理會我的詢問，只是以不帶色彩的眼睛看來。

「還真是驚人的力量。不過，你好像還沒拿出真本事。」

他在手上施加多少力道，我就壓制住多少力道。震耳欲聾的地鳴響起，樹海開始搖晃。

「再來。展現你全部的力量吧。」

「真是個看不透的男人。你在打什麼主意？」

沙啞的聲音傳來。

「我初來乍到這個世界，還不太清楚分寸。儘管好像比我所在的地方堅固，還是不免擔心會不會太過用力，把它毀滅了。」

他在手上使出更大的力量，溢出的螢火開始照亮整座樹海。我為了與其對抗發出魔力，纏繞在身上的漆黑粒子形成螺旋。

「第一次遇到想把我當測量儀來用的人。」

他絲毫無半點感慨地說。

「可以啊。」

他身上冒出無數鮮明的螢火。

「卿就盡情測量我的能耐吧。」

瞬間，銀髮男子發揮出無與倫比的力量。我窺看那股力量的深淵，以更強的力量直接壓制。我與二律僭主的力量衝突，震飛了樹海裡的樹木。

地面被刨開，轉眼間將這裡化為一片荒野。雙方的手臂都沒有移動，彼此的力量完全勢均力敵。

「哦？我可是想把你壓扁在地上呢。」

「卿的力量令人驚嘆，是許久不曾見過的強者。」

不帶色彩的眼睛詭異地亮了起來。

「我就承認卿是值得見識本二律僭主真正實力的高手。」

他緩緩抬起腳，踏住了我的影子。突然間，體內感覺到一陣衝擊。即使嘴角滲出血絲，我還是咬牙撐住。

「『二律影踏（dagudara）』。」

我的影子上浮現一道魔法陣。當二律僭主發出「咚」的一聲踏在影子上時，那股力量就直接刺中我的根源。超乎剛才的衝擊攪亂我的五臟六腑，使我湧出大量的魔王之血。

「『根源死殺』。」

我間不容髮地以漆黑指尖貫穿二律僭主的胸口。然而，手感很不可思議。別說是流血，就連應該就在那裡的根源都沒抓到。他不痛不癢地再度抬起腳，用力踏在我的影子上——我在這一刻前連忙跳開，成功避開了這一踏。

等落地時，背後的一塊大岩石就發出破裂聲，粉碎四散了。他並沒有做什麼，就只是踏住影子而已。

「看來那個魔法，只要不被踏中影子就好了。」

我畫出一百門魔法陣，射出「獄炎殲滅砲」。二律僭主也畫出相同數量的魔法陣。

「『霸彈炎魔熾重砲（doguda azubedara）』。」

他施放蒼藍恆星。這些恆星與我發出的「獄炎殲滅砲」相撞，輕而易舉便將它們吞噬。

我以「破滅魔眼」瞪視，再以「四界牆壁」形成防壁。然而，「霸彈炎魔熾重砲」貫穿這兩層防禦，朝我的身體傾注而下。

蒼藍火焰形成漩渦，就像要貫穿天空一樣猛烈竄起。根源被燒灼，我讓湧出的魔王之血腐蝕這些火焰後，才總算將火勢撲滅。

「唔嗯。」

姑且不論肉搏戰，米里狄亞世界的魔法在這裡會顯得威力不足。儘管魔法的威力會隨著魔力的多寡改變，理所當然還是存在上限。只要超過一定以上的魔力，「火炎(gurega)」就絕對比不上「大熱火炎(gusugamu)」，而「大熱火炎」也絕對比不上「獄炎殲滅砲」。炎屬性的最上級魔法「獄炎殲滅砲」，在米里狄亞的世界裡有充分的火力。畢竟要是使出這個威力以上的攻擊，別說燒燬國家，就連世界也會一起燒燬。

然而，這個道理在這裡並非如此。即使有二律僭主的一百倍魔力，「獄炎殲滅砲」也比不上「霸彈炎魔熾重砲」。手頭上能超越那一招的魔法，大概就是「灰燼紫滅雷火電界(rabuia gigu gaberizudo)」或「極獄界滅灰燼魔砲(egiru gurone angudoroa)」。

話雖如此，由於不清楚後者的威力會下降多少，不能輕易使用。

「『獄炎鎖縛魔法陣(zora e deifuto)』。」

漆黑火焰奔馳在二律僭主的周圍化為鎖鍊。

「『魔黑雷帝(jirasudo)』。」

我以獄炎鎖限制他的行動，射出漆黑閃電。二律僭主閃避著「獄炎鎖縛魔法陣」，同時畫出魔法陣。他的手才剛發出暮色光芒，下一瞬間「魔黑雷帝」就朝我彈了回來。即使我以「破滅魔眼」瞪視，那道漆黑閃電也完全沒有消失。被反彈回來的「魔黑雷帝」，其威力提升了好幾個等級。

我以漆黑的「根源死殺」之手將那道閃電劈成兩半。

「真是有趣的魔法。再多讓我看看吧。」

我將「魔黑雷帝」疊在「獄炎殲滅砲」上，朝他胡亂射出。

「真是令人惋惜的男人。卿雖是強者，所使用的魔法還太淺了。只要學到深層，就能與本二律僭主對等戰鬥吧。」

他緩緩地朝我伸出指尖，以「霸彈炎魔熾重砲」迎擊。蒼藍恆星依舊輕易地將纏繞閃電的漆黑太陽吞噬了。隨著劇烈的爆炸聲響，竄起好幾道蒼藍火柱。就像要撕裂這些火柱一樣，我奔跑了起來。從蒼藍火焰中，陸續跑出好幾道我的身影。

我施展了「幻影擬態」。除此此外，還以「隱匿魔力」隱藏起本體的行蹤。十幾個我包圍住二律僭主。

「『影鈴（zen）』。」

他在空中創造出一個淡淡發光的鈴鐺。當那個鈴鐺發出「鈴鈴」聲響起時，影子就從「幻影擬態」的我身上消失了。

「也就是說，假的會沒有影子嗎？」

二律僭主正要直接衝向真正的我時，突然轉向左邊。那裡什麼也沒有。儘管如此，唯獨我的影子就出現在那裡。

「……唔……！」

鮮血從他的胸口滴下。因為「波身蓋然顯現（buenejiara）」的我，以「根源死殺」貫穿了他的身體。

「你難道以為真正的我只有一個嗎？」

「波身蓋然顯現」的影子就像要追擊似的從背後逼近他，影子上卻浮現了魔法陣。

「『二律影踏』。」

二律僭主踏住影子後，可能性的我就被震飛消失了。

「……可能性具體化嗎……？」

他以沙啞的聲音低語，發出「鈴鈴」的聲響弄響「影鈴」。他將視線投向浮現在周圍的影子。他一眼就看穿「波身蓋然顯現」的真相且作出應對，魔眼很不尋常。

「淺層的魔法也有可取之處呢。」

我趁著以「波身蓋然顯現」製造出的空檔，在雙手上握緊紫電並加以凝縮。從指縫間灑落的紫色閃電，左手加右手合計畫出二十個魔法陣。

「『灰燼紫滅雷火電界（rabuia gigu gabueriizudo）』。」

連結起來的紫電魔法陣，朝著二律僭主發射出去。樹海一帶染成紫色，震耳欲聾的雷鳴響徹天際。毀滅之雷狂暴肆虐，射穿了他的身體。即使是那道紫電，應該也沒辦法解決他。

然而，這裡並非米里狄亞的世界。所以——

「『灰燼紫滅雷火電界』。」

「波身蓋然顯現」的我包圍二律僭主，朝他發出毀滅閃電。二道……四道……六道，我一面注視這個世界的損傷，一面將毀滅魔法不斷疊起。於是，在米里狄亞的世界怎麼樣也不可能施展、合計疊起二十道的「灰燼紫滅雷火電界」，將樹海染成鮮明的毀滅之色。

「竟能將淺層魔法磨練到這種程度，真是了不起。」

在彷彿終末的雷擊中，能看到一道悠然走動的人影。

「『黑芒星』。」

儘管二律僭主遭到毀滅之雷擊中，還是從容地畫出一道黑色五芒星。接著，一道巨大的蒼藍恆星從他背後畫出的魔法陣中浮現。「霸彈炎魔熾重砲」經由「黑芒星」的效果，使得魔力增強到超乎尋常的境界。

「這是餞別禮。卿就在九泉之下好好自豪吧。」

「咯哈哈，真是驚人的魔法。我就是在等這種魔法。」

我將多重魔法陣的砲塔對準他，漆黑粒子緩緩形成七重螺旋。大地崩裂，天空震撼，遠方的樹木一棵棵被強風吹走，但損傷並未達到米里狄亞世界的程度。

很好，比我想像得堅固。假如是這個世界，不會光是餘波就遭到破壞。

「『極獄界滅灰燼魔砲』。」

終末之火朝著二律僭主射出。他就像要迎擊似的射出「霸彈炎魔熾重砲」。纏繞著螢火的蒼藍恆星，與形成七重螺旋的黑暗火焰相撞。

強烈的閃光覆蓋這附近一帶，兩道魔法就像在互相抵消一般拉鋸不下。蒼藍恆星眼看化為漆黑灰燼，終末之火漸漸消散。

這場撼動世界一般的劇烈衝擊，最終勝利的是「極獄界滅灰燼魔砲」。他所發出的魔法盡數化為灰燼，七重螺旋的火焰直擊他伸出的手。

「——『掌握魔手』。」

我瞪大魔眼。因為他染成暮色的右手猛然抓住了「極獄界滅灰燼魔砲」。只要碰觸就連世界都會化為灰燼的魔法，他僅憑自己的一隻手就將那道終末之火的一切掌握在手中。

「強者啊，魔法很深。」

他靜靜抽回那隻右手後，竟將「極獄界滅灰燼魔砲」丟了回來，七重螺旋奔馳。跟方才的「魔黑雷帝」一樣，那道終末之火的速度提升了好幾個等級，並帶著更強大的破壞力直擊我的身體。

於是，整座樹海漆黑地燃燒起來。漆黑地、漆黑地，化為灰燼——

「……咯哈哈，大海真是遼闊。想不到竟然有人能若無其事地將『極獄界滅灰燼魔砲』丟回來……還真是讓我驚訝啊。」

我從漆黑的火焰之海中緩緩走出來，二律僭主的魔眼稍微變得凝重。他的視線落在我的右手上。

——跟二律僭主一樣染成暮色，緊緊抓著終末之火的手掌。

「——如你所說，倘若不學習深層，會對我稍微不利。縱使盡是些陌生的魔法文字，讓我費了一番工夫，多虧你展示了一些魔法，我大致明白了。是叫做『掌握魔手』嗎？是個符合我喜好的好魔法。」

他第一次後退。以「掌握魔手」抓住的魔法，其威力會在投出時更加提升。假如是熟知這個特性的他，會拉開距離是很理所當然的行動。

「那麼，這次輪到我了。要是沒能接住——」

我用力揮動手臂，將強化魔力的「極獄界滅灰燼魔砲」使盡全力丟回去。有如箭矢一般再度飛出的終末之火，光是餘波就使得樹海與天空漆黑地燃燒起來。

「可是會毀滅喔。」

§16 【毀滅鬥球】

儘管已將這一帶化為灰燼，毀滅火球還是拖曳著七重螺旋，猛然襲向二律僭主。他的手剛聚集起暮色魔力，就像將魔法吸住一樣地接住火球。可是，衝擊力道仍未停止，使得他的雙腳向後退開，劃破了大地。

雖然一切毀滅之力全都集中在二律僭主的「掌握魔手」上，他仍舊強行壓制住那股力量，堂堂正正地用右手抓住了毀滅。在那之後，他伸出左手。

「『霸彈炎魔熾重砲』。」

他畫出魔法陣，連續射出蒼藍恆星。

「——是這樣嗎？」

我畫出相同的術式，射出「霸彈炎魔熾重砲」。

蒼藍恆星互相撞擊，抵消的餘波使火焰形成漩渦，盛大地引爆開來。翻騰的蒼藍火焰遮住我視野的瞬間，「極獄界滅灰燼魔砲」就像撕裂爆炸火焰一樣地飛了過來。

「你用了古典的手法。」

我以染成暮色的「掌握魔手」猛然抓住毀滅火球。七重螺旋的漆黑粒子狂暴肆虐，彷彿要毀滅這世上一切似的展露凶牙。我憑藉臂力與魔力，強行將它壓制下來。

嘴角自然地揚起笑容。

「——還真是荒謬的術式。將魔法的威力集中在手掌上，強行掌握住。儘管確實連毀滅之火都能抓住，由於集中在一點上，使得魔法的威力變得比本來還要強大。倘若控制不住在手中狂暴肆虐的力量，就會立刻引爆。」

假如目的只是要保護自己，用同樣的魔力構築反魔法的術式會好上許多。即使能抓住魔法，「極獄界滅灰燼魔砲」還是重重衝擊了五臟六腑。此外，所消耗的魔力也非比尋常。

「這是置自身危險於度外的霸者術式。居然開發出這種魔法，你腦袋的螺絲肯定鬆了好幾根。」

我邊說邊往前走，同時射出十幾發「獄炎殲滅砲」。

「很遺憾，我不擅長反魔法。」

或許察覺到這是牽制了吧，他處變不驚地站在紛紛落下的「獄炎殲滅砲」中沒有作出防禦，一直注視著我手中的毀滅火球。

「還真是碰巧。」

我蹬地一口氣朝他衝去。

「『霸彈炎魔熾重砲』。」

二律僭主朝著迎面衝去的我射出蒼藍恆星，我立刻將散布在周圍的「獄炎殲滅砲」連結成一道魔法陣，在右腳染上閃耀的黑炎。

「『焦死燒滅燦火焚炎(abuiasutan jiara)』。」

我朝前方飛去的同時，以閃耀黑炎的踢擊貫穿「霸彈炎魔熾重砲」。二律僭主以右手擋下就這樣突破蒼藍恆星逼近的我的腳掌。

「『二律影踏』。」

他繼續以右手將我舉起，用力踏向我映在地上的影子。激烈衝擊撼動我的全身，從根源溢出鮮血。

「唯獨這個術式，我看不太懂。」

我將上半身後仰，在極近距離下將「極獄界滅灰燼魔砲」高高舉起。他的魔眼(視線)與我的魔眼(視線)在空中交錯。我將手中的毀滅火球使勁地砸下去，二律僭主在左手展開「掌握魔手」正面接住了這一球。漆黑火焰形成漩渦，漆黑灰燼飛揚起來。

儘管幾乎是在零距離下以左手接住，他卻連動都沒動一下。即使在我與他的「掌握魔手」之下，其威力已比方才還要增強許多也仍然如此。

「你其實是左撇子嗎？」

我在放開火球、恢復自由的右手施展「焦死燒滅燦火焚炎」，再疊上「魔黑雷帝」與「根源死殺」。在以手刀砍向他接住毀滅火球的左手腕後，二律僭主就放開我的腳，以右手擋住了這一擊。

衝擊的力道讓我在空中的身體往後彈開。而當我的影子從他腳下離開時，二律僭主也在右手上展開「掌握魔手」，用雙手壓制毀滅火球。

被其威力推開，他的身體挖掘著地面向後退去。

「唔嗯，原來是這種機制啊。」

我看向他的腳邊。二律僭主沒有影子。

「『二律影踏』藉由踏住影子來破壞本體。然後，在其有效範圍之內，你無法直接傷害本體。」

我指著他的腳邊。

「沒有影子的你是例外，只有在踏住其他影子的時候，本體才不會受到傷害吧。」

所以當他的腳離開我的影子，他才會在這個瞬間被「極獄界滅灰燼魔砲」的威力推開。儘管距離越近，越容易漏接「極獄界滅灰燼魔砲」，與他交手時一旦被踏住影子，這個原理就無法成立。只要他以「二律影踏」踏住影子，就幾乎無敵。

「也就是說——」

二律僭主舉起毀滅火球等待丟球的機會。我緩緩邁開步伐走到他面前。

留下一道影子的距離敞開暮色的雙手。

「要互相丟球的話，這是最好的距離。」

他以不帶色彩的眼睛窺看我的深淵。

「容我說一句。」

二律僭主沙啞的聲音傳了過來。

「卿把腦袋的螺絲丟到哪裡去了？」

我忍不住發出「咯哈哈」的聲音啞然失笑。

「你還真會說呢，二律僭主。我們也許意外地很談得來喔？」

就像答覆一般，他向前踏出一步。

「『二律影踏』。」

我在前一刻蹲低避開他瞄準頭部的踏影。這一腳重重地踏在地面上，引發的震動讓我的身體失去平衡。

「『影縫鏃（demire）』。」

我避開二律僭主發出的魔法箭矢，然而箭矢刺中了我影子的右手，使得本體的右臂被釘在地面上。

「結束了。」

他從高角度朝著我蹲低的背部丟出毀滅火球，漆黑的火焰與灰燼猛烈地形成漩渦。

我將左手伸到背後，接住毀滅火球無畏地笑了起來。

「你討厭玩球嗎，二律僭主？好戲現在才要開始。」

「『二律影踏』。」

二律僭主再度逼近，把腳伸向我的影子。我使勁抬起右臂，強行扯掉「影縫鏃」，同時以全速向前衝出。

他的腳重重地踏在地面上。我的影子勉強與他的腳錯身而過，避開了他的踏影。

「接著輪到你了。」

我轉過身，在與他擦肩而過時使勁朝他投出「極獄界滅灰燼魔砲」。雖然他側著身體，還是以雙手的「掌握魔手」用力接下毀滅火球。

漆黑的火星飛揚飄散，大量的灰燼滿溢而出。他被毀滅火球的威力推開，我蹬著地面追了上去。

我們相隔一道影子的距離。我接住他丟回來的毀滅火球，再度在極近距離下丟回去。經由「掌握魔手」的效果，每一球「極獄界滅灰燼魔砲」的威力都在不斷增強。儘管早已達到一旦漏接，就連這個世界都可能會輕易毀滅的威力，不過以眼前這名男人為對手，這應該是杞人憂天。

這是一場看誰先受不了的對決。

「好，來吧。」

二律僭主停止後退。可是，他並沒有立刻把球丟回來。

他在打什麼主意嗎？不對，這是——？

「……強者啊，是卿贏了。卿就自豪吧……」

在他手中的「極獄界滅灰燼魔砲」開始失控。他的「掌握魔手」施展失敗了。

二律僭主的魔力開始急速衰退。

太不自然了。強韌的肉體、龐大的魔力，以及相較之下顯得非常虛弱的根源。簡直就像魔力被肉體吸走，根源轉眼間變得虛弱不已。

如此強大的男人，根源有可能這麼脆弱嗎？不對，這跟脆弱或許有點不太一樣。我更加窺看深淵後，沒錯，並不符合。因為他現在失去魔力，反魔法開始急速消散，所以才看得出來。他的根源與肉體，竟然不是同一個人。

「…………」

二律僭主不發一語，以暮色的雙手將毀滅火球擁入懷中。他應該也知道，毀滅火球的威力已經提升到足以毀滅世界的危險程度。他大概是為了將損害控制在最低限度，打算以自己的身體與根源來抑制威力。

我伸出「掌握魔手」的右手。

「…………你這是什麼意思……？」

「我幫你承擔三分之二。剩下的你就踏著影子想辦法撐過去吧。」

我以暮色的手扯下一部分的毀滅火球，緊緊握在手中。

「『根源死殺』。」

我用左手撕開胸口，將右手握著的「極獄界滅灰燼魔砲」扔進自己的根源裡，並特意讓「掌握魔手」施展失敗，將其引爆。

先以格雷哈姆的虛無減輕威力，再以我的毀滅將其毀滅殆盡。緊接著，從「掌握魔手」中釋放出來的終末之火開始狂暴肆虐。天地瞬間化為灰燼，大量湧出的魔王之血轉眼間逐漸腐蝕樹海。

山脈崩落，大河枯竭，一望無盡的翠綠染成一整面的灰色。這個世界的廣大樹海，全都在眨眼間消失殆盡。然而——勉強止住了。

我吁了口氣。

可是還沒結束。我的身上開始纏繞起七重螺旋的漆黑粒子，這次是地面崩裂了。伴隨著沉悶的聲響，大地開始裂開，不僅深不見底，還看不見盡頭。毀滅眼看就要從破爛不堪的根源湧出。

我靜靜地吸了口氣，勉強將毀滅再度壓制下去，只漏出些許漆黑粒子。倘若是這個世界，這點程度應該應付得來吧。

「……好啦。」

我朝倒在這片荒野上的男人看去。看來他也勉強阻止剩下的「極獄界滅灰燼魔砲」，變得比我還要破爛不堪。

我說：

「看在一起玩過球的分上，我們可以稍微聊聊嗎？」

§ 17 【不歸主】

漆黑灰燼自天空灑落。彷彿黑暗被逐漸剝去一樣，灰燼輕盈地飛舞飄落，靜靜地堆積在二律僭主仰天倒下的身上。他的魔力隨著時間迅速衰退。

那雙不帶色彩的眼睛看著我，同時傳來沙啞的聲音。

「……為何救我……？」

「你才是為何不避開？你剩下的魔力應該不足以施展『掌握魔手』才對。」

二律僭主說：

「我若是避開，這個世界就不可能平安無事。」

「相對地你會死。」

他沒有回應，只是茫然地望著天空，那雙不帶色彩的眼睛流下一道淚水。他究竟懷抱什麼樣的心情，才剛認識他的我無從得知。

「你的身體魔力效率很差，這樣撐不了幾天。」

「是啊……」

就算什麼都不做，魔力也會不斷從二律僭主的根源被吸走。這或許也是他無法承受長時間戰鬥的原因。

「轉生吧。如果沒有餘力，要我幫你一把嗎？」

只要轉生成更合適的身體，大概就活得下來。

「在卿的世界裡，轉生是很一般的事嗎？」

「難道你辦不到嗎？」

二律僭主露出不知是否定還是肯定的表情。

「……我不會轉生……」

二律僭主明確地這麼說。

「為何？」

「我心意已定。在吾主歸來之前，我要一直在此等待。」

那是作好覺悟的表情，彷彿他早已接受自己的毀滅一樣。或許在和我戰鬥之前，他的身體就已經瀕臨極限了。

「即使他明天回來，也已經太遲了喔。」

「是啊……」

「他去哪裡了？」

二律僭主沒有回答。我對於他那張寂寞卻高尚的表情印象。是我兩千年前已經看到不想再看到的表情。

「這樣啊。」

那個主人已經不會回來了吧。

「……卿……」

二律僭主靜靜地開口問：

「……卿為何加入帕布羅赫塔拉的學院同盟……？」

在毀滅之前，他居然在意這種事啊？應該不是想和我閒話家常吧。

「你誤會了。其實是有一批人想傷害我的母親，他們跟巴爾扎隆德一樣佩戴著泡沫與波浪的紋章，所以我才想向他打聽消息。我連帕布羅赫塔拉是什麼都不清楚。」

他一語不發地看著我的臉。

「我沒有證據，你就當我沒說吧。」

「欺騙即將毀滅之人並無意義。」

二律僭主說。雖然他沉默了片刻，最後還是開口問：

「……強者啊，你能聽聽我死前的後悔嗎……？」

我點了點頭。

既然要遠行，最好能儘量卸下肩頭上的重擔。

「你就儘管說吧。我會將你的名譽帶進墳墓裡。」

二律僭主微微舒展表情。他以沙啞的聲音開始說：

「銀水學院帕布羅赫塔拉，是古老、巨大，而且階級制度邪惡的象徵。他們一直在單方面搾取泡沫世界。」

用到搾取這種字眼還真不安穩，但就算說什麼泡沫世界，我也聽不懂呢。

「……所謂的泡沫世界，是指尚未進化的世界。在卿的故鄉裡，應該存在世界主神吧。在達成進化的世界，人們會透過主神察覺到世界的外側，並獲得穿越銀水聖海的手段。」

看到我的反應，二律僭主像這樣補充說明。

「然而，泡沫世界不會出現適任者，世界不會進化，世界主神不會誕生。因此，泡沫的居民無法察覺到世界的外側。」

原來如此。米里狄亞的世界則情況稍微不太一樣。

「對剛進入銀水聖海的卿來說，這個機制也許很複雜，不過帕布羅赫塔拉會從泡沫世界奪走重要的魔力。」

這倒是不難想像。直到最近為止，米里狄亞的世界也被奪走了某樣東西。

「是火露嗎？」

「卿果然敏銳。在這片銀水聖海上，淺層的居民會被更深層的居民奪走一切，就連生命也能輕而易舉地奪走，而泡沫世界的居民甚至無法察覺這種掠奪。對他們來說，世界並不存在外側，所以這看起來就像一種秩序。」

艾庫艾斯曾說火露是為了維持世界而消耗。或許就連他也不知道，自以為奪走的東西，其實被他人奪走的事實。

「吾主是要打破邪惡階級制度之人。不敗且傲然，是在這片受秩序支配的大海上吹起的一陣自由之風。然而，即使是能笑著度過一切生死關頭的主人，最終也還是被一道他所無法避開的死亡高牆擋下了。」

沙啞的聲音沉重地說：

「那是強盛到比什麼都還要強大的死亡高牆。主人本來可以逃走，卻為了恩人毫不猶豫地前赴死地。他就是這樣的人——」

他停頓了一會兒繼續說：

「我的主人——二律僭主。」

他的語調和之前不同，變得溫和且恭敬。

「難怪會覺得不相稱，魔力效率會這麼差。」

我亮起魔眼，窺看眼前這名男人的深淵。

「這具身體本來並不是你的吧？」

「這是主人前赴死地時，託付給我的重要身軀。」

根源與肉體之間存在密不可分的聯繫。即使肉體消逝，也只要施展「復活（ingaru）」就能恢復，是因為根源記住了肉體的輪廓。即使在失去本來根源的肉體裡放入其他根源，也不太能讓這具肉體正常運作。能如此自在地控制這具肉體，證明這個男人也具備非比尋常的力量，然而這麼做導致他消耗大量魔力，壽命即將耗盡。

「倘若二律僭主不在，這一帶的海域就會落到他們帕布羅赫塔拉的手中。主人要我不必等他，要我好好守護。」

就連在述說這些事情時，男子的魔力也不斷在消逝。無懼毀滅火球的強大，如今已無影無蹤了。

「所以我一直在此地等待，同時宣揚二律僭主的名號，守護這片海洋不受他們侵犯，相信主人總有一天會歸來。我持續等待了一段漫長且悠久，長久到令人暈眩的歲月。」

二律僭主的部下握起拳頭，可是他已經虛弱到連要這麼做都已經很困難了。

「儘管如此，僭主沒有歸來。直到這時，我才發現我錯了。僭主也許是要我好好守護自己。因為再也不會歸來，所以不必等他……沒錯……」

後悔的話語無法抑制地從他的口中流淌而出。

「……我一直在等待不會歸來的主人……」

那道沙啞的聲音，就跟傷痕累累的他一樣。

「我應該要阻止他才對。即使要挺身阻擋，也要阻止僭主前赴死地。不然，我應該要跟著他一起去。哪怕犧牲生命，這也是我身為主人的管家所應盡的職責。我錯過了那個機會，厚顏無恥地獨自存活下來，連要守護什麼都無法理解，只是茫然地活著。」

他說不出話來。

「……茫然地……」

彷彿硬擠出來的聲音悲痛地迴蕩。

「……我就只是在等待而已……」

他大概想跟著主人一起赴死，卻沒能獲得許可。

「我想至少要守護他的名號。只要二律僭主的名號威震這片銀水聖海，主人就還活著。我如此相信，如此欺騙自己，一直活到今日。只要這具僭主的肉體還在此處，自由之風就會繼續吹拂，主人就確實還在持續守護這片銀水聖海的聖域……」

為了實現亡故君主的心願，他繼承二律僭主的肉體與名號，一直活到今天。

「……而就連這種妄想，都已經走到盡頭……我到頭來，什麼也沒能做到。」

他一定打從最初就發現，這是一個無法實現的願望。儘管如此，他依舊作為一名管家，為了主人的意志殉身。

「……無以回報僭主的恩情，就這樣在此獨自死去……」

男人仰望天空說：

「這是無謂的感傷吧。我也許覺得，只要等待下去，只要守護住他的名號，總有一天奇蹟就會發生。到時歸來的僭主，說不定會稱讚我守護得很好、等待得很好。」

那雙不帶色彩的眼睛流下一道淚水。

「然而要我不必等待的主人，明明就不可能稱讚一直在痴痴等待的我。」

他望著飄落漆黑灰燼的天空說：

「要是能實現，真希望能就此永遠地等待下去……」

對失去主人的男人來說，這應該是他僅存的希望。如同溺水之人抓住的稻草一樣，是渺茫的希望。

「你想永遠等待不會歸來的主人嗎？」

「……卿也許覺得我蠢……」

「去迎接他吧。」

他的回答中斷。二律僭主的管家一語不發地注視著我。

「想要放棄，就等你去尋找主人，確認他真的已經毀滅之後也不遲。他也許只是死後進入輪迴，喪失了記憶而已。」

我對著瀕死的男人說。

「那也已經是別人了不是嗎……？」

「外表或許是這樣。記憶應該也無法恢復。然而，存在他內心深處的事物不會改變。」

那雙不帶色彩的眼睛閃爍著些許光芒。

「至少在我的世界是這樣——存在可能性。」

然而，男人沒有答應，再度注視天空。

「……要是能再早一點遇見你……要去找尋僭主，我的壽命已經……」

「你想守護主人的肉體與名號，直到最後一刻吧？」

男人以沉默表示肯定。假如根源消逝，二律僭主的肉體就會淪為屍體。倘若他要捨棄肉體讓自己活下去，或許早就已經進行轉生了。

這具肉體正是這個男人唯一留下，他對於主君忠誠的證明。

他還真是愚蠢。實在太過愚蠢，甚至到了高尚的程度。儘管他早就已經知道主人不會歸來，還是堅持守護著他的名號與肉體。直到最後的瞬間，他都一直相信二律僭主可能會引發奇蹟的希望。

「我就代替你守護二律僭主的名號與肉體吧。魔力的話，我多得是。要維持那具肉體並非難事。」

「……倘若是卿，或許能夠維持……」

「要是信不過我，我的身體就暫時讓你借住。既然你能那麼自在地使用他人的肉體，那應該能施展這種程度的魔法吧？只要不使用魔力來維持肉體，應該會稍微恢復才對。」

二律僭主的管家沉默不語，就像在想什麼事情。

「……這麼做對卿有何好處？」

「我才剛離開自己的世界。是叫做銀水聖海吧？我對世界的外側一無所知。」

「意思是卿想要情報嗎？」

「還有一點。」

我咧嘴笑道：

「我們是一起玩過球的朋友吧？」

他一臉驚訝地瞪圓了眼。

「……我已經有多久沒有接受他人好意了呢……」

男人稍稍舒緩表情。

「可是，縱使這麼做，也已經為時已晚。我為了轉生到主人的肉體上，喪失了維持本來肉體形狀的力量。即使離開這具肉體，我也無法獲得新的肉體。唯一的辦法，就是以和他人融合的形式進行轉生的『融合轉生（radopirika）』。儘管有別於一般的轉生魔法不會喪失記憶，卻無法長期共存。一旦我進入卿的肉體內，將會無關我的意願與卿的根源融合，並且開始侵占。」

有別於一般的轉生魔法，不會喪失記憶？雖然「轉生（shirika）」應該也能保住記憶，這是遺忘自己肉體形狀的代價嗎？到底沒有嘗試過呢。不論如何，總之就是不與他人融合，他就無法轉生的意思吧。

「即使做到這種地步，大概也只能稍微延長我的壽命。唯一能拯救我的，只有還記得我本來肉體形狀的二律僭主。」

「無妨。」

我走近他並伸出手。

「……卿為何要為剛認識的我做到這種地步……」

「使用他人的肉體，無法充分地發揮實力。而你應該打從最初就知道，要是投入戰鬥，就會縮短自己的壽命。即使如此，你還是一直守護主人的肉體與名號。像你這種急著送死的部下，我在過去也有不少。」

他直直注視著我伸出的手。

「那些部下呢……？」

「我給他們放了長假，不用再回來了。」

那個男人以充滿憂鬱的表情說：

「他們想必感到非常無聊吧。」

「沒什麼，我讓他們工作了一輩子，要是不好好休息，我可是會很困擾。」

男人寂寞地露出笑容。然後，他緩緩伸出那隻無法出力的手，握住了我的手。痴痴等待不歸主的管家，他方才那句無謂的感傷，似乎觸動了我的內心深處。

而我讓部下放長假的回答，大概也傳達到了這個男人的心中。

「……我該如何報答卿……？」

「那麼等到你平安與主人重逢時，就介紹他給我認識吧。我們三人一塊兒玩球如何？」

這可能是永遠都無法實現的約定。即使如此，男人還是吁了口氣說：

「卿和僭主一定很投緣。」

他就像下定決心，將魔力集中在手掌上。

「根源遭到融合的痛楚超乎想像，而且也必須要抵抗融合。卿可有對策嗎？」

「好啦，這會是需要對策的事嗎？你才要當心了。雖說情況危急，我的體內可難以說是一個能住得舒適的地方。」

說著，我畫出魔法陣。

「『魔王軍』。」

我與二律僭主的肉體連起魔法線，讓平時會在根源內部抵消的毀滅魔力直接流入他的體內。這要是尋常的肉體，大概會承受不住而毀滅，但二律僭主超乎尋常地強韌。即使是外洩的魔力，應該也能暫時維持住這具肉體。

「『融合轉生』。」

他閉上眼睛，在牽起的手上畫出魔法陣。二律僭主的肉體突然癱軟倒下，我的體內開始出現不同種類的魔力。

融合轉生開始進行——

§18 【銀燈之光】

「融合轉生」看來進行得很順利，但沒有要立刻開始融合的跡象。出現在體內的根源也還不完整，目前應該還在轉生途中的階段。雖然他說無法長期共存，反過來說就是還有一段時間可以利用的意思。只要在這段期間內採取其他方法就好。

身體目前還沒什麼問題，只是頭稍微有點痛的程度。

「可是，就這樣帶著會太過顯眼吧。」

我對二律僭主的肉體畫出魔法陣。雖然要藏在收納魔法陣裡很簡單，這樣「魔王軍」的魔法線會中斷，因此無法這麼做。

「『身體變異(atenesu)』。」

闇光覆蓋住二律僭主的肉體後，其輪廓就扭曲變形。凝聚之後開始縮小的闇光，漸漸變化成刀刃的形狀，最後形成一把漆黑的魔劍。

沒有護手與握柄，並在本來會被握柄包覆的部分——裸露出來的劍柄上，直接纏繞著柄繩。在魔劍旁邊，出現了一把劍鞘。我讓本質保持不變，將肉體轉變成了魔劍。

這樣的話，就能不引人注目地搬運，也能輕易地恢復原狀。我以「創造建築」隨便弄了條劍鞘繩，將魔劍收在鞘中掛在腰上。這樣扮演二律僭主時應該也能派上用場。

就命名為二律劍吧。

「唔嗯。」

我將魔力流向二律劍，因為「極獄界滅灰燼魔砲」造成的傷害而從我的根源中流出的漆黑粒子，漸漸地平息、消散。這把來自二律僭主肉體的劍，透過與我相連的「魔王軍」魔法線，驅動著我的根源。可以說，它已經成為我的第二個身體。

由於不是原本的身體，會消耗很多用來維持的魔力，但因為它能幫忙吸收我壓抑之前未經稀釋的毀滅魔力，反倒使我在控制魔力方面變輕鬆了。只要有這把二律劍在，就算稍微胡來一點，應該也能減少毀滅世界的擔憂。

米里狄亞的世界裡能收容我的毀滅容器，頂多只有我的肉體，哎呀，大海還真遼闊呢。

『——吾君。』

此時傳來辛的「意念通訊」。

「怎麼了？」

『賊人正在前往一座飄浮在空中的都市。要追嗎？都市嗎？裡頭應該也有民眾，不能隨便鬧事。

「先暫時在外頭監視。」

『遵命。』

就在這時，模糊的體內魔力形成輪廓。

『——那座飄浮的都市就是帕布羅赫塔拉。』

聲音經由「意念通訊」傳了出來。大概是「融合轉生」進展到下一個階段了。

「是那個叫什麼銀水學院的嗎？」

「融合轉生」雖然還沒穩定下來，只要不戰鬥就不會有問題。先去看看吧。

我將魔眼（視線）移到辛的視野上，施展「轉移」。眼前染成一片純白，下一瞬間我的身體就出現在空中了。

辛與雷伊就站在一旁。在他們的視線前方，能看到一座飄浮的大陸。儘管面積也相當廣大，其高度卻更為驚人。大陸上林立著各式各樣的建築形成一座都市，還能看到湖泊、田地和森林。或許是為了抵禦外敵，整座飄浮大陸都覆蓋著魔法屏障與反魔法。

「他們是從哪裡進入的？」

「從那裡喔。」

雷伊用手指著飄浮大陸的中間部分。在只有一部分沒覆蓋魔法屏障的地方，設有一座巨大的門。

「大概不是誰都可以進得去。」

「我問問看要怎麼進去。」

他一臉困惑地轉頭看來。

「要問誰？」

「方才在玩球時，我認識了一個與我意氣相投的傢伙。由於他就快要死了，我讓他暫時借住在我的體內。」

「不是差點被你殺了嗎？」

雷伊帶著苦笑調侃，我也以笑容回應。

「話說回來，我還沒問你叫什麼名字呢。」

我詢問體內的根源。

『我是二律僭主的管家，名叫隆克魯斯・傑巴特。』

「我是阿諾斯・波魯迪戈烏多。這兩人是我的部下，辛與雷伊。」

介紹完兩人後，我體內的魔力再度高漲。「融合轉生」正在進行。

『……阿諾斯大人，發生了一個問題……』

隆克魯斯說。

「怎麼了？」

『雖然「融合轉生」即將完成，卿體內的環境簡直就像地獄。不僅有難以置信的毀滅肆虐，甚至能見到比無還要空虛的虛無。我從未見過如此具攻擊性的根源，太難相處了。』

雖然可以說在預料之內，問題在於有多嚴重。

「無法適應嗎？」

『……我大概會在「融合轉生」完成的同時，立刻進入適應休眠。這麼做是為了讓根源適應卿的體內，然而經歷這段潛伏期間且面對如此強烈的毀滅，我可能也只會多少獲得一些抗性……』

所以不嘗試看看，就無從知曉嗎？或許還是將根源移到別人體內，對隆克魯斯才比較安全吧。

話雖如此，要是對辛或雷伊施展「融合轉生」，這次會變成他們兩人的根源面臨危機。最重要的是，他所剩的力量也不足以讓他轉生太多次。

「你在休眠中會變得怎麼樣？」

『雖然會保留意識，卻難以進行對話。不過，在休眠之前還有一點時間，倘若有想知道的事，希望卿能趁現在提出。』

隆克魯斯的問題就等適應休眠結束後，看他獲得多少抗性，再來考慮如何對應。這段時間最好還是先來處理我們這邊的事。

「跑來找我麻煩的傢伙就在帕布羅赫塔拉裡頭，要怎麼樣才能平穩地進去？」

『銀水學院帕布羅赫塔拉，是有眾多小世界的學院加盟的學院同盟。不同小世界的人們會在此切磋琢磨、互相學習，並以銀水聖海的平靜為理念進行代理戰爭。』

平靜嗎？

聽起來很不錯，不過實際上又是怎麼樣呢？

『各學院的成員皆是其小世界裡名聞遐邇的佼佼者。那個巴爾扎隆德，是在聖劍世界海馮利亞裡被稱為狩獵貴族的獵人一族，更在其中被譽為五聖爵，是狩獵邪惡野獸的高手。』

「記得你好像說過，他屬於什麼狩獵義塾院吧？」

『沒錯。能進入帕布羅赫塔拉的，只有學院同盟的相關人員。雖然加入同盟應該是最穩當的方法，就名義上來說，想要進入銀水學院，必須先是小世界裡具代表性的學院學生，而且人數必須超過三人。』

只要回去一趟迪魯海德，似乎就能達成條件呢。

「其他條件是什麼？」

『只要有主神與元首的同意，就能申請臨時入學。之後，我聽說只要在學院內達成一定條件，就能被正式迎為學院同盟的一員。』

「主神與元首是什麼？」

對於我的詢問，隆克魯斯顯得有些困惑，稍微遲疑了一下才回答：

『象徵小世界秩序的世界主神，以及被那位神選上的適任者，那個世界之王就叫做世界元首……？』

他一副我怎麼可能不知道的口吻。那個獨臂男子也將艾庫艾斯稱為主神，稱我為元首。

「不好意思，我們的世界沒有主神。說不定差一點就要誕生了，但那傢伙被我毀滅，如今是一座出色的水車小屋。」

『……毀滅了……怎麼會，卿在說笑吧……！』

隆克魯斯半信半疑地大叫。

「是事實。」

『……毀滅主神，做成水車小屋……這怎麼可能……？』

「像你這麼強大的男人會驚訝，才讓我感到無法理解啊。比起那傢伙，隆克魯斯，你明顯強多了。」

要不是他的魔力耗盡，我們到現在應該都還在戰鬥。

『……卿是淺層世界的居民。誕生於更深層世界的我，就算比卿的世界主神強大，也是理所當然的事。可是，同世界的人做到這種事，一般來說很難以想像……』

隆克魯斯還是一副難以置信的口吻。

『就算我退讓一百步，假設卿真的辦到了，然而要在主神選擇元首之後，世界才會開始進化。未進化的世界被稱為泡沫世界，無法認知到世界的外側。』

「哎，確實看不見呢。我們只不過是提出了存有外側的假說。」

『……既然毀滅了主神，卿難道不是適任者，而是不適任者嗎……？』

「我曾經被這樣稱呼過，怎麼了嗎？」

隆克魯斯再度語塞。看來適任者與不適任者，並非米里狄亞的世界特有，而是銀水聖海的一般概念。

『……真是難以置信……想不到竟會在泡沫世界裡誕生毀滅主神的不適任者……說到底，在這銀水聖海漫長的歷史中，從未發生過泡沫世界的人來到外側的事情……是哪裡出錯了嗎……？』

「雖然我不太清楚，但大海很遼闊，也會有這種事發生吧。」

『…………可是…………』

就隆克魯斯的反應看來，我們世界來到外側的過程，似乎和其他世界有所不同。

「哎，這件事以後再說。比起這個，你知道進出小世界的原理嗎？」

『……是的。小世界會閃爍只能從外側看到的燈火，一種我們稱為銀燈的秩序之光。這道光伴隨著秩序會產生看不見的風浪，只要乘著這道風浪，就能夠跨越世界。不過──』

隆克魯斯的說明還沒結束，我就飛上天空，朝著黑穹飛去。

「辛、雷伊，你們留在這裡，監視他們是否離開帕布羅赫塔拉。要是他們儘管遭人追蹤，還是從正門進入，應該無法從那座都市裡轉移離開。」

「遵命。」

「你打算怎麼做？」

雷伊朝著遠去的我傳來「意念通訊」。

「我去做加入學院同盟的準備。襲擊媽媽的傢伙，只有帕布羅赫塔拉當中的一所學院，我們不能強行闖入。」

我一下子就飛越天空上升到黑穹。

『阿諾斯大人，進出小世界需要有能偵測銀燈，並且乘上其風浪的船。這種船只有主神能創造──』

隆克魯斯的根源突然在我體內啞口無言。

因為我朝著黑穹胡亂射出「霸彈炎魔熾重砲」，蒼藍恆星鮮明地燃燒漆黑天空。我拔出腰間的劍，纏繞上從根源漏出的漆黑粒子。只要結合我與這把二律劍的力量，應該能輕易辦到才對。

「『掌握魔手』。」

二律劍發出暮色光芒，朝著蒼藍燃燒的天空揮出一道劍光。如果是連「極獄界滅灰燼魔砲」都能抓住的「掌握魔手」，應該也能對看不見的銀燈發揮效果。本來會抓住魔法的「掌握魔手」因為二律僭主化為魔劍的關係，並沒有抓到任何東西，而只是加快了「霸彈炎魔熾重砲」的燃燒。

我以魔眼（眼睛）凝視，窺看蒼藍燃燒的天空深淵。

「──咯哈哈。好啦，我找到了喔。」

我以染成暮色的「掌握魔手」一把抓住黑穹，而且確實抓到了某種東西。銀色光芒從能讓手中魔法增幅的左手中流洩而出。

『……這是……？銀燈之光……？』

隆克魯斯忍不住說。

「我以二律劍，連同『霸彈炎魔熾重砲』一起斬斷了銀燈。也就是說，燃燒的方式會跟只斬斷『霸彈炎魔熾重砲』的時候不同。只要反向推算，就算看不見，也一樣能找出銀燈的所在位置。」

而「掌握魔手」能增幅抓在手中的魔法，即使那是秩序也不例外。本來看不見的銀燈，魔力因此提升到能被看見的程度。

我以左手緊緊握住銀燈之光，然後猛力地朝黑穹投去。銀光照亮眼前，風開始朝著那個方向吹去。我操控「掌握魔手」的手抓住那陣風，朝著銀光衝了過去。無數的泡泡從眼前橫越而過，下一瞬間我便衝進一片廣大的銀色海洋。

『……竟然以肉身來到外側……卿這個人……』

「咯哈哈，如何？稍微肯相信我毀滅主神了嗎，隆克魯斯？」

§19 【出發前進】

我施展「飛行」在銀海裡飛著。

雖然施展了「水中活動」，周圍的水壓卻無比強大，而且還會從浸淫的身體上奪走魔力。我在周圍張設魔法屏障，將海水隔開。

「外側是個不太舒適的環境呢。」

『銀水聖海會無窮無盡地吸取魔力。這些海水被稱作銀水，生命只能在隔絕銀水的泡泡裡生存。』

隆克魯斯說。

的確，要是被留在這種銀水裡，會活不下去。如果是尋常人，要以肉身飛行都很困難。

「漂浮在銀水聖海裡的泡泡，就是一個個小世界嗎？」

『沒錯。我們有時也會直接稱小世界為銀泡。』

我回頭看去，能看到一顆巨大銀泡漸漸遠去。那是方才我所在的小世界。

「假如要加入學院同盟，我要向誰申請？」

『只要和門衛說一聲，應該就能辦理臨時入學手續。至於要進行什麼樣的手續，以及是否還需要其他審查，有關詳細內容我也不太清楚。特別是泡沫世界加入學院同盟這種事，更是前所未聞……』

「凡事都有第一次。」

米里狄亞的世界裡並沒有主神與元首，然而形成的過程畢竟不同，因此這也是無可奈何的事情。我們還有沒能成為主神的水車，就靠這個想辦法讓對方理解吧。希望是個能好好商量的對象。

『……阿諾斯大人……』

聲音聽起來很遙遠。隆克魯斯的根源散發出的魔力轉眼間逐漸趨於穩定。

「差不多了嗎？」

『是的。很抱歉沒能幫上多少忙，最後有什麼問題希望我回答嗎？』

「我該如何扮演二律僭主？」

『……可以嗎？』

隆克魯斯就像確認一般反問我。大概是想說，為何不問些更有幫助的事情。

「其他事情只要隨便抓個人來問就好，但是二律僭主的心，只有你知道。」

『——那麼，就展示卿的力量吧。』

隆克魯斯率直地說：

『希望卿能夠作為二律僭主，展示卿的力量。縱然並非所有帕布羅赫塔拉的成員都很邪惡，那所學院的結構不論怎麼恭維，都難以說是正義。卿在帕布羅赫塔拉裡，將會看到許多蠻橫或不講理的事情吧。』

他的言詞中帶著一股靜謐的憤怒。

「我明白這是無理的要求。倘若卿的能力可及，希望卿能挫挫他們，讓自由之風在那裡吹拂。」

「那片樹海要如何處理？從巴爾扎隆德他們的言詞看來，那裡是二律僭主的地盤吧？」

「幽玄樹海並不重要。只要能讓世人知道，這片海洋存在他們無法隨心所欲操控的地方就好……」

隆克魯斯的聲音變得越來越遠。

「那我就盡可能讓那塊土地再生，作為二律僭主的地盤守護吧。」

『我要向卿致上最大的謝意。我不會要求太多。帕布羅赫塔拉太過龐大，有關後續的事情，等我醒來之後……』

隆克魯斯的沙啞聲音變得更加微弱。

「你就安心入睡吧。」

『……最後，還有一件事……「融合轉生」會使我與卿的根源連結在一起……彼此的記憶有時也會……混合——』

隆克魯斯的聲音就在這裡中斷，看來完全進入休眠狀態了。要是他能平安適應我的身體就好了。

「好啦。」

我全力飛向自己的世界。雖然視野不佳，我在來程路上就已經默默記下航路。我仰賴記憶前進後，漸漸能看到一顆銀泡。

我感受到米里狄亞的魔力，沿著那個小世界散發出的銀光逆流飛去。正因為有銀燈，所以才有辦法進出小世界。而米里狄亞的魔力會洩漏出來，也是因為銀燈的光芒。

換句話說，應該可以合理認為，銀燈在米里狄亞的世界轉生之前都沒有發揮作用，因此珂絲特莉亞與巴爾扎隆德才沒能察覺到這個小世界，至今也一直不曾注意到媽媽與靈神人劍的存在。這樣也就能夠理解，他們為何會像商量好的一樣，在世界轉生之後一齊出現了。

「『掌握魔手』。」

由於一開始就能看到銀燈，從外頭進入會比從裡頭出來容易。我以染成暮色的右手一把抓住銀燈之光，依照方才的訣竅使得朝向內部的風吹起。我抓住這陣風，朝著米里狄亞的世界降落。

視野轉暗後，漸漸能看到黑穹。我立刻施展「轉移」的魔法，轉移到德魯佐蓋多的最深處。當視野染成純白一片後——

「很好！再來一次！」

「好啊，我漸漸掌握到訣竅了！」

明明已經入夜，卻能聽到學生們的聲音，周遭相當吵鬧。

「咯咯咯，你們一反常態地很有幹勁不是嗎？司爐、火夫，要是影響到明天上課，可就本末倒置了喔？」

耶魯多梅朵在魔王列車的司機室裡這樣說。看來在放學後，學生們留下來繼續進行投煤訓練的樣子。

「可是，老師你想想，輪機部要負責供給魔力給魔王列車吧？也就是說，不論做什麼，首先都必須點燃這裡的爐火。」

「雖說只要有辛老師和雷伊在，應該就沒有問題，要是來了危險的傢伙，他們兩個就只能到外頭迎戰。」

「我們要是不努力，魔王列車就會葬身空中吧。要是不趁現在還能訓練的時候拚命練習，我們真的會毀滅啊。」

「大抵來說，因為是那個暴虐魔王大人，很可能會假裝要慢慢訓練，實際上卻說三天後就要出發之類的。」

兩人握住鏟子迅速地朝火箱投煤。或許是掌握到訣竅，不會再消耗多餘的魔力，不同於當初缺乏自信的樣子，他們的動作相當流暢。

「就是說啊。」

其他學生也紛紛來到司機室。

「所以大家才會仿效小娜，在放學後留下來練習嘛！」

「三天後，我們要熟練地駕駛魔王列車，偶爾也讓阿諾斯大人嚇一跳吧！」

「這主意不錯呢！我贊成！」

「就這麼做吧！」

學生們幹勁十足的聲音接連從魔王列車的各處傳來。在經歷過各種事件後，似乎讓他們具備能察覺現在該做什麼的能力。

「不用我說就勤於訓練，真是精神可嘉。」

我向他們這樣發話後，學生們就驚訝地轉頭看來。

「阿、阿諾斯大人！」

「喂、喂——！阿諾斯大人來了喔！」

學生們紛紛從魔王列車上跑出來。

「事態有變。就在方才，我的母親與靈神人劍受到外側居民襲擊了。我追著那些賊人，稍微去看了一下外側的世界。」

就像有不好的預感，學生們全都變了臉色。

「你們準備得很好。假如有這種水準，現在就能讓魔王列車出發吧。」

司爐驚訝地張大嘴巴。

「……現……現在……？」

火夫瞠目結舌地說：

「……不會……吧……就連三天後都不是嗎……」

「可、可是，阿諾斯大人，我們還只有訓練過，並沒有真的讓魔王列車行駛過……」

我向膽怯的學生們說：

「有句話叫做與其學習，不如多加熟練——」

「那個，所以說，就算要我們熟練……」

「——但這樣太慢了。兩千年前是這樣說的——與其熟練，不如直接溺水。」

學生們的表情消失。

「……這是什麼意思啊……？」

「是、是要我們沉溺其中的意思吧？」

「不，還很難說喔。因為是阿諾斯大人，也可能是要我們普通地溺斃……？」

「也許都是！即使溺水，只要沉入深淵，就能相對地獲得成長。就算死了，也只要復活就好……」

「……請、請問那是……何人說過的話？」

「我說的。」

學生們紛紛露出同樣的表情，就像在說：「已經沒救了。」很好。擺出這種表情時，他們能發揮出最強大的力量。

「一旦乘務人員到齊，我們就立刻出發。全員就位。」

「「「遵、遵命！」」」

學生們手忙腳亂地回到自己的崗位，在一臉愉快至極的耶魯多梅朵的指示下，仔細進行著發車準備。

我趁著這段時間，向眾人發出「意念通訊」。眼前立刻出現一道魔法陣，米夏與莎夏轉移了過來。

「你突然說要去外側的世界，到底是怎麼回事？」

莎夏開口第一句話就這樣詰問我。

「發生什麼事了？」

米夏擔心地注視著我。

「我等全員到齊之後再說明。搭上魔王列車吧。」

我這麼說完，艾蓮歐諾露、潔西雅、亞露卡娜與安妮斯歐娜也轉移了過來；伊杰司、爸爸和媽媽也在一起。

「阿諾斯。」

爸爸和媽媽朝我跑來。

「小諾，你還好嗎？有沒有怎麼樣？」

「我沒事，剛剛才郊遊回來。」

我笑著回應一臉擔心的媽媽。

「只不過事態變得有些麻煩。雖然還不清楚詳情，媽媽被人盯上了。我之後要去世界的外側消滅敵人，但你們最好留在我魔眼（視野）所及的範圍內，可以跟我一起來嗎？」

只要知曉我進入帕布羅赫塔拉，珂絲特莉亞他們也許會跑來襲擊留在這個世界的媽媽，還是帶在身邊比較安全。

「嗯，我知道了。既然小諾說這麼做比較好，那就一定是這樣。」

爸爸與媽媽交換眼神後，也用力地點了點頭。明明不太清楚狀況，兩人卻願意相信我。

「啊，那麼伯父和伯母請跟我們來。」

「我們來幫你們帶路！」

愛蓮與潔西卡這麼說，帶領爸爸和媽媽前往魔王列車。就像在等我有空一樣，米莎朝我跑了過來。

「阿諾斯大人，雷伊同學和爸爸怎麼了？」

「他們留在外側的世界監視賊人，接下來預定要和他們會合。」

「這、這樣啊……」

她撫胸鬆了口氣。

「上車吧。」

「是的！」

她立刻乘上魔王列車。

「梅魯黑斯。」

我一面走向魔王列車，一面發出「意念通訊」。

『老身在。』

「我會離國三天左右。儘管目前尚未出現直接盯上我們世界的傢伙，未必不會有來自外側世界的外敵。他們很強大。有事發生時，就去拜託神界的樹理四神、大精靈蕾諾、阿蓋哈的迪德里希，以及吉歐路達盧的戈盧羅亞那。只要能爭取到時間，我就一定會回來。」

『謹遵諭令。』

「現階段知道的資訊還很少，你先仔細看過一遍方才傳過去的資料。」

我經由「意念通訊」事先將已經確定的情報傳給梅魯黑斯。

他應該會與迪魯海德內部，以及蕾諾、迪德里希和戈盧羅亞那他們分享這些情報。

『屬下等待您的歸來。』

「好。」

我搭上魔王列車，坐在設於司機室後方的王座上。熾死王恭敬地行了個禮，向我露出愉快的笑容。

「出發吧。」

就像在等我這麼說似的，他張口大喊：

「咯——咯、咯、咯、咯！你們聽到了吧！向外側世界的居民們，展現魔王列車貝爾特克斯芬恩布萊姆的日子終於到來了不是嗎！」

耶魯多梅朵以誇張的肢體動作揮舞手杖。

「讓汽笛響起吧！魔王的汽笛！這將會讓那些尚未明白恐懼為何物的凡夫俗子們，深深理解到真正的恐怖。最後每當他們聽到這宣告不祥的聲音時，就會嚇得膽顫心驚，發自內心地顫抖不已！」

熾死王大大跳躍起來，「咚！」的一聲踏響地板。

「因為暴虐魔王來了！」

汽笛聲響起，車輪開始轉動。緩緩出發的魔王列車爬上水路坡道，往地面駛去。

「目標是黑穹。現在，讓我們前往未知的世界吧！」

熾死王揚起嘴角，用手杖指向在前方露出的天空。

「出發、出發，出發前進啊啊啊啊啊啊啊啊啊啊啊啊啊啊啊！」

§20

【軌道繼續延伸】

魔王列車冒著滾滾濃煙，飛馳在夜空之中。車體迅速加速，轉眼間就上升到黑穹。

「米夏，黑穹裡有一種叫做銀燈的秩序在發揮作用，能讓人通往外側。一般的魔眼看不見其風浪，但魔王列車應該會有所反應。」

我如此對她傳送「意念通訊」。

「我試試。」

米夏所在的魔眼室裡設有許多齒輪，能用來窺看風車與車輪的轉動，以及火箱的燃燒狀況等車體內外的深淵。如同其名，是魔王列車的魔眼（眼睛）所在之處。

「大家請看。」

米夏向負責魔眼室的學生們說，伸出雙手在室內畫出一道魔法陣。經由從指尖發出的魔力，無數的開關陸續切換，數個閥門不停轉動。這是在變更水車與風車所接收的秩序波長，學生們仔細地觀察這個情況。

不久後，水晶上浮現一串魔法文字與魔法數字。

米夏以側眼看去。

「五號水車與風車有反應。」

裝設在魔王列車上的水車與風車各自轉動起來，捕捉到魔眼（眼睛）看不見的銀燈風浪。

「配合秩序的波長。」

米夏再度送出魔力，同時切換開關轉動閥門。於是——

「……安妮，快看……水車和風車在轉動……」

潔西雅指著魔法水晶說。那上頭顯示著魔王列車的各節車輛，能看到正面的風車和作為車輪使用的水車正在轉動。

「哇……！太厲害了！真的接收到秩序的風浪了！」

安妮斯歐娜發出感嘆的聲音。

「嘎啦嘎啦……嘎啦嘎啦……」

「嘎啦嘎啦！嘎啦嘎啦！」

簡直就像在配合安妮斯歐娜與潔西雅的聲音，魔王列車的水車與風車開始猛烈轉動，連動著魔眼室的齒輪也開始沉重地轉動。這道秩序的力量傳到車輛上，使其纏繞著一層銅色的光輝。

彷彿受到某種力量牽引般，魔王列車不斷駛向前方。此時眼前出現一道銀色光芒。就跟巴爾扎隆德的銀水船出現時一樣，這道光芒就像在引導貝爾特克斯芬恩布萊姆前進的道路。

「通往外側的道路。」

米夏平靜地說。她以神眼看向銀燈與顯示在魔眼室水晶上的文字和數值。

「跟艾庫艾斯的齒輪同種的秩序。」

「這個銀燈嗎？」

「嗯。」

從隆克魯斯與獨臂男子的話語推測，艾庫艾斯擁有能成為這個世界主神的素質。既然他的魔力至少應該能與主神匹敵，就算銀燈本身是由他的秩序所形成，也沒什麼好不可思議。

這麼思考的話，巴爾扎隆德的船能夠進到這個世界，可能是因為主神之間的秩序波長相近，有辦法互相干涉。因此，只要是以主神之力創造的船，就能夠穿越小世界。

「我想能將其轉變為魔王列車用的軌道。」

「妳試試看吧。」

米夏再次送出魔力，同時操作開關與閥門。魔王列車的所有車輪才剛變成齒輪，銀光就開始發生變化。它們開始形成齒輪的形狀，逐一與魔王列車的齒輪相互齧合。

只要魔王列車的齒輪轉動，銀燈的齒輪也會跟著轉動。秩序就像服從魔王列車一樣，銀燈的齒輪再次轉變成其他東西。

是軌道。閃耀著銀色光輝的軌道架在黑穹上，其前方彷彿出口一般閃閃發光。齒輪變回車輪，牢牢地嵌在銀色軌道上。

「咯咯咯，這不是很有趣嗎！司爐、火夫，盡全力投入煤炭！要一口氣衝向那道光之出口嘍！」

在耶魯多梅朵的指示下，兩名黑制服的學生大喊：「了解！」靈活地用鏟子將煤炭投入火箱之中。

煙囪猛烈地噴出濃煙，車輪開始高速旋轉。

「艾蓮歐諾露，展開魔法屏障。」

「我知道了喔！」

在結界室裡，艾蓮歐諾露站在固定魔法陣上釋放魔力。緊接著噴出的濃煙逐漸變得透明，並轉變為覆蓋住魔王列車的閃耀魔法屏障。魔王列車在銀色軌道上以肉眼無法捕捉的速度前進，然後衝進那道光芒之中——

轉瞬間，大量的泡泡在窗外湧現。

「哇喔！是銀色海洋喔！」

艾蓮歐諾露高聲大喊。所有人都在這一瞬間忘卻語言，出神地凝望著銀光粼粼的大海。不僅壯觀，這份美麗同時暗藏著恐懼。銀水聖海超乎想像得廣大，不知其中潛藏著什麼樣的危險。

莎夏望向窗外注視著無邊無際的銀水，露出凝重的表情。

「破壞之子。」

亞露卡娜忽然從背後向她搭話。

「妳現在露出想到什麼有趣笑哏的表情對吧？」

「才沒有呢！為什麼我要在這種時候想什麼有趣的笑哏啊！」

凝重的氣氛瞬間消失，莎夏發出了犀利的吐槽。

「……當大家都很認真時，破壞腹肌的秩序就會發動……」

「為什麼我變得像是在虎視眈眈企圖讓大家爆笑的小丑啊！」

「……不是因為妳想緩解大家的緊張嗎……？」

「為什麼我要做這種蠢——咦？妳意外地是個不錯的傢伙耶。」

莎夏就像突然意識到這一點似的喃喃自語。於是，同處一室的魔王聖歌隊成員聚集到兩人身邊。

「因為小卡娜是不順從藝人嘛！」

「嗯嗯！不論何時都不會忘記搞笑的心態很厲害喲。」

愛蓮說。

「因為砲塔室這邊閒得發慌，所以才會緊張對吧？」

「我懂、我懂！不過，要是忙起來的話，也很傷腦筋呢。」

「因為敵人來了嘛～小卡娜和莎夏大人就跟平時一樣，還真是安心。」

「我有幫上忙嗎，聖歌隊之子？」

對於亞露卡娜的詢問，她們紛紛喊著：「當然有喔！」「不愧是背理神小卡娜。」「今天也很不順從呢。」之類的話語回應她。

莎夏的眼神以不同於方才的意思變得凝重。

「背理神小卡娜……？那是什麼……」

「不順從喲～」——這種愉快的聲音在砲塔室裡迴蕩。

「這裡是魔眼室。軌道似乎能繼續延伸。」

米夏向司機室報告。

「咯咯咯，這不是好消息嗎？既然能讓連結世界內外的銀燈延伸，那麼『意念通訊』也能傳送到米里狄亞的世界不是嗎？」

「你試試看。」

我畫出「意念通訊」的魔法陣。

「梅魯黑斯，聽得見嗎？」

雖然沒有立刻得到回應，過了一會兒後——

『老身在。』

唔嗯，行得通呢。

「有個好消息。即使在外側的世界，也能在某種程度內收到『意念通訊』。中途要是感覺快要斷訊了，我會再聯絡你們。」

『老身明白了。』

只要將軌道延伸過去，就算米里狄亞的世界可能遭到侵略，我也能收到他們的報告。這樣應該能立刻趕回去吧。

「所以，我們要去哪裡啊，魔王？」

我以魔力在耶魯多梅朵的眼前畫出地圖。

「目的地是這裡。雖然是個海流稍微有點洶湧的地方，不過不用繞道，以最短的距離前進。記得要慎重。」

耶魯多梅朵大略看過地圖後立刻下令：

「司爐、火夫，保持每分鐘六噸的頻率。車輪與第二齒輪連結，我們全速前進。」

「「遵命！」」

兩名黑制服的學生揮著鏟子朝火箱裡投煤。

「開始構築魔法軌道。」

「了解！開始構築魔法軌道！」

耶魯多梅朵咧嘴笑了笑。

「終點站是未知的世界。」

銀色軌道不斷地在魔王列車的前方展開構築，使得列車在軌道上高速行駛。魔王列車的性能與銀燈的軌道搭配得剛剛好，速度比巴爾扎隆德的銀水船還要快。照這個速度看來，我們應該會比預期更早抵達。

此時傳來一陣「嗚嗚」的啜泣聲。轉頭看去後，就見媽媽正哭得淚如雨下。爸爸也噙著淚水擁著她的肩膀，強忍著情緒面向前方。

唔嗯，這樣可不行呢。我也許有點太過一相情願地認為爸爸和媽媽很粗神經了。不論前世如何，兩人現在都只是一般人。就連莎夏她們也會因為這片銀水聖海的美麗與恐怖，瞬間倒抽一口氣。

這片彷彿不允許生命存在的大海，會向根源訴說恐懼。只是一般人的兩人無法抵抗這種恐怖，將會本能性地感到害怕吧。

「爸爸、媽媽，你們放心。我會保護你們。」

淚眼汪汪的媽媽茫然地看著我的臉，連話都說不出來的樣子。是嚇壞了嗎？

「亞露卡娜、莎夏，到司機室來。」

兩人立刻以「轉移」轉移過來。

「怎麼了嗎？」

莎夏問。

「我去外頭警戒。暫時幫我陪著爸爸和媽媽，他們似乎有點嚇壞了。」

她露出理解的表情點頭答應。

「我知道了。」

亞露卡娜和莎夏立刻來到爸爸和媽媽身旁向他們搭話。

「我現在或許想陪爸爸和媽媽說話。」

「伯父、伯母，你們不用擔心，不會有事。不論是多麼危險的世界，阿諾斯的身旁都是最安全的地方。」

「小莎！小亞露……！」

媽媽就像緊繃的情緒突然斷了一樣，淚流滿面地抱住兩人。

「嗚、嗚嗚……媽媽我……已經……再也忍不住了……」

「不會有事喔，妳不需要這麼擔心。」

「可是……可是……工作中的小諾實在太帥了……！」

「……咦？」

「嗚、嗚嗚……小諾……嗚、嗚嗚……明明難得有機會能偷偷溜進小諾工作的地方，媽媽卻忘記帶魔法照相機……這是媽媽一生最大的失誤啊！」

莎夏板起臉孔。亞露卡娜看向爸爸。

「抱歉，我也忘了……！畢竟我們家被燒了……！」

爸爸坐在椅子上，顫抖著放在膝蓋上的手淌下男兒淚。亞露卡娜與莎夏面面相覷。

「爸爸和媽媽其實是抱著參觀授課的心情嗎？」

「真不愧是他們……」

在危險的海洋中，載著我們這群和平的乘客，魔王列車一帆風順地向前行駛。

§21 【世界之名】

兩小時後——

魔王列車的前方出現一顆巨大銀泡，是目的地的小世界。

「朝著那個銀燈連結軌道。」

熾死王發出指示。

「收到！連結軌道！」

銀色軌道筆直地延伸，進到小世界散發的銀光之中。

「軌道連結完畢！」

「鳴響汽笛。要開進銀泡裡嘍。」

彷彿受到銀燈之光引導似的，魔王列車沿著軌道前進，不久後眼前就被染成一片銀色。

等通過光芒後，眼前即漆黑的天空——黑穹。

「固定軌道。」

「收到。軌道固定完畢！」

朝著行進方向不斷延伸的軌道固定下來。

「脫軌。」

「收到，開始脫軌！」

魔王列車的車輪脫離銀色軌道，車體就這樣在黑穹中開始下降。漸漸地，雲朵從窗外掠過，我們已經抵達黑穹下方的天空。太陽早已西沉，取而代之月亮升了起來。

跟米里狄亞的世界一樣，這裡也是晚上。

「上方有巨大的魔力源正在靠近。」

魔眼室裡的米夏平靜地報告，同時畫出一道魔法陣。

「『遠隔透視』。」

在各室內配備的魔法水晶上，顯示出魔眼室捕捉到的影像。我一瞬間懷疑起自己的魔眼（眼睛）。此刻逐漸接近而來的，是一座飛行在空中的巨大城堡。令人看得出神的美麗以及具藝術性的造型，讓我覺得非常眼熟。

莎夏緊盯著「遠隔透視」上的影像，然後將視線投向窗外。

「這是……」

她驚訝之餘脫口說：

「傑里德黑布魯斯……」

那是過去曾在破壞的天空中自由飛翔的飛空城艦。甚至能正面對抗「破滅太陽」光輝的那艘船，在破壞神阿貝魯猊攸的記憶中留下深刻的印象。

「喂，我說的沒錯吧？」

莎夏轉頭看向我。

「雖然外觀有點不太一樣。」

卻跟傑里德黑布魯斯十分相似。隨著創術師法里斯・諾因死去，迪魯海德失去了那艘船，目前也還未確認他是否已經轉生。

為何那艘船會在外側的世界飛行？

「向飛空城艦的主人宣告。」

我向與魔王列車的後側車廂並列飛行的飛空城艦發出「意念通訊」。

「我是阿諾斯・波魯迪戈烏多。是米里狄亞世界的……哎，算是元首之類的人。有幾個問題想請教你。」

沒有回應。取而代之，飛空城艦眼看越來越接近魔王列車。

「要撞上了。」

米夏說。在耶魯多梅朵的指示下，我方響起警告的汽笛。

『朕乃銀城世界巴蘭迪亞斯的元首，不動王卡爾汀納斯・伊爾貝納。』

「意念通訊」傳了過來，飛空城艦撞上魔王列車。

「呀啊啊啊啊……！」

「等、等等……！」

「……在搞什麼啊！看前面……！」

震動襲擊魔王列車，學生們連連發出驚叫。

『無名淺層世界的笨蛋們，朕就好好教導你們禮儀。在這裡，不准飛在比自己更深層之人前面。更何況還是飛在元首的船前面。』

他應該是故意撞上來的吧。將魔王列車稍微撞開後，飛空城艦立刻改變航道，以驚人的速度超越我們。它所航向的目的地，是飄浮大陸上聳立的銀水學院帕布羅赫塔拉。那艘飛空城艦緩緩地降落在魔法屏障中。

「……那裡就是阿諾斯說的帕布羅赫塔拉？」

莎夏問。在來到這裡之前，我已經把目前知道的所有事情都告訴眾人了。

「沒錯。」

「哦～那麼，方才那個傢伙，也是學院同盟的一員吧。」

莎夏大概很不中意卡爾汀納斯那傢伙的態度，瞪著降落在帕布羅赫塔拉裡的飛空城艦。

「發現雷伊與辛了。」

米夏說。「遠隔透視」的水晶上顯示出兩人的身影。大概是注意到我們來了，兩人正朝著魔王列車飛來。

「打開客車廂的車門。」

在耶魯多梅朵的指示下，客車廂的車門打了開來。米莎從門後出現，朝著辛與雷伊用力揮手。

「爸爸——雷伊同學——在這裡喲——」

兩人飛向魔王列車，進到車廂裡。

「吾君，賊人並未有動靜。」

辛說。

「辛苦了。暫時下去休息吧。」

「遵命。」

好啦，首先必須完成臨時入學的手續。

「向帕布羅赫塔拉的門衛宣告。」

我以「意念通訊」向飄浮大陸的門衛說：

「我是阿諾斯・波魯迪戈烏多，是米里狄亞世界的居民。我們魔王學院想要加入帕布羅赫塔拉的學院同盟，請給予回應。」

緊接著，遠處的門衛們面面相覷。

「摸汪學院……？摸汪……該不會是說魔王吧？喂喂喂……」

「他們恐怕是淺層世界的新臉孔吧。大概還不知道，就算不用特意出言提醒，也很快就會改名。」

大概是覺得我聽不見，他們進行著這種對話。

『這裡是帕布羅赫塔拉。我們不會拒絕任何贊同帕布羅赫塔拉理念之人，歡迎米里狄亞到來。我們將會開放魔法屏障，請從那裡進來。』

「我知道了。」

當我看過去時，有一部分覆蓋在帕布羅赫塔拉上的魔法屏障消失了。

意外地簡單呢。雖然我方表示了加盟意願，沒想到光憑這樣，他們就這麼輕易地邀請來路不明之人進到都市裡。也就是說，區區一艘船即使在裡頭鬧事，他們也有辦法對付嗎？

「開始降落。」

耶魯多梅朵這麼發出指示。

「收到。開始往帕布羅赫塔拉降落。」

魔王列車移動到帕布羅赫塔拉的上空，開始朝沒有魔法屏障的入口部位緩緩降落。

『都市中央鄰接帕布羅赫塔拉宮殿的湖泊是停船埠。請降落在白色的魔法陣上。』

耶魯多梅朵依照門衛的指示，讓魔王列車降落而下。俯瞰到的帕布羅赫塔拉飄浮大陸中央座落著一座巨大宮殿，其周圍形成都市，占地面積大略看來約為密德海斯的十倍以上。

「要降落了！」

清澈透明的巨大湖泊上畫著一道白色的細長魔法陣，大概是為了配合魔王列車的形狀。魔王列車緩緩降落後濺起水花。像水泡一樣的東西從白色魔法陣中冒出，將列車包覆其中。然後，魔王列車就這樣自行沉入水中。抵達水底後，能在裡頭看到數個洞窟。我們進到其中一個洞窟裡，並在前進了一會兒後，這次自行浮了起來。魔王列車撥開水池，再度浮上水面。

彷彿職責已盡，包覆車體的水泡破裂消失。

「要下車嘍。打開車門。」

在我的指示下，魔王列車的所有車門開啟。我離開王座走出車外，其他人也陸陸續續走下列車。

環顧周遭，這是一個石造的房間。空間相當寬敞，應該是用來安置船隻的停機庫。

「歡迎來到帕布羅赫塔拉。」

聲音響起，一名穿著銀色禮服的女子走來。她手上拿著一個大型發條，尺寸大到彷彿能幫人類大小的發條人偶上發條。

「初次見面，您好。此身乃帕布羅赫塔拉的裁定神奧特露露，會在帕布羅赫塔拉負責進行裁定。請問元首是哪一位？」

「我們世界沒有元首。」

我走到裁定神面前。

「學院的代表是我。為了便宜起見，祢就當我是元首吧。」

沒有特別表現出懷疑的態度，奧特露露詢問我：

「你們希望加入帕布羅赫塔拉的學院同盟嗎？」

「為此我們才會來到這裡。」

奧特露露恭敬地行了個禮。

「歡迎你們。然後，沒有銀泡不存在元首。奧特露露推測你們剛來到這片銀水聖海不久，不知此身說的對不對？」

「我們今天剛離開自己的世界。」

「那麼請問主神在哪裡？世界的意志，或是統治世界秩序的神族，即是世界主神。」

大概是剛來到世界的外側，對於主神或元首這類名詞還不熟悉的人也經常出現，奧特露露詢問的語調相當熟練。

「抱歉，我們的是個失敗品，沒有了不起到能被稱為主神。」

我將視線投向魔王列車。

「硬要說的話，那個就是了。」

「能和祂見個面嗎？」

說要見面，但那個就是了。算了，反正他也不是無法說話。

「跟我來。」

我帶著奧特露露移動到魔王列車的司機室。我打開火箱的蓋子朝裡頭說：

「艾庫艾斯，你可以說話了。」

我這麼說完，火箱裡就立刻飛揚起火星。

『你以為我會——』

艾庫艾斯的聲音傳了出來。

『你以為我會如你所願嗎？』

「初次見面，您好，主神艾庫艾斯。此身乃帕布羅赫塔拉的裁定神奧特露露。請問祢是否有意願加入帕布羅赫塔拉的學院同盟？」

『有意願加入？』

艾庫艾斯唾棄地說：

『才沒有這回事——！誰會照這個男人的意思去呀唔唔唔……！』

我拿起鏟子投入煤炭，讓艾庫艾斯知道誰才是主人。

「……這是……？」

「雖然只會口出惡言，這傢伙的秩序很老實。只要投入煤炭，就會立刻搖著尾巴，乖乖聽話。」

我朝火箱裡扔進一堆煤炭。

『……可惡……唔咕……可惡啊——……為何我要——做這種事——……！』

煙囪冒出滾滾濃煙，逐漸化為文字的形狀寫著：『加盟萬歲。』

「如祢所見。」

我走出司機室，指著濃煙文字。緊接著，裁定神奧特露露投以神眼看過去。當祂集中魔力後，眼瞳裡就畫出齒輪般的魔法陣。

「確實能在濃煙上看到與主神同種的魔力，以及明確的秩序光芒。主神與元首之間存在各式各樣的關係，帕布羅赫塔拉也很清楚這一點。即使元首把主神當成奴隸對待的例子很罕見，這也是一種世界的存在方式吧。奧特露露就根據這串濃煙文字，認定主神已表明加盟的意願。」

奧特露露將視線投向莎夏與米夏，眼瞳裡的齒輪轉動起來。

「既然也有其他神跟隨你，就認同你為元首吧。」

唔嗯，還以為會有一些麻煩，居然這麼輕易就承認了。這也就是說，小世界之間的價值觀，就是這麼迥然不同吧。

「請跟隨奧特露露來。縱使想為你們介紹帕布羅赫塔拉，現在已是深夜，所有的講課都已經結束。奧特露露會帶你們到宮殿內的宿舍，請各位在那裡休息。明天奧特露露會再來迎接各位。」

奧特露露轉身走進停機庫的通道，我們則跟在祂身後。

「關於加盟，奧特露露想請教你幾個問題。請問你的世界應該如何稱呼？」

「叫做米里狄亞的世界。」

「你的世界的主神，好像沒有進行命名吧？」

「方才也說過了，那是個失敗品，每天都被雜事纏身，忙得團團轉呢。」

一旁的米夏與莎夏露出難以言喻的表情。

「依照秩序，世界的名字應該會是進行創世的創造神名字，同時還會冠上符合小世界秩序的稱號。」

也就是名字具有法則性嗎？

「也就是說，倘若是聖劍世界海馮利亞，創造神就叫做海馮利亞，小世界的秩序會與聖劍擁有緊密的關係嗎？」

「你這麼理解沒有問題。」

「那麼，世界的名字就叫做米里狄亞沒有問題。至於稱號，我們稍後再決定。」

奧特露露事務性地回答。

「奧特露露將會這樣登記。」

奧特露露接著繼續問：

「請問你叫做什麼名字？」

「阿諾斯·波魯迪戈烏多。」

奧特露露停下腳步。當祂打開門，我們發現前方就是客房，而且房內的東西一應俱全。

「裡頭也有房間，數量應該十分足夠。今天就請各位在這裡過夜，明天奧特露露會再來迎接各位。

「我知道了。」

雖然想立刻到帕布羅赫塔拉四處參觀，今天還是老實休息吧。

大家都很累了。

「最後，請問你們的學院叫什麼名字？」

「魔王學院。」

一直在進行事務性詢問的奧特露露，突然就像在思考什麼一樣地安靜下來。

「有什麼問題嗎？」

「沒有。奧特露露不會對小世界決定的名字進行裁定。這是你們的自由。」

還真是吊人胃口的說法。不過算了，現在有更想問的問題。

「這個小世界叫什麼名字？」

「名稱叫做第七艾蓮妮西亞世界。」

米夏與莎夏瞪圓了眼。

「這裡是魔彈世界艾蓮妮西亞所擁有的第七個銀泡。第七艾蓮妮西亞被指定為自由海域，任何小世界的居民都可以自由進出，無須許可。」

兩人茫然聽著祂的說明，同時朝我看來。世界的名字皆取自進行創世的創造神之名。假如是這樣，那麼創造魔彈世界的神，就是創造神艾蓮妮西亞。

與米里狄亞的母親同名——

§ 22 【小世界的形成】

隔日清晨——

我們換好制服，在帕布羅赫塔拉的宿舍裡等候。我讓爸爸和媽媽拿著亞露卡娜創造的魔法照相機、三腳架和錄影機，讓他們擔任紀錄人員，兩人從方才就一直對著我狂拍。奧特露露曾經來過一趟，祂說一個小時後會來迎接我們，時間就快到了。

「別這麼著急。」

我向在門前晃來晃去、顯得坐立不安的莎夏說。

「去找妳們、那個叫做吉恩．安巴列德的男人，毫無疑問是帕布羅赫塔拉所屬的魔彈世界的人。」

「……母親還活著……？」

米夏喃喃地說。

「不然的話，就不會要妳們挑選生日禮物了。」

「可是，為什麼？」

莎夏問。在創造出繼任的創造神——自己的孩子米里狄亞後，艾蓮妮西亞應該毀滅了。

「還不清楚。不過，那個叫做吉恩的男人之所以隱瞞艾蓮妮西亞還活著的事情，也許是因為這會導致某種不便。」

「……比如我們會去搶回艾蓮妮西亞嗎？」

「天曉得。我們別說是魔彈世界，就連帕布羅赫塔拉都所知甚少。」

「…………說的也是呢。」

目前沒有任何線索，她們兩人應該也知道現在就只能等待了吧。即使如此，莎夏和米夏還是會忍不住在意起媽媽艾蓮妮西亞的事。

就在這時，敲門聲響起。

「我是奧特露露。」

「進來吧。」

房門開啟，裁定神奧特露露出現在我們面前。

「準備好了嗎？」

「好了。」

「那麼，請各位往這邊走。」

在奧特露露的帶領下，我們沿著宮殿的通道前進，不久後來到一個四方被柱子所圍繞的地方，中央設置著固定魔法陣。

「請各位站到魔法陣上。」

當我們全員都站在魔法陣上後，奧特露露說：

「淺層第一。」

視野在瞬間染成純白一片，進行了轉移。在我們眼前，出現了一扇雙開門。

「這裡是帕布羅赫塔拉的第一淺層講堂，主要用來進行講課。各位請進。」

祂推開了門。一走進講堂，我們就看到中央有個圓形的講臺。座位設置在四周，桌椅圍繞著講臺整齊地排列著。

已經有穿著制服的學生們就座。基本上相同學院的人似乎會坐在一起，不過也有穿著不同制服坐在一起的團體。

「各位請坐，米里狄亞世界的座位在這邊。」

奧特露露走過去，指著我們的座位。

「祢說這裡是淺層講堂，那麼也有深層嗎？」

「還有中層講堂和深層講堂。在這個銀水聖海的小世界裡存在深度，第一層到第十層稱為淺層世界，第十一層到第二十層稱為中層世界，而二十層以後則稱為深層世界。」

我記得巴爾扎隆德的部下應該是把米里狄亞世界稱為第一層世界。

「這是怎麼分類的？」

我這麼提出疑問後，奧特露露就當場輕盈地飛起來，降落在講臺上。祂朝著設置在那裡的球形黑板送出魔力。

「世界的深度，即是世界秩序的強度，泛指那個小世界會對銀水聖海帶來多大的影響。魔力會從淺層流向深層，而秩序則會從淺處向深處產生影響。」

那個球形黑板應該是魔法具。它變得透明，並在內部顯現出銀色泡泡，似乎在模擬五個淺層世界與一個深層世界。

「假設淺層世界的魔力為十，重力的秩序為十，深層世界也會是同樣的數值。」

奧特露露在球形黑板上頭補充寫著「淺層世界：魔力十，重力十」和「深層世界：魔力十，重力十」。

「依照銀水聖海的秩序，魔力會流向深層，秩序會向深處產生影響。淺層世界的魔力移動一，秩序的作用也會移動一。」

祂讓魔力與重力分別減少一，改寫成「淺層世界：魔力九，重力九」。

「魔力與秩序會分配給深層世界，轉變成力量。」

祂從五個淺層世界上分別讓魔力與重力都移動一，合計移動了魔力五與重力五，加在深層世界原本擁有的魔力與重力上，於是深層世界變成「魔力十五，重力十五」。

「雖然實際上並沒有這麼單純，這就是銀水聖海的基本秩序原則。擁有大量魔力且秩序作用強烈的小世界會變得沉重，朝著深淵沉沒而去。因此，那個世界會被視為在深處。」

原來如此。因為淺層世界的秩序與魔力發揮作用，相對地讓這個第七艾蓮妮西亞比米里狄亞世界還要堅韌吧。當然，住在那裡的居民也相對地會變得更強。

「要全面測量小世界的秩序和擁有的魔力量，會遇到許多問題，而且很沒有效率，因此我們會以擁有的火露總量來進行階層判定。擁有的火露越多，該小世界的位置就越深層。」

這邊所說的位置並非指所在地點，而是該世界的秩序強度。

「說穿了，就是深層世界從淺層世界奪走了火露吧？」

「你可以這樣理解，但火露並不屬於任何人，而是銀水聖海無所不在的秩序。火露會越過大海，環遊在各式各樣的泡泡之中。」

艾庫艾斯奪走了火露。雖然他說奪走的火露已經消耗掉，這就是答案了吧。假如只看米里狄亞世界，確實只會覺得火露被消耗了。當時的艾庫艾斯並不知道外側的世界，可是火露其實移動到了其他小世界。

「……喂……那麼該不會是…………？」

一旁的莎夏喃喃地說。米夏低聲說：

「母親的火露流到了世界的外側。」

兩人的母親，創造神艾蓮妮西亞毀滅了——在米里狄亞世界是這樣。實際上祂的根源卻化為火露跨越世界，並在魔彈世界再度作為創造神誕生。

「距離今天的課程還有一段時間。奧特露露就向米里狄亞世界的各位，再稍微說明一下銀水聖海的秩序吧。請各位就座。」

我拉開一旁的椅子坐下，其他人也紛紛就座。

「雖然你說深層世界從淺層世界奪走了火露，火露的移動並非自然發生的事情。這是因為在小世界裡，世界主神會維持那個秩序，使火露不會流失到外側。」

奧特露露在球形黑板上畫出一個透明泡泡，並在上頭寫著「泡沫世界」。

「火露的移動主要發生在泡沫世界裡。漂浮在銀水聖海裡的無數黑暗泡沫——我們這樣稱呼。據說所有世界都是從泡沫開始，就連位在這片大海深淵的深層世界，起初也只是一個泡沫。」

祂再次補上「未進化」這三個字。

「泡沫世界是未進化的小世界。因為泡沫世界沒有主神與元首，在這個銀水聖海裡可以說是未誕生的世界。假如沒有主神，就無法完全控制小世界的秩序；假如沒有元首，小世界的居民就會紛爭不斷。其下場應該可想而知。」

突然間，就像泡泡破裂一樣，祂畫出的泡沫世界消失了。

「由於海中氣泡會像這樣自己消失，因此被稱為泡沫。」

此時再度冒出許多泡泡，構成泡沫世界。

「儘管如此，並不是所有泡沫都會消失。有幸存活下來的泡沫世界，其內部將會發生某種變化。」

奧特露露在球形黑板上寫上「適任者的誕生」。

「泡沫世界也有秩序，存在神族。祂們擁有試圖將世界導向一個方向的意志，我們稱為世界意志的種子。世界意志的種子看不見，也不具備明確的意識。神族們會依照這股意志，各自在不知不覺間採取行動，試圖將世界導向正確的秩序。這種行動在大多數的情況下都會失敗，但在受到銀水聖海祝福的泡沫裡，會誕生適任者。」

在米里狄亞世界裡，應該可以說艾庫艾斯的齒輪就是世界意志的種子。

「適任者是生命進化的終點。他們兼具魔力與強度，甚至擁有超越神族的力量，能將世界導向更好的方向。隨著適任者不斷增加，將會為小世界帶來更進一步的變化，這即是世界主神的誕生。」

奧特露露平靜地繼續說明：

「適任者的存在會強化世界的火露，為秩序帶來強大的力量。這會讓神族擁有的其中一顆世界意志的種子萌芽茁壯，使得應該稱作世界意志的存在，也就是世界主神誕生。」

和米里狄亞世界稍微有些不同呢。格雷哈姆做的實驗，是將分散開來的世界意志種子聚集起來，強行將它們合而為一，確認其是否具備意識。

實際上，它確實成為了名為艾庫艾斯的齒輪集合神。儘管他們稱其為世界意志的種子，如果要將它們聚集起來並加以驅動，稱為碎片應該更自然。也許在泡沫世界裡沒有其他這種例子，所以他們才不知道。

「隨著世界主神的誕生，小世界會出現巨大變化。主神會選出適合統治小世界的元首，而作為候補人選的，即適任者們。」

「也就是元首的適任者嗎？」

「既是元首的適任者，也是進化後世界的適任者。主神能經由其秩序，嗅出最適合自己世界的人選。」

也就是說，波羅之子韋德原本是元首的候補人選嗎？因為我在米里狄亞世界阻止了毀滅，無法誕生新的生命，因此適任者也沒有誕生。於是艾庫艾斯就憑自己的力量，強行讓適任者誕生。

「主神會從適任者中選出一名世界之王，藉此讓元首誕生，讓泡沫世界進化為銀泡。」

幾乎可以確定，為了讓秩序取得平衡而進行的世界轉生，與進化成銀泡的結果相同。

「有其他的進化方法嗎？」

「沒有。所有的小世界都是經由這個過程達成進化——彷彿受到了銀水聖海的秩序引導一樣。」

奧特露露立刻回答我的提問。看來米里狄亞世界是個例外呢。即使沒有主神與元首，世界一樣有可能進化，不過帕布羅赫塔拉的人們並不知道這一點。

「另一方面，未進化的泡沫世界會持續釋出火露。而接收這些火露的，即是完成進化的小世界。就像魔力會從淺層流向深層，火露也會從淺層流向深層。」

跟我想的一樣。在世界轉生之前，火露從米里狄亞世界流向了其他世界。艾蓮妮西亞，以及——在能一覽密德海斯的那座山丘上長眠的我的部下們，也許就在某個世界裡。

「泡沫世界釋出的火露，會讓小世界達到更深層的位置，因此不論是哪個元首都求之不得。火露即是力量。擁有越多火露、力量越強大，世界就會越為深化。」

這會導致何種情況並不難想像。

「為了取得火露，銀水聖海頻頻爆發爭執，導致小世界遭受重大損害的情況並不罕見。受到戰火侵襲的雙方世界，有時甚至會一起消滅。為了避免這種事態，加入學院同盟的各世界主神便創建了這個帕布羅赫塔拉。」

奧特露露在球形黑板上寫上「銀水序列戰」。

「在帕布羅赫塔拉的領海內釋出的火露，會先由學院同盟進行回收。而在帕布羅赫塔拉內舉行，讓各個世界彼此得以互相較量的學院序列戰——銀水序列戰的勝利者，則可以分配到那些火露。」

要是為了爭奪火露，衝突激化，導致小世界本身毀滅，那麼對誰來說都沒有好處。而透過締結條約，讓大家以和平的方式分享火露的手段，就是銀水序列戰吧。也就是說，這是一場代理戰爭。記得隆克魯斯也說過類似的話。

「帕布羅赫塔拉的理念，是這片銀水聖海的平靜，也就是和平。」

和平嗎？這要是真的就好了呢。

「假如失去火露，泡沫世界就會失去生命。原本預定轉生的居民，不就會在另一個世界重生嗎？」

「正是如此，阿諾斯元首。」

奧特露露就像理所當然一般說。

「為何不將火露歸還？他們應該也有他們的人生。」

「你指的是什麼呢？他們的人生早在死去的當下就已經結束，他們只是在新的世界裡展開新的人生。那就只是起源相同的另一個人。」

「要是施展『轉生』的魔法，又會如何呢？」

奧特露露歪頭困惑。

「不好意思，奧特露露不清楚那個魔法。在加入學院同盟的世界裡並沒有那個魔法。」

沒有「轉生」？二律僭主——隆克魯斯展現的魔法，不論是哪一個都明顯比米里狄亞世界的水準還要高。雖說「轉生」在米里狄亞世界是最上級的根源魔法，我不覺得他們沒有可以轉生的魔法。

「是這種術式。」

我畫出「轉生」的魔法陣。然而術式突然失控，爆炸了。

「……哦？」

「阿諾斯元首，方才那個稱為『轉生』的術式，就反應看來是一種限定魔法。是個必須充分運用米里狄亞世界的秩序，才有辦法實現的魔法，只有在米里狄亞世界裡才能施展。」

原來如此。難怪隆克魯斯會問我，轉生在我的世界裡是不是很一般的事。然後才會說「融合轉生」和一般的轉生魔法不同，不會喪失記憶。

「轉生時的記憶會變得如何？」

「雖然有一些方法可以保留記憶，全都會對根源造成很大的風險。因為就只是延續現在的生命，和真正意義上的轉生不同。」

簡單來說，就是沒有無須風險就能繼承記憶的轉生。所以在銀水聖海裡，轉生主要是指展開新的人生，思考方式和我們有根本性的不同。

「歸還泡沫世界火露，是讓生命消逝的愚昧行為。泡沫很快就會消散，因此將生命投入其中，就像將好不容易抵達大海的魚，重新返回陸地一樣。這說不定違背了你世界的宗教，但這就是銀海的常理。」

奧特露露沒有否定我的意見，委婉地回答。

「火露能夠穿越世界，對那個生命來說是非常僥倖的事。這是他們受到這片大海祝福的證明。」

倘若泡沫世界一定會毀滅，這麼說確實有一定的道理。

「說到底，只要將火露歸還，泡沫世界就不會毀滅了吧？」

「關於這點——」

「到底在囉嗦什麼啊？真是個理解力差勁的元首。就是因為這樣，朕才討厭淺層世界的傢伙。」

此時一道粗俗無禮的聲音傳了過來。我記得這個聲音。是叫做不動王卡爾汀納斯吧？昨晚朝魔王列車撞來的傢伙。

「奧特露露，就算向這種蠢蛋說明，他也無法滿足加盟條件，就只是在浪費時間啊。」

走上講臺的，是一個留著小鬍子的矮小男人。他的奢華服裝上帶有泡沫與波浪的校徽，以及城堡的校徽。

「今天可是銀城世界巴蘭迪亞斯的元首，不動王卡爾汀納斯・伊爾貝納的講課。魔力與智商都不足的呆子，要儘量縮起身子並乖乖閉上嘴巴，是這片銀海的禮節。」

「所以，奧特露露，關於這方面會是什麼樣的情況？」

「你這傢伙！」

卡爾汀納斯勃然大怒，漲紅著臉朝我瞪來。他指著我說：

「你別以為元首的地位相互對等。朕可是位於深層，統治第二十一層世界的不動王。你這個才剛來到帕布羅赫塔拉的傢伙，是淺層世界的居民吧？說說看你是第幾層的人？」

「就算世界稍微沉沒了一點，就憑你那空蕩蕩的腦袋，恐怕也只會飛到天上去吧。」

他的臉漲得越來越紅，但很快就像改變了想法一樣笑了起來。

「哈哈，想必你就連自己的世界位在什麼階層都還不知道吧？真是可憐呢。奧特露露，祢已經調查好了吧？就告訴他吧。」

於是，奧特露露說：

「米里狄亞世界擁有的火露總量，已在今早測量完畢。」

我們明明昨晚才剛來，還真是辛苦祂了。

「可是，由於是無法檢測的數值，暫時保留判定。暫定來說，米里狄亞世界擁有的火露總量相當於第零層世界。儘管機率不高，他們有可能尚未進化。」

聽到祂這麼說，原本並未特別關注我們的各學院學生們，一齊紛紛議論起來。

「……這是怎麼回事？」

「這怎麼可能？無法檢測的數值到底是怎麼回事……？」

「嗯……是火露太少了吧……」

「然而要是這樣，他們是怎麼來到這裡的？在未進化的情況下，不可能來得了銀海。單純只是火露很少嗎……？」

「就連第一層世界分量的火露都沒有，他們是怎麼進化的……？一般來說，應該會就這樣消滅啊……」

就像要蓋掉這些議論聲一樣，響起一陣「哇、哈、哈、哈、哈」的大笑聲。

「居然是第零層世界？哈哈哈，哇哈哈哈哈哈！」

卡爾汀納斯就像在嘲笑我一樣，捧著肚子笑歪了臉。

「這算什麼？就連長年置身在帕布羅赫塔拉的朕都沒聽過喔。說什麼第零層，這根本就是泡沫世界不是嗎！居然有可能尚未進化？選上你的主神，想必是個很膚淺的神吧。」

「我不否認那是個失敗品，但我可不記得自己曾經被他選上。那傢伙把無聊的秩序強加在我身上，所以我把他拆開，變成方便的道具了。」

「不記得曾經被選上？你在講什麼莫名其妙的藉口啊？」

「就是被常識束縛才會這樣。假如用你也能理解的方式來說，我是不適任者。」

卡爾汀納斯愣了一下，然後再度露出下流的笑臉。

「不僅沒被主神選上，甚至還被說是不適任者？哇、哈、哈、哈、哈！喂，你們聽到了吧？這傢伙簡直就是傑作啊！」

卡爾汀納斯做出誇張的肢體動作，朝講堂內的學生們大喊：

「不適任者的元首簡直前所未聞！人果然要試著活得久一點呢！各位，有個非常不像樣的世界，來到這個帕布羅赫塔拉了啊！」

各學院的學生們紛紛朝我投來疑惑的視線，就像在看什麼珍奇異獸一樣。

「不動王說的也有道理。在我的世界裡，就從未出現過不適任者。」

「記得這是指那群反抗秩序的傢伙吧？這樣的話，我曾聽過我們的主神消滅過數十個這種人。」

「反過來說，就是米里狄亞世界的主神，弱到會屈服不適任者吧？」

「在我的世界裡，本來也有許多不適任者，但全都被我親手殺掉了。他們終究是一群連被主神選上的資格都沒有的傢伙。對我們適任者來說，他們是微不足道的存在。」

元首們忍不住像這樣紛紛發表意見。

「哇哈、哇哈哈哈哈哈，如何？漸漸明白自己的身分了吧？懂了吧？像你這樣的不適任者，在場的元首們早就已經隨手掐死了好幾個。當然，就連朕也一樣。」

就像在威嚇我一樣，卡爾汀納斯咧嘴一笑，同時發出魔力。講堂內的大氣震動起來。

「朕等你三秒。到這邊來向我跪拜吧。這才是面對深層元首的禮節。」

「唔嗯，雖然我不太習慣做這種事，既然是銀海的禮節，那就沒辦法了。」

我緩緩起身。緊接著，卡爾汀納斯就像十分痛快一般，露出下流的笑容。

「哼，一開始就該這麼做，區區不適任者還敢這麼囂張。要是得到教訓，就不准再嗚喔喔喔喔！」

我輕輕踢飛過去的鞋子，漂亮地堵住了他的嘴。

「怎麼了？快點下來啊，粗鄙的傢伙。魔力與智商都不足的呆子，要儘量縮起身子並乖乖閉上嘴巴，是這裡的禮節吧？」

他就像火冒三丈一樣，氣得頭髮倒豎起來。

§ 23 【不可侵領海】

「多麼——」

「咯吱」一聲。

「多麼膚淺——」

卡爾汀納斯發出「喀吱喀吱喀吱喀吱」的聲響，將塞進嘴裡的鞋子咬碎，一部分碎片散落在講臺上。

「多麼無禮的元首啊！做出這種事，你明白你和你的世界會有什麼樣的下場嗎？」

「咯——咯、咯、咯、咯！」

憤怒的不動王使得耶魯多梅朵大笑起來。

「陳腐、陳套，而且凡俗啊。你是跟不上時代的黴菌化身嗎？嗯？你那比風化的化石還老套的臺詞，我早在出生之前就聽過一百萬遍了。雖然我們元首說你的腦袋空到會浮上天，哎呀哎呀，看來是因為沉入不相稱的深層，導致氧氣傳不到腦袋裡了啊。」

在耶魯多梅朵的挑釁下，卡爾汀納斯氣得更加厲害，露出嘴中的尖牙。

這傢伙是魔族吧。不過性質似乎跟米里狄亞世界的魔族有些不太一樣。

「……連個臣子也管教不好！朕大發慈悲給你低頭賠罪的機會，沒想到你竟然恩將仇報！一群狂妄無禮的傢伙。就算後悔，也已經來不及嘍？」

「你的廢話就只有這些嗎？」

熾死王就像在火上加油般說，咧嘴笑了笑。

「你就恐懼、戰慄與欣喜地顫抖吧，不動王卡爾汀納斯。」

他大大地敞開雙手高聲宣告：

「你將會在這片銀水聖海上，第一個親身體會到暴虐魔王的蹂躪啊！」

還以為不動王會氣得更厲害，他卻露出疑惑的表情。

「…………魔王……？」

卡爾汀納斯帶著意味深長的笑容朝我看來。

「你該不會，哎呀哎呀，你該不會在自己的世界裡自稱魔王吧？」

「這怎麼了嗎？」

卡爾汀納斯瞬間誇張地噴笑出來。

「哇哈哈哈哈哈哈哈哈！泡沫世界的不適任者，居然自稱自己是魔王！無知到了極點，竟會變得如此滑稽嗎！這就是所謂的初生之犢不畏虎吧！」

「哇哈、哇哈哈哈哈、哇哈哈哈哈哈哈哈哈！」卡爾汀納斯捧腹大笑。而其他學院的學生們儘管沒有笑出聲，也都各個不是啞然失笑，就是一臉傻眼。

不過話說回來，笑得還真久。他到現在都還沒笑完。

「你該不會想就這樣笑到死吧？」

「哇哈哈，抱歉。誰教你實在太滑稽了。不對，才剛離開泡沫世界的話，這也是沒辦法的事吧。就算是這樣，噗咯咯咯……」

看來他似乎不打算說明，於是我朝奧特露露看去。

「所謂的魔王，是在這片銀水聖海上受到許多敬畏的名稱。」

祂事務性地開始說明：

「支配深層十二界，而且是銀海史上首位達到深淵魔法的魔導霸者，那就是大魔王吉尼亞・希瓦赫爾德。所謂的魔王，即是指偉大的大魔王吉尼亞的六位繼承者候選人。」

所以門衛和奧特露露才會對魔王學院的名字作出反應嗎？

「銀海上也有許多驍勇好鬥，沒有加入帕布羅赫塔拉的深層世界。可是，就連這些野蠻的元首們，都不敢踏入魔王的領海中。這片大海上存在幾處絕對不可碰觸的場所，我們稱之為不可侵領海，而其中之一就是魔王。」

說明結束後，卡爾汀納斯帶著獰笑說：

「懂了吧？區區泡沫世界的不適任者要是膽敢自稱魔王，可是會與大魔王統治的深層十二界為敵喔。」

他帶著十分得意的表情，就像在威脅我一般投來陰溼的眼神。

「哇哈哈哈，怎麼樣？是不是越來越害怕了？這也無可厚非吧。我這麼說也是為了你好。既然來到銀海，那就改名吧。要朕幫你取一個適合的名字嗎？那麼……」

他十分故意地盤著手，裝出在思考的樣子說：

「蠢王……你覺得怎樣？蠢王阿諾斯，哇哈哈哈哈哈哈！這傢伙真是傑作啊！」

「你的臣子想必很優秀吧。」

或許是聽不懂這句話的意思，卡爾汀納斯露出疑惑的表情。

「這句話的意思是，假如統治一界的元首是這副德行，臣子的辛勞可想而知。」

「……什麼？」

他就像被激怒一樣，再度怒髮衝冠地瞪著我。

「要為這種無聊的理由改名也很麻煩。如果自稱魔王，那個叫什麼大魔王吉尼亞的使者就會跑來和我接觸，倒也挺方便。深淵魔法究竟有多麼厲害，還真想要親眼見識看看。」

就像不把我的話當一回事，不動王笑著說：

「哦～還真是囂張。不過這股威勢究竟能維持多久呢？像你這樣的新人，朕可看多了。最後還不是跪在地上，哭著向朕求饒。」

「唔嗯，有意思。你是怎麼辦到的？」

卡爾汀納斯瞪著我並帶著怒氣說：

「別裝傻了。學院之間的紛爭要以銀水序列戰解決，可是帕布羅赫塔拉的慣例。事到如今，你該不會想逃吧？」

「很好，你就儘管挑戰吧。」

卡爾汀納斯用鼻子哼了一聲。

「奧特露露，裁定。」

「依照帕布羅赫塔拉學院條例第三條，學院之間發生的紛爭，要以銀水序列戰的結果解決。勝利者的主張會受到認同，失敗者的意見將毫無意義。」

裁定神奧特露露事務性地說道，同時發出魔力。

「『裁定契約』。」

祂畫出的魔法陣上有個發條孔。奧特露露將手上的發條刺入，轉動發條。術式隨著發條的轉動逐漸構築，在轉動第三次時，「裁定契約」的魔法便完成了。

「一旦雙方簽字，銀水序列戰的契約就會成立。」

奧特露露轉向我。

「阿諾斯元首，你還不太清楚帕布羅赫塔拉與銀水序列戰的實際情況。簽字有一天的猶豫時間——」

祂突然停了下來。卡爾汀納斯抓起裁定神的脖子用力掐著。

「祢太多管閒事了吧，奧特露露？之後的事，可不在裁定神的管轄範圍內。」

「……奧特露露只是在說明帕布羅赫塔拉的秩序——」

卡爾汀納斯就像要捏爛祂的喉嚨一樣，更用力地掐住脖子。

「……嗚……啊……」

「少給我多嘴。小心我捏爛祢的喉嚨喔？」

奧特露露瞬間化為霧氣消失了。

「啊？」

抓空的卡爾汀納斯亮起魔眼。講臺邊緣出現奧特露露、對祂施展「雨靈霧消」的米莎，以及我的身影。

「居然對裁定人動手，你這男人還真是讓人瞧不起呢。」

「什麼也不知道的蠢蛋。哼，算了。你就儘管去了解帕布羅赫塔拉吧。到時就算嚇到了，不敢與朕進行序列戰——」

卡爾汀納斯當場瞪大眼睛。因為我在「裁定契約」上簽字。

「要隨手幹掉你，不需要什麼知識。」

卡爾汀納斯就像在說一切進行得很順利，露出下流的笑容。

「你就儘管後悔吧。」

丟下這句話，他也在「裁定契約」上簽字。

「已確認雙方的簽名。」

奧特露露說：

「以帕布羅赫塔拉的裁定神奧特露露之名，在此決定魔王學院與虎城學院的銀水序列戰。日期定於明日，帕布羅赫塔拉的第一堂課開始時。地點則位在自由海域，第二巴蘭迪亞斯世界。」

既然是第二巴蘭迪亞斯，也就是卡爾汀納斯所擁有的小世界吧。

「你可別恨我。從無知之人開始剷除，是這片銀水聖海的規矩。既然朕也是統治兩界的元首，就必須冷酷無情。」

他一臉得意地說。

「開始講課吧。」

我調轉腳步，與米莎一起走下講臺。在返回座位的途中，各學院的學生們紛紛說。

「……盡是找新生發起銀水序列戰，依舊是個不知羞恥的男人……」

「不愧是儘管作為深層世界，依舊故意調低序列，只跟比自己弱的學院戰鬥的傢伙。」

「話雖如此，巴蘭迪亞斯城艦部隊的實力也不容小覷。姑且不論他自己的實力，那兩塊看板就……很遺憾，層級和泡沫世界的不適任者相差太多了。」

「就算被稱為紙老虎，卡爾汀納斯也是個老滑頭。在敵人的情報與帕布羅赫塔拉的情報都不太清楚的狀況下，對上那個愛慕虛榮的愚昧元首，恐怕毫無勝算。」

「假如他謹慎到會在那裡低頭賠罪，我也不是不能與他聯手。縱使欣賞他的高傲，不懂得害怕未知的莽夫，不論如何都無法生存下去啊。」

正在竊竊私語的是元首們吧。看來不只針對我，不動王一直在找新人下手的樣子。

「新來乍到，就跟人大吵起來了呢……」

對著回到位置上的我，莎夏露出傻眼的表情。

米夏在她身旁直眨著眼睛。

「深層世界比我們的世界還要接近深淵吧？準備時間就只有一天，你打算怎麼辦啦？」

「怎麼了，莎夏？妳想看我在那邊低頭認錯嗎？」

「別開玩笑了。」

她就像在說她只想知道勝利的方法一樣，斬釘截鐵地斷言。不論是辛、耶魯多梅朵、雷伊、艾蓮歐諾露、亞露卡娜，還是米夏都一樣。我的部下沒有一個人對統治深層世界的不動王感到害怕。

就連力有未逮的其他學生們，也都興奮地全身顫抖。

「就讓他好好償還，侮辱了我們的世界與魔王大人的罪過吧。」

§24 【城劍之男】

在銀水學院帕布羅赫塔拉的第一堂課上，不動王卡爾汀納斯在講臺上畫著魔法文字，球形黑板上正顯示著那些文字的立體影像。不論從圓形講堂的哪個角度看過去，似乎都能看到正確的影像。

「——因此，這即是銀城世界巴蘭迪亞斯所使用的象形魔法文字。這種文字會根據象形的畫法，使得文字本身帶有魔力。優秀的術者能用一個字構築城堡，凡俗的術者則就算畫上數千字，也蓋不好一間狗屋。」

卡爾汀納斯在球形黑板上寫下許多象形魔法文字。有像鳥一樣的文字，像水一樣的文字，也有像城堡一樣的文字。真不愧是象形，它們比起文字，更像圖畫。這些魔法文字帶有術者實際注入以上的魔力，我以魔眼注視著它們。

「唔嗯，魔力似乎是從某處流過來的？」

「是從巴蘭迪亞斯流過來的。」

站在背後的奧特露露說：

「魔力會從淺層流向深層。這個第七艾蓮妮西亞，位在比巴蘭迪亞斯還要深層的世界。因此，巴蘭迪亞斯的秩序會在這裡作用，魔法律也包含在這之中。」

米里狄亞世界暫定為第零層。因為沒有比它更淺層的世界，只有那個世界的秩序會發揮作用。然而，世界越是前往深層，就會混入越多其他世界的秩序與魔法律。

最底層的世界，想必是一團混沌吧。

「深層世界的魔法無法在比較淺層的世界施展？」

米夏微歪著頭問。

「要看秩序的相似度，還有魔法的限定性。諸如『契約』、『飛行』與『轉移』等魔法，在絕大多數的小世界裡都確認到了它們的存在。雖然各個小世界之間多少有些差異，都具有共通的效果能夠施展。而這就叫做共通魔法。」

所以存在所有小世界都共通的魔法律，只要是利用這種魔法律的魔法，就能毫無問題地施展出來。

「至於只能在深層世界的秩序之下施展的深層魔法，就無法在淺層世界施展。不過，這也不是絕對的。實際上還存在一種叫做溯航術式的術式。」

「用來讓深層世界的魔法律往反方向的淺層世界流動嗎？」

「是的。如果是編入溯航術式的深層魔法，就能在淺層世界施展。」

大致上跟我想的一樣。雖然關於這一點，有件事情讓我有點在意——

「不過，溯航術式可不簡單喔，不適任者。」

大概是聽到了這邊的對話，講臺上的卡爾汀納斯插嘴說。

「所謂的溯航術式，即魔力從淺處流向深處，一種反轉流動秩序的方式。當然，在小世界整體範圍內，不可能做到這種驚人之舉。因此，我們只限定在施展魔法的部分上，讓秩序的溯航現象發揮作用，但就算是被主神選上的元首，也無法輕易做到這種事。因為這就等同要改變這片廣闊的大海——銀水聖海的流向一樣，是一種大魔法！」

卡爾汀納斯在球形黑板上畫著複雜的魔法術式。

「『堅塞固壘不動城（barandiataruta）』在朕的世界，是最上級的築城屬性魔法。是個即使世界毀滅，也絕對不會陷落的不動城。當然，這當中已經編入就連淺層世界也能施展的溯航術式了。」

不動王炫耀似的說：

「你們泡沫世界的居民要是想要打倒朕等二十一層世界的虎城學院，唯一的勝算就是學會二十二層以上的深層魔法，並且施展溯航術式。」

「哦？沒想到你居然有贈鹽與敵的氣度啊？」

卡爾汀納斯用鼻子哼了一聲。

「由於你還沒有正式加盟，可能不知道，帕布羅赫塔拉的學院條約規定，講課必須要誠實地進行，否則誰會樂意將我方的情報暴露給接下來要戰鬥的對手啊。」

「那還真是為難你了。」

我這麼說完，陌生的鐘聲正好響起。

「朕的講課就到這裡。反正就憑你，不可能掌握得了溯航術式。即使是人稱天才的術者，想要從頭開始學習深層魔法，也必須花上一個月的時間，更何況還是不適任者。哎呀哎呀，也許一輩子都學不會呢。」

不動王朝我露出挑釁一般的冷笑，同時離開了講堂。

「阿諾斯元首，距離下一堂課還有一點時間，奧特露露帶你們參觀帕布羅赫塔拉。」

奧特露露說，於是我們跟著祂離開了講堂。

「奧特露露這就為各位說明——關於銀水序列戰與帕布羅赫塔拉的正式加盟條件。」

裁定神在宮殿內為我們導覽的同時，像這樣開口說。

「銀水序列戰是在自由海域舉行的火露爭奪戰，也是一種模擬戰爭。帕布羅赫塔拉會將回收到的火露交給雙方學院，讓彼此互相爭奪這些火露。勝負會經由奪走對方的所有火露、使敵軍無法戰鬥或殲滅，或是元首與主神宣告投降來決定，過程不論生死。」

「嗯～這與其說是模擬戰爭，幾乎就是戰爭了吧？」

艾蓮歐諾露一臉悠哉地說。

「不，真正的戰爭會使一個銀泡面臨消滅的危機。該拯救的不是神，也不是人，而是火露。這與帕布羅赫塔拉的理念息息相關。」

「所以可以斬滅主神嗎？」

辛喃喃問了一句。

「沒有問題。當主神在銀水序列戰中毀滅時，該小世界將會無法維持火露，使其溢出到銀海上。回收的權利屬於消滅該主神的學院，簡單來說，就是火露的所有權會轉移。」

「裁定契約」上確實也寫到了這一點。

「嗯～那也就是說，如果幹掉主神，對方的世界就會全部變成我們的所有物嗎？」

「是的。不論是要讓銀城世界巴蘭迪亞斯成為第二米里狄亞，還是讓米里狄亞世界吸收所有火露、以深層為目標，勝利者可以作出任何選擇。」

「除了納為殖民地或奪走火露以外，還有其他選擇嗎？」

對於我的詢問，奧特露露回答：

「只要符合火露的總量，不論要怎麼樣都行。舉例來說，也能將一半的火露分配給作為主世界的第一米里狄亞，讓保有另外一半火露的巴蘭迪亞斯成為第二米里狄亞。倘若難以獨力辦到，奧特露露可以提供協助。」

「將小世界納為殖民地有什麼好處呢？」

耶魯多梅朵問。

「會有利於提升在帕布羅赫塔拉的序列。此外在銀水序列戰時，會以擁有較多銀泡一方的自由海域為舞臺。這次會以第二巴蘭迪亞斯作為舞臺，亦是基於這項規定。」

也就是說，所擁有的小世界越多，就越容易在自己的地盤上戰鬥吧。

「即使與銀水學院無關，對元首來說，獲得銀泡似乎也是一件很有吸引力的事。關於這一點，往後應該也會在課堂上進行說明。」

應該也有人只是單純想要增加自己的領土吧。儘管奪走小世界本身，並不會改變米里狄亞自己的階層，卻能讓米里狄亞的秩序在其他世界發揮作用。

而且，只要擁有的火露總量增加，就能讓世界深化，更加地接近深層嗎？雖說如此，只要毀滅主神就能奪走一切。除非特殊情況，否則都會在那之前舉白旗投降吧。重點毫無疑問會是火露的爭奪戰。

「請戴上這個。」

奧特露露畫出魔法陣後，我們的制服被光芒籠罩，胸前別上了一個泡沫與波浪的校徽。

「這是帕布羅赫塔拉的校徽，不過是臨時發放的。你們只有在佩戴校徽的期間，才擁有帕布羅赫塔拉學生的權限。」

「唔嗯，所以要是沒佩戴這個，就沒辦法參加銀水序列戰了嗎？」

「是的。只要在銀水序列戰時，從敵方身上奪走相當於登記學生人數的校徽，就能獲得正式加入帕布羅赫塔拉學院同盟的權利。」

原來如此。

「如果敵軍奪走了臨時校徽，就能交換真正的校徽。由於能增加學生人數，對銀水序列戰很有利。敵軍應該也會來搶奪你們的校徽，請各位務必死守。」

假如將加盟視為最優先考量，以火露作為誘餌搶奪校徽，會是最佳的策略吧。

「目前尚未完成學生人數的登記，所以還有辦法調整人數。如果要調整，請將臨時校徽歸還。」

以少數精銳參戰，也能減少所要收集的校徽數量。不過，都帶他們來到這裡了，光是在一旁看著可算不上授課。

「人數按現在這樣就好。」

「奧特露露明白了。」

雖然爸爸和媽媽也拿到校徽了，只要多搶兩個就好了吧。

「關於方才的話題——」

奧特露露邊走邊說：

「我們之所以不將火露歸還泡沫世界，是因為沒有銀燈，無法從外側觀察裡頭的情況。由於泡沫世界並不穩定，倘若從外側侵入，會使秩序產生異變，有時會導致進化的可能性遭到封閉。」

「光是進入就會導致毀滅？」

「也會發生這種情況。最大的理由，應該是泡沫世界可能會將歸還的火露再度釋放到外側。這就像使用破水桶打水一樣，被認為缺乏效率，反而還會導致火露消失。」

祂說得很有道理。

「也就是說，只要堵上水桶的破洞就好了。」

「倘若辦得到，或許有考慮的餘地。」

我們走到建築外面，這次來到了庭園。不愧是設置在宮殿內的庭園，維護得非常周到。

能零星看到別著帕布羅赫塔拉校徽的學生們在這裡各自歇息。大概是跟授課有關，還有人正在進行魔劍或魔法具的保養、構築魔法陣等作業。

「有關亞澤農的毀滅獅子，祢知道些什麼嗎？」

「帕布羅赫塔拉學院同盟的一界，災淵世界伊威澤諾的幻獸機關，他們所擁有的最高位幻獸就叫做亞澤農的毀滅獅子。伊威澤諾長久以來與聖劍世界海馮利亞處於敵對關係，與帕布羅赫塔拉也難以說關係良好，最近卻加盟了帕布羅赫塔拉。」

「最近是指？」

「大約是一週前。伊威澤諾原本就是深層世界，在銀水序列戰中瞬間便取得勝利，目前名列聖上六學院的末席。」

我一面跟在奧特露露身後，一面環顧庭園。

「聖上六學院是什麼？」

「是指帕布羅赫塔拉的序列前六名。現在序列第一名是魔彈世界艾蓮妮西亞，因此這座帕布羅赫塔拉宮殿位在第七艾蓮妮西亞這裡；第二名是聖劍世界海馮利亞。這兩個世界長久以來都令第三名以下的小世界望塵莫及。然而，伊威澤諾縱使序列還不高，卻蘊藏了與它們匹敵的可能性。」

看來是一群名聲顯赫的大人物，來到了米里狄亞世界啊。

「這樣的話，海馮利亞的心境恐怕很不安穩吧？」

「依照學院條約，如果他們希望以銀水序列戰進行對決，帕布羅赫塔拉會十分歡迎。」

學院同盟不過是不同的小世界，因為利害關係一致才締結條約。特別是至今一直敵對的伊威澤諾，實在不覺得他們會乖乖歸順。不過，這點我們也一樣就是了。

「有機會能和聖上六學院對話嗎？」

「淺層世界的居民主動向他們搭話，是很失禮的行為，通常都是等聖上六學院的人主動過來搭話。或者是序列提升到十名以內的話，也許就能獲得搭話的機會。」

「那麼──」

我的眼角餘光忽然瞥到一堆疊起的立方體石塊。

一名男子正在浮起岩石，將其切割成立方體。他所使用的道具是一把劍，造型卻有些獨特，劍刃前端是有如鋸子的鋸齒狀。堆疊起來的石塊，則每一塊大小都分毫不差，完全相同；不僅如此，就連石塊帶有的魔力也完全一致。大概是在修整形狀的同時，只將需要的魔力切割下來，但這並不是一件容易的事。他就像呼吸一樣自然地進行這項工程，接連地製造出石材。

這些應該是要用在建築物上的建材。雖然他大概是在進行必要的工作，這名揮著鋸狀劍的男子，總覺得也很樂在其中的樣子。

他穿著的制服，是一件群青色的羽織（註：日式短外套），肩膀上有城堡的校徽。他應該跟不動王卡爾汀納斯一樣，是銀城世界巴蘭迪亞斯的人。一頭閃閃動人的金髮，梳理成藝術性的龐巴度髮型。

「──覺得城劍很稀奇嗎？」

大概是注意到我的視線吧，那名男子停下手邊作業，緩緩地轉過身來。

「這是讓鋸子與劍結合的一種魔劍，在銀城世界巴蘭迪亞斯被用在築城與戰鬥中——」

看到我的臉和我的魔力，他當場啞然無言。

經過一段無比漫長的沉默後——

「…………………陛下……」

他終於說出這麼一句話。

我不可能認錯。

兩千年前在破壞的天空中壯烈犧牲的希世創術師——法里斯．諾因，就在我的面前。

§ 25 【巴蘭迪亞斯的兩塊看板】

「還想說有一座熟悉的城堡飛在天上，沒想到會在這種地方遇見你。」

我有過這種預感。不論銀海多麼遼闊，也不覺得有其他人能創造出傑里德黑布魯斯。那既是船，卻又不是船；既是城堡，卻又不是城堡。是創術師法里斯傾注靈魂的作品。

「記憶還清楚嗎？」

我提出詢問後，他以平穩的表情點了點頭。

「只要施展『轉生』，即使漂流到外側的大海，那份光輝或許也不會消失呢。」

「轉生」是限定魔法，無法在米里狄亞世界以外的地方施展。不過，恐怕只要在米里狄亞世界成功發動，即使根源流失到外側的小世界，也一樣能發揮效果。由於米里狄亞世界位在第零層，是最為淺層的世界，秩序與魔法律會遍布所有位在其下層的小世界。雖然「轉生」在發動時是限定魔法，在其他世界重生時，只要有微弱的魔法律就能充分生效吧。

「這裡沒人相信轉生，會不會很辛苦？」

「不能說是前世，得當成是往事的程度。」

因為之前還是泡沫世界，所以他也無法證明米里狄亞世界存在吧。在無法施展「轉生」進行轉生的世界裡就算說出前世的事，也只會被當成在胡謅故事。

「沉浸在孤獨的回憶之中，也是一種美吧。」

我忍不住發出「咯哈哈」的笑聲。

「你還是老樣子。」

「陛下看來也一如往昔。」

他這麼說，然後立刻搖了搖頭。

「不對，似乎越發強大了。」

「你也是。」

光是像這樣與他相對，就能感受到他蘊藏著比兩千年前當時還要強大的魔力。他轉生到了深層世界，所以沒什麼好不可思議的吧。

「啊啊，對了。莎夏。」

我將尷尬地躲在米夏背後的她叫過來。莎夏畏畏縮縮地來到前面。

「你還記得嗎？這是那個狠狠灼燒你的傑里德黑布魯斯的潑辣丫頭。」

「等、等等，哪有人這樣介紹的啊……！我也不是因為喜歡才去燒的……！」

莎夏高聲抗議，氣勢洶洶地逼近我。

「不祥且嬌豔的太陽，雖說毀滅極其駭人，其中也帶有一種無常之美。」

「那、那個……當、當時灼燒了你……真是不好意思……」

法里斯笑了笑，露出開朗的表情。他明白了莎夏待在我身旁的意思。

「陛下，您實現宏願了呢。」

「你可以來看看那場大戰結束之後的迪魯海德。只要你願意，可以直接回來。待在那種元首底下做事，想必你也很難受吧？」

這麼說完的瞬間，法里斯的表情蒙上一層陰影。

「——這句話不覺得太失禮了嗎？」

一道嚴厲的說話聲傳來。方才大概是在一旁觀望情況，一名與法里斯穿著相同制服的男子走來。他是一名留著短髮，體格健壯的魔族，其腰上佩戴著一把劍。是叫做城劍吧？跟法里斯手中那一把屬於相同系統的劍。

「卡爾汀納斯大人乃巴蘭迪亞斯的正式元首。雖說雙方會在銀水序列戰中對決，在背後無恥地中傷敵手，難道是米里狄亞的禮儀嗎？」

「唔嗯，你是誰？」

「我就自我介紹吧。我姓埃帕拉，名賽門。乃是虎城學院首席，受主神王虎梅帝倫大人賜予斬城無畏一職。」

學院首席嗎？他在巴蘭迪亞斯恐怕也是數一數二的實力人物吧。

「如果你當時在傑里德黑布魯斯上就應該知道，先來找麻煩的是你們那邊。」

「淺層世界之人要為深層世界的元首讓道乃是常理，閣下卻怠慢了這一點。」

我朝著語帶譴責的賽門笑道：

「要是知道有這種禮儀，我就反過來把你們撞飛了。」

聽到我這麼說，賽門露出不悅的表情。

「不動王駕駛的飛空城艦傑里德黑布魯斯，乃是最快且固若金湯，難攻不落的銀城。區區淺層世界的列車，無法撼動它一分一毫。」

「不論傑里德黑布魯斯是多麼深層的翅膀，要是淪為吹捧傻瓜的神轎，破綻便是要多少有多少。」

賽門以殺氣騰騰的眼神瞪著我。

「給我收回此言。我不許閣下侮辱巴蘭迪亞斯。」

「去對自己的主君說吧。這應是臣子的職責。」

賽門就像忍無可忍似的踏出一步，迅速拔出腰間的佩劍。與此同時辛挺身擋在我面前，從魔法陣中拔出魔劍。

「賽門，這樣一點也不美麗。」

法里斯說。流崩劍阿特科阿斯將鋸狀的劍刃擋了下來。

「學院之間發生的紛爭，要以銀水序列戰解決吧？」

法里斯轉向奧特露露的方向，提醒他裁定神正在看著。

「能請你收劍嗎？不論銀水聖海的慣例為何，都確實是我方先失了做人的道理吧？」

賽門維持原姿，側眼看著法里斯。

「他是我過去浪跡天涯時侍奉的人。算我拜託你了。」

賽門短暫看了一眼擋在眼前的辛後，把劍收了回去。

「區區泡沫世界，就算要在這裡斬殺也無所謂……既然是你的請求，那就沒辦法了。對於巴蘭迪亞斯的侮辱，就讓他在明天的銀水序列戰中償還吧。」

賽門以城劍指著辛。

「你，是元首的親信吧？假如想與我斬城無畏交手，就在明天的銀水序列戰之前準備一把好一點的劍吧。」

說完此話，賽門就將城劍收回鞘中。突然，傳來「啪」的一聲悶響，辛手上的流崩劍阿特科阿斯塔的劍身斷成了兩截。應該是在方才的對招之下受創了吧。

「若非法里斯阻止，你們的元首早就身首異處了。」

賽門調轉腳步背對著我們。

「去作個了結吧。」

「我知道。」

法里斯朝我看來。他帶著內疚的表情沉默了好一陣子。

「……是不動王卡爾汀納斯大人，看出了我埋沒在鄉野的才能……」

法里斯如此開口說。

「我受到主神王虎梅帝倫大人賜予了巴蘭迪亞斯最受名譽的職位之一，銀城創手的身分。如今，甚至和這位賽門一起被稱為虎城學院的兩塊看板。」

兩塊看板嗎？方才曾經聽到其他學院的學生在談論。不論生於何處的世界，他都是才氣洋溢的男人。

「十分抱歉，我已經無法回到迪魯海德了。不動王確實有許多失禮的地方，就算恭維也難以說是美麗。王的缺失，就讓我作為臣子向您賠罪。」

「喂，法里斯，你為什麼老是這樣？」

即使賽門發出勸告，法里斯還是繼續說：

「然而，我現在是巴蘭迪亞斯的城魔族。在巴蘭迪亞斯出生，在巴蘭迪亞斯長大。我有著在故鄉的生活，還有許多戰友，而這位賽門也是其中一人。也有同志在等著我回去。不動王樹敵眾多，所以我必須作為臣子在一旁規勸。」

的確，要是放任那個男人胡作非為，還真不知道巴蘭迪亞斯會淪落到何種下場。能明白最好留在他的身邊好好看管的想法。

「聽到了吧，泡沫世界的元首？我的戰友法里斯過去曾在其他小世界裡流浪的經歷，我也略有耳聞。不過，他原本可是巴蘭迪亞斯的居民。即使是過去的主君，我也不准閣下利用這傢伙的善良。就像方才說的一樣，他沒有選擇閣下，而是明確選擇了卡爾汀納斯大人。」

賽門加重語氣，就像在警告似的說：

「也就是說卡爾汀納斯大人的人望比閣下來得好，他不可能會去泡沫世界那種地方！」

居然會被虎城學院的首席說到這種程度，看來法里斯相當受到那邊器重。

儘管不覺得卡爾汀納斯的人望會這麼好，既然只要取得火露就能讓世界深化，或許居民們也能獲得什麼好處。不論多麼受敵人討厭，有時對自己人來說也是個好元首。

「……真是非常抱歉，陛下……」

「道歉什麼。你只要在這片大海上，順從你的靈魂自由生活就好。要當惡王的保母，還真是辛苦你了。」

聽到我這麼說，法里斯只是默默地垂下頭，然後不發一語地轉身離開。我朝著他的背影問道：

「畫作已經完成了嗎？」

「約好的和平畫作。」

法里斯停下腳步。

他說：

「……我已經封筆了……」

法里斯緩緩地轉過頭來。

「畫無法創造任何事物，無法拯救任何生命。我不是創術師，而是巴蘭迪亞斯的銀城創手。捨棄魔筆，改持城劍，築城才是我現在的目標。」

「那是座什麼樣的城？」

「強大的城。不會屈服於任何事物，強大且高尚的城堡。我想在那個世界建築這樣的城堡——哪怕這樣一點也不美麗。」

他帶著至今從未看過的戰士表情，眼神筆直地看著我。

「您也許會驚訝，但我也有野心。是巴蘭迪亞斯讓我知道了這件事。」

法里斯儘管語調柔和，卻帶著堅定的意志說：

「陛下，我從未有一刻忘記侍奉陛下的那段時光。我是以偉大的魔王陛下所治理的迪魯海德——那個國家為目標，以微薄之力將巴蘭迪亞斯帶領到如今的光景。在明日的銀水序列戰上向您展現我有多麼接近您的偉業，我認為是唯一能回報陛下大恩的方法。」

「准。你就盡情挑戰吧。」

法里斯恭敬地行了個禮。

「……方才彷彿回到了過去一樣。」

留下這句話後，法里斯再度轉向石材。

「法里斯，你在做什麼？要回城嘍。」

本來在遠處觀望情況的賽門，急忙跑到他身旁。

「我想先處理石材。」

「說起來，這種雜務交給其他人去做就好了。特意在會被其他學院的人看到的地方做這種事，可是有損巴蘭迪亞斯的體面。你可是銀城創手啊。」

賽門拍著法里斯的肩膀催促他離去。

「這麼在乎體面的話，你應該要去向不動王勸告吧？」

「……你還真是不怕死呢。說到底，你對身分低下之人太有禮貌了，所以才會被人瞧不起。這樣在銀海裡，就只會被人搶奪啊。」

「因為我有可靠的同伴在。」

聽他這麼一說，賽門瞬間沉默下來。

「只要你有意願，明明早就從我手中奪走首席的位置了。」

「我不是當首席的料。」

「你才剛說自己有野心吧？我可是聽得很清楚喔。」

「在背後默默扶持眾人，或許也是一種野心。」

「唉，算了。來吧。明天可是銀水序列戰。」

兩人一面進行這種對話，一面離開了庭園。

「……讓他離開真的好嗎？」

莎夏問我。

「沒有人不會變心。就讓他去他想去的地方吧。」

「阿諾斯。」

米夏叫喚我。她站在方才法里斯製造石材的位置上。

「你看。」

她用小手指著地面。那裡留下了像是被擦拭過的痕跡。

「看起來像是之前畫了什麼。」

「唔嗯，不知在這個小世界裡能回溯多少時間。」

我對地面施展「時間操作(rebaido)」。於是，被擦拭的痕跡逐漸消去，在那裡顯示出就像是以棒狀物畫出的線條。

「……這是什麼？」

莎夏從米夏的背後探頭窺向地面。擦去的痕跡還剩下一半左右，她大概只看得出那裡畫著好幾道線條。

「雖然無法再回溯了，恐怕是這樣——」

我撿起一根適當的樹枝，補上線條的後續。所完成的圖畫，是沒有畫上葉片的樹枝，是一幅抽象畫。樹枝與樹幹無數地分岔開來。

「……咦？這是法西瑪樹嗎……？」

「是群生林吧。」

辛說。

「兩千年前，他就一直在畫這個。」

我暫時注視這幅畫一會兒。

「唉，雖說封筆了，還是會塗鴉吧——」

吸收毒素並加以淨化的法西瑪群生林。這幅畫上，寄託著他希望能除去在這世上蔓延的戰爭之毒，讓清淨的時代到來的願望。他希望不用再畫這幅畫的時代能夠到來，一直在畫這幅畫。

如今，他仍然在畫這幅畫嗎？在這座帕布羅赫塔拉的庭院裡，到處都看不到法西瑪樹。

「——他為何會開始具有野心，還真是讓人在意。」

我朝耶魯多梅朵看去。

「咯咯咯，這邊就交給我，你儘管去吧。這件事散發著有趣的味道。」

「辛、米莎，跟我一起來。」

「遵命。」

「我、我也要去嗎？我明白了……！」

將奧特露露的導覽交給剩下的人，我和辛與米莎兩人一起追在法里斯他們後頭。

§ 26 【五幅畫作】

我們與法里斯和賽門兩人保持充分的距離，以「幻影擬態」化為透明，並以「隱匿魔力」隱藏魔力，尾隨在兩人身後。

『……不再靠近一點可以嗎？』

因為正在跟蹤他們，米莎以「意念通訊」問。

『「幻影擬態」和「隱匿魔力」的效果，都比在米里狄亞世界的時候來得弱。就算調整術式，也有時間限制。』

攀附在巴爾扎隆德的銀水船上時，「幻影擬態」與「隱匿魔力」的效果會自然減弱，正是因為這個原因。雖然重複施展是最好的方法，這樣似乎會使得魔法的持續時間變得越來越短，最後可能在魔法發動之前就結束了。

先暫時解除魔法等待三秒，然後再度施展魔法會比較實際。還是別太靠近比較好。

『周圍的人也很多，在這種距離下，對方應該很難察覺到氣息。不過前提是對方的本領沒有比我來得高超許多。』

我們保持在辛能以氣息掌握到兩人位置的範圍之外。基於賽門察覺氣息的能力可能比辛來得高超，我們保持兩倍距離的餘裕。

『察覺氣息的能力比爸爸還強，這是有可能的事嗎？』

米莎一副難以想像的態度說。

『畢竟這裡不是米里狄亞世界。』

辛帶著銳利的眼神說：

『空氣的重量、腳步聲的回音與風吹的銳利度都不同。似乎就連感知氣息的方式也是。很遺憾，由於他生活在深層世界的年月較長，最好還是認為對方略勝一籌。』

辛停下腳步。見狀，我也跟著停下腳步。

『那個叫賽門的人，比爸爸還強嗎？』

『他能一劍打斷流崩劍，並不只是魔劍的差距。至少在純粹的臂力、速度以及魔力方面上，現在的我還比不上他吧。看來在這個深層世界裡，他似乎是個強者。』

生活在嚴酷環境下的生物會相對地強大。深層世界的人擁有高於辛的魔力，應該反倒是很自然的事。

『……那麼，他果然很強吧……』

『米莎，所謂的強大，是指到最後都還能站著的人。』

對於女兒的詢問，辛這樣回答。

『我們走吧。』

賽門與法里斯走出帕布羅赫塔拉宮殿。辛見狀，再度邁開步伐走了起來。在排列著陌生建築的街道上，我們一面小心避開沿路的行人，一面向前走去。

不久後，那兩人就在某扇門前停了下來。門後有一座庭園，深處則能看到一座樸實無華的城堡。明明位在城市裡，唯獨那一角充滿肅殺的氣息，彷彿正處於戰爭當中。根據奧特露露的說明，各學院的宿舍都設置在帕布羅赫塔拉宮殿裡頭，虎城學院應該是特意也在外頭搭建了城堡。

『停步。先暫時在這裡解除「幻影擬態」與「隱匿魔力」。』

我在陰影處解除魔法。在這瞬間，正要穿過大門的賽門猛然回過頭。他以魔眼仔細注視這附近一帶的魔力。

「怎麼了嗎？」

法里斯問。

「……我好像感受到了奇妙的魔力紊亂……」

「這樣一點也不美麗呢。」

「也許是我的錯覺，但巴蘭迪亞斯樹敵眾多，姑且還是提高警覺。如果是你的魔眼（眼睛），或許能看出什麼蛛絲馬跡。」

「好啊，就這麼辦。」

法里斯打開鐵欄杆的門。

「話說回來，你覺得辛如何？」

「……什麼如何？」

「你打從最初就一直在伺機試探他的實力吧？在那裡斬殺元首，對巴蘭迪亞斯一點好處也沒有，這點你應該也知道。」

賽門「哈」的一聲笑了出來。

「果然瞞不過你的魔眼（眼睛）呢。」

他邊說邊穿過大門。

「以淺層之人來說很強。假如要正面交鋒，儘管不覺得會輸，他似乎還藏著一兩招殺手鐧。如果對上了，我會慎重並確實地將其打倒。」

「這種評價很有你的風格呢。」

「如果是你，會怎麼跟他打？」

思考了一會兒後，法里斯回答：

「似雲、似風、似波濤。他的劍若是自然，就只能小心別看得入迷了。」

「還是一樣讓人聽不懂。這樣要怎麼戰鬥啊？」

賽門與法里斯並肩走入城中。

『……沒、沒被發現呢。』

在陰影中僵著身子，米莎「呼」的一聲吁了口氣。我們再度施展「幻影擬態」與「隱匿魔力」變得透明，走到大門的前方。

大略環顧城內的情況。

『唔嗯，門後各個角落都布下天羅地網的監視魔眼（視線），大概連庭院裡一隻螞蟻的動向都掌握得到。』

戒備相當森嚴。也就是說，卡爾汀納斯的敵人就是這麼多吧。

『……要怎麼辦？如果到處都有魔眼，會在魔法解除的瞬間被發現吧……』

『所以我才會帶妳來。』

米莎歪頭想了一下，隨即露出恍然大悟的表情。

『難道要用精靈魔法……嗎？那個，杰奴盧的……』

『要是隨時都有魔眼在監視，那就正好了。』

她點了點頭，把手往頭上高舉。米莎的身體才剛被黑暗籠罩，纖纖玉指就驅散那道黑暗。之所以和平時不同，沒有奔出閃電，可能是為了要避免發出聲響。她穿上一套檳榔子黑的禮服，背後顯現出六片精靈翅膀。在優雅地撥了撥伸長的秀髮後，她施展「隱匿魔力」朝全員畫出魔法陣。

「『惡戲神隱(titijenu)』。」

我們胸前出現兩片閃耀的翅膀緊貼在身上。一片是妖精的翅膀，另一片是隱狼的翅膀。

『我把杰奴盧與蒂蒂的力量融合在一起了。這樣不論是多麼狹小的地方都能通過。』

精靈魔法與精靈魔法的融合，可以說是簡易版的「精靈們的軍隊(aruha arufuremu)」吧。

『妳越來越像蕾諾了。』

『父親大人，現在不是說這種話的時候吧？』

米莎雖然這麼說，卻顯得很開心的樣子。

『他們不一定只靠魔眼偵測。我們就並用妳的「惡戲神隱」與我的隱蔽魔法來前進。』

雖然擁有虛假魔王力量的米莎獨自就能做到，將職責局限在一個方面上，也能夠讓精度提升。

『走吧。』

我朝著大門踏出一步。身體化為霧氣，彷彿穿過門上欄杆一樣地踏入內部。在進到魔眼的視野內後，杰奴盧的力量就立刻發揮效果，讓我們的存在化為無法認知到的神隱精靈。

『……「惡戲神隱」似乎也有時間的限制呢……』

『還是別待太久比較好。』

我們在庭院裡筆直前進，來到城堡的門前。我朝辛使了個眼色後，他便點了點頭。意思是這附近感受不到其他人的氣息。

不愧是巴蘭迪亞斯的據點，我方的魔眼（眼睛）視野很差。只能邊走邊找了。

我們以化為霧氣的身體穿過門上的細縫侵入內部，寬敞的入口便映入眼簾。內部深處有一座階梯，然後還能看到通往不同方向的通道。

『在上面。』

『您察覺得到嗎？』

『那傢伙喜歡視野良好的地方。』

法里斯究竟去了哪裡，反正沒有任何線索。既然只能澈底搜索，那根據他過去的喜好來尋找應該會比較快。我們走上階梯，慎重地前往最上層。走了一會兒後，聽到好幾個人的腳步聲傳了過來。

「去召集所有城主。已經決定明天要和米里狄亞世界的魔王學院進行銀水序列戰了。」

「又是沒稱號的小世界啊……他們有什麼特徵嗎？」

「不清楚。不過，奧特露露確認的結果，好像是個不完全的小世界，幾乎就跟泡沫世界一樣。元首是個叫阿諾斯的男人，是個不適任者。其他人恐怕也都是不適任者。」

走下階梯的是一批穿著虎城學院制服的人。

「……泡沫世界的不適任者？該怎麼說好……感覺又是相當弱小的對手……」

「都讓人厭煩了。」

「只跟能確實打倒的敵人戰鬥是基本原則……雖說如此，銀水序列戰和戰鬥不同。這樣就算被人說巴蘭迪亞斯的城主們全是膽小鬼，也無從反駁啊。」

城魔族們紛紛表示不滿。

「還不知何時會有來自外界的威脅，不動王該不會傲慢地認為我們目前在領海內所向無敵吧？倒不如說，我們應該要趁現在增加和深層世界進行銀水序列戰的機會啊！」

「就算向他進言也沒用。他終究只是靠政治策略當上的元首，不可能有所動作。」

「還真的是不動王呢。」

「喂，你別隨便亂說。這可是會連同一家老小掉腦袋的啊。」

「閣下也是同樣的心情吧？要等待時機也有限度。」

「我是要你冷靜！那一天，我等託付希望的翅膀，絕對會在巴蘭迪亞斯的天空中翱翔。你要相信這一點。」

唔嗯，看來不動王是個不怎麼優秀的王。遭人厭惡是上位者的宿命，就連我也曾被認為暴虐而受到世人恐懼。話雖如此，要是連在戰場上並肩作戰的人們都這樣，是不會長久的。

「正在調查幽玄樹海的人怎麼說？」

「查到什麼了嗎？」

「沒有，儘管各學院都同時進行了調查，似乎還沒有人掌握到狀況的樣子。」

「那座深層森林會在瞬間化為灰燼，可不是尋常的事。而且還受到了無法復原的損傷……還以為他長年保持沉默，一律僭主那傢伙居然搞出這麼誇張的事。特意把自家地盤的森林燒成荒野，到底在打什麼主意……？」

「有一點讓我很在意。」

「怎麼了？」

「聖劍世界海馮利亞——唯獨狩獵義塾院沒有正在觀測幽玄樹海荒地的跡象，或許他們已經掌握到了什麼消息……」

「原來如此。絕對不能讓他們搶先。跟二律僭主相比，和魔王學院的不適任者們進行的銀水序列戰一點也不重要。就讓他們繼續調查此事吧。不過，千萬不可深究。要他們牢牢記住，對方可是不可侵領海。」

「遵命！」

與消除存在的我們擦肩而過，虎城學院的人們逐漸離去。樹海就只是單純毀滅了，還真是辛苦他們了。

算了，畢竟也跟隆克魯斯約定好了。讓他們以為發生了什麼事，說不定比較方便。在近期內以二律僭主的身分大鬧一場，應該也是一種方法。

『走吧。』

我們再度走上階梯來到五樓，眼前有一扇純白的門。氣氛跟其他樓層不太一樣，牆壁全是純白一片。

『……只有這裡的感覺不一樣呢……』

『先調查看看吧。』

米莎將霧化的手伸向那扇門的瞬間，二律劍震動起來。

『等等——』

她轉過頭。

『——是神的魔力。』

我以染成滅紫色的魔眼盯著那扇門，房間整體讓我感受到了神族的魔力。假如不靠得這麼近，甚至無法察覺的程度。那是很接近艾庫艾斯的魔力。

『這裡有神守護。要是踏進去，說不定會被察覺到。』

『就連施展「惡戲神隱」也不行嗎？』

『這裡是敵方的城堡，還是這麼認為比較好。』

『哎呀，這可就傷腦筋了。不論如何，假如不去，就掌握不到任何情報呢。』

聞言，辛靜靜地抬頭看向天花板。

『唔嗯，也是呢。只要不踏入房內，就能爭取被發現的時間吧。』

『我明白了。』

米莎輕輕地蹬地躍起，化為霧氣侵入天花板的細縫裡。就像受到她的魔法引導一樣，我們也尾隨在後。隨著我們化為霧氣在天花板內飄蕩並前進，我們再度發現一個細縫。我用魔眼（眼睛）凝視著那裡。

房間內部以白色為基調，牆上掛著的五幅畫作全都畫著城堡。平穩、美麗，並且充滿愛。彷彿注入畫家的靈魂一般，畫作裡封有強大的魔力。

不過，那並非神的魔力。這裡除了畫作之外別無他物，沒看到神族的身影。

『就只有裝飾著畫作嗎？』

『……看來是這樣。』

然而，這裡有神族，恐怕還是巴蘭迪亞斯的主神。要是踏入房內，祂應該就會立刻現身。祂感覺也像在守護那些畫作，但這些畫作有讓主神親自守護的價值嗎？

就在這時，傳來房門開啟的聲響。腳步聲傳來，而且越來越靠近。

法里斯走進房內，筆直走向掛著五幅畫作的地方。畫作附近的空間扭曲，強大的魔力聚集在那裡。伴隨著光芒現身的，是一隻擁有白金體毛的巨大老虎。

老虎亮著神眼注視法里斯。

「祢好，巴蘭迪亞斯的主神，王虎梅帝倫大人。」

「又來看畫了嗎？」

「是的。」

「還真愛看呢。」

王虎這麼說完，就像要歇息似的在那裡縮成一團。大概是習慣了吧，法里斯並不在意主神的存在，專心地看著那五幅畫作。

「假如這麼想要這些畫作，只須答應妾身的誓約就好。」

「我不是當元首的料。」

「你在說什麼啊？妾身即是巴蘭迪亞斯的意志，這雙神眼（眼睛）的選定不會有錯。你的創造魔法受到銀城世界所愛。法里斯，只要你當上元首，應該就能在巴蘭迪亞斯建立一座不可撼動的城堡。不是紙糊的城堡，而是真正的不動城。」

王虎就像在讚揚法里斯一樣熱情地發表演說。

「時機尚未成熟。要建造大型且強大的城堡，應該必須先打好穩固的基礎。如今的巴蘭迪亞斯並沒有打好這種基礎——那道能引導民眾的強烈光芒。」

「那就是你吧？法里斯元首的誕生，將會使巴蘭迪亞斯越發繁榮。你只要盡情看著這些畫作就好。」

「我沒有那種能耐。王是既可怕又美麗的存在。即使清濁兼併、矛盾相容，也還是要帶著笑容不停地向前邁進的人物。我一直在等待擁有王者資質的人物，在巴蘭迪亞斯誕生的那一天。」

可是王虎只是緩緩地對法里斯所說的話搖搖頭。

「你在追求不可能實現的幻影啊。自巴蘭迪亞斯誕生以來，元首已經替換過好幾任，然而妾身從未見過比你還適合擔任元首的人。法里斯，你既強大又美麗，是聳立在巴蘭迪亞斯上的銀城啊。是妾身長年追求且盼望的翅膀啊。」

就像要否定祂的意見一樣，法里斯輕輕地閉上眼睛。

「我並不美麗。」

「……真是搞不懂你。居然拒絕妾身的選定，這種事連聽都沒聽過。若不是這樣，你也不用被卡爾汀納斯那種貨色頤指氣使。只要你有那個意思，巴蘭迪亞斯也早就名列聖上六學院之一了。不然就由妾身去跟他說吧？」

法里斯板著臉回頭看向主神。

「梅帝倫大人，我想祢應該知道，請千萬不要和不動王提這種事。」

「好好好，妾身知道、妾身知道。就只是說說罷了。畢竟那傢伙的嫉妒心很重，很可能會讓你掉腦袋。」

梅帝倫就像貓一樣當場縮成一團。

法里斯再度將視線望向那五幅畫作。

「你究竟有什麼不滿呢？不論你要什麼，妾身都說了會給你啊。一切的羨慕、一切的榮耀都將會屬於你。不論是畫作、城堡，還是金銀財寶，巴蘭迪亞斯的一切都將會成為你的東西。人人都會為法里斯元首的美麗所迷倒，並且露出笑容。還有比這更美好的事嗎？」

法里斯沒有回答，只是默默看著畫作。

「又不說話了嗎？」

現場依舊保持寂靜。

當梅帝倫放棄追問並閉上眼睛時，他輕輕呢喃一聲：

「這樣一點也不美麗呢。」

門突然被猛烈推開，「砰」的一聲響起一道巨響。

不動王卡爾汀納斯激動地闖入房內，身後還緊跟著學院首席賽門。

「我聽說了喔，法里斯。你似乎跟那個泡沫世界的元首很親近對吧？他好像是你以前侍奉的對象。」

法里斯將視線從畫作上移開，看著不動王。

「這怎麼了嗎？」

「這還用說嗎？」

卡爾汀納斯走到法里斯眼前說：

「是弱點。你最好將他的弱點統統說出來喔。」

法里斯輕輕嘆了口氣，同時閉上眼睛。

「對方在帕布羅赫塔拉屬於下等的淺層世界。米里狄亞別說不清楚巴蘭迪亞斯的本領，我聽說他們甚至才剛來到銀海。而銀水序列戰的舞臺是第二巴蘭迪亞斯，是在我們的城裡吧？既然如此，使出虎城學院的全力美麗地迎戰魔王學院的全力，應該才是為人的道理。」

「笨蛋，到底要朕講幾遍你才會懂，這可是戰爭啊。說這種漂亮話，可是會被吃乾抹淨。就因為你不懂這一點，主神才沒有選擇你當元首，而是選擇了朕吧。」

「帕布羅赫塔拉的理念，乃是這片銀水聖海的平靜。銀水序列戰是一種和平解決爭端的手段吧？正因為雙方堂堂正正地較量，才能誕生出友好之美。這份友情，總有一天應該會成為守護巴蘭迪亞斯的盾與劍。」

「你連場面話都聽不懂嗎？平靜？去吃屎吧！會由衷相信這種事的傢伙，在帕布羅赫塔拉裡是半個也沒有！要堂堂正正個屁。不論要使出什麼骯髒手段，都要拔得頭籌，讓世人澈底明白巴蘭迪亞斯的力量。這樣才能讓朕作為不動王的實力威震內外，為我們巴蘭迪亞斯奠定平安的基礎啊！」

卡爾汀納斯咄咄逼人地說。

「有時力量或許是必要的，但這就只是一種手段。爭執源自人心，不行人道將永無安寧之日。」

卡爾汀納斯用鼻子哼了一聲。

「只要所有銀泡都成為我們巴蘭迪亞斯的東西就會終結了。」

「即使假設如此，這也不過是個開端吧？醜陋膨脹的泡泡，會因為一點偶然的契機而輕易地破裂消散。」

「別說這種不成熟的話了。元首是朕，而你是朕的手腳吧？既然如此，不准你擁有自己的想法。只要老實聽從頭腦的指示，乖乖去做就好了。」

法里斯就只是以冷眼回望著卡爾汀納斯。

「假如討厭，現在就給我滾出這座城！」

不動王橫眉怒目，動作誇張地指著出口，明顯充滿著對法里斯的憤怒。

「卡爾汀納斯大人。」

在後方待命的賽門靜靜地說：

「法里斯乃是銀城創手，是唯一能駕馭巴蘭迪亞斯的最強城堡──傑里德黑布魯斯的男人。要懲罰他不從主命很容易，可是將不忠之臣留在身邊，也是身為王者的氣度吧？」

就像要擁護法里斯一樣，賽門提出這種意見。

「我會規勸他，因此還請您三思。」

他當場跪下低頭。

「哼，你別擔心。這傢伙是個不敢離開這裡的膽小鬼。」

賽門露出疑惑的表情。

「我沒說錯吧，法里斯？你要是離開的話，朕大不了就是啟用那五座城堡。它們全是不遜於傑里德黑布魯斯的名城喔。」

卡爾汀納斯露出下流的笑容，就像迫不及待得到它們一樣，將視線朝向那五幅畫作。

「懂了嗎？你可別誤會了啊。因為你說無論如何都不能將這些城堡派上戰場，我才勉為其難使用傑里德黑布魯斯代替。別以為築城技術稍微好一點，就自命不凡了啊。」

「……我會遵守約定。」

「一開始這麼說不就好了，蠢貨。你是朕的部下，懂了嗎？千萬別搞錯了啊，你是朕的部下。」

「……我很清楚這一點。卡爾汀納斯大人，你是我的主君……」

卡爾汀納斯就像很痛快似的，發出「哇、哈、哈、哈、哈」的聲音大笑起來。

「這樣就好、這樣就好。真受不了你這傢伙，本領雖好，腦袋卻笨得要死。竟然不惜開發出將城堡收進畫框裡的魔法，不准別人在戰場上使用呢。城堡明明是要在戰場上才有價值的東西，真是搞不懂你。」

不動王彷彿鄙視法里斯一般地說：

「城堡不是拿來欣賞的東西。是要有該守護的主君，才具有價值的鎧甲。而你跟城堡一樣，正因為有朕這個頭腦在，你才能發揮出真正的價值。你終究不是擔任元首的料。」

那傢伙會頻頻打壓法里斯，是因為在銀城世界巴蘭迪亞斯裡，他的才能就是這麼具威脅嗎？如果真的覺得自己適合擔任元首，那麼他無須多言，只要堂堂正正地表現出來就好。

「好啦，快說出他的弱點吧。」

「揭露過往主君的內情，是何等醜陋的行為。這種不忠或許遲早有一天會返回到您身上，不動王。」

「笨蛋，你以為我會讓你謀反嗎？你的力量是朕的東西。假如要眼睜睜交到他人手中，朕會先粉碎你的手指，讓你再也無法拿起城劍。」

卡爾汀納斯一把抓住法里斯的衣領。

「聽好了嗎？你可別小看朕啊。你最好冷靜下來，好～好地想一想。要是敢違抗朕，朕可以在下一次的戰鬥中，將那五座城堡派上戰場喔？」

法里斯瞬間發出的銳利眼神，壓制住卡爾汀納斯的氣勢。

「……你、你那反抗的眼神是怎麼回事？可以嗎？朕要用嘍？會拿來使用喔？」

法里斯只是不發一語。他不能讓卡爾汀納斯在戰場上使用那五幅畫作，可是他也無法說出我的弱點。他明明只要老實說，我根本沒有弱點就好，還真是個重情重義的男人。

「不動王，狩獵老鼠無須這麼認真地使出全力吧？法里斯會如此頑固，也是相信卡爾汀納斯大人擁有的巴蘭迪亞斯城艦部隊，能在堂堂正正的戰鬥當中輕鬆取勝。不如這件事就讓法里斯擔任指揮來解決吧？」

一旁的賽門看不下去，如此提出折衷方案。他或許認為，只要讓法里斯擔任指揮，他就不得不主動針對我的弱點。

「藉由親自討伐過往的主君，應該也能讓他更加效忠卡爾汀納斯大人。」

不動王發出「哼」的一聲，將法里斯推到地面上，轉身離開。

「好好感謝賽門吧。」

卡爾汀納斯丟下這句話便離開房間。直到他的身影消失為止，賽門都一直低頭目送著他。等到腳步聲完全消失，賽門才吁了口氣，然後朝坐在地板上的法里斯伸出手。

「要是太過固執，可是會早死喔。」

「老是給你添麻煩呢。」

法里斯握住賽門的手站了起來。

「這幾幅畫作是這麼重要的東西嗎？」

賽門將視線看向掛在牆壁上的五幅畫作。

「是啊。」

「我不懂。在我看來，這就只是裡頭畫有城堡的畫框。」

看到賽門在畫作前歪頭困惑的樣子，法里斯露出苦笑。

「這些只是畫有城堡的畫框喔。」

賽門就像感到傻眼似的嘆了口氣。不過，他隨即擺出認真的表情說：

「我們認識到現在也這麼久了，差不多該跟我說了吧？」

「……我還以為你對畫作沒有興趣？」

「對畫是沒有，但對你就另當別論了。」

賽門以直率的語氣說。他正面承受著法里斯的目光。

「要是不想說，我也不會勉強你說。但我們都一同經歷這麼多戰場了，你卻還有事情瞞著我。」

「……也是呢……畢竟對你來說，我想這是個很無聊的故事。」

法里斯將視線朝向那五幅畫作。

「這五座城堡並非我創造的。」

「……足以匹敵傑里德黑布魯斯的這些城堡嗎？」

「我原來是個創造畫作或是雕塑品的創術師。」

法里斯點了點頭。

「創術師是什麼？」

「用你能簡單理解的說法，就是畫家。雖然創作的範疇並不限於畫作，但巴蘭迪亞斯不怎麼重視藝術品吧？」

賽門帶著疑惑的表情點了點頭。

「過去為了讓人鑑賞我的作品，我曾一度浪跡天涯。但是在重視戰鬥用城堡、城劍、魔法具與鎧甲等機能美的巴蘭迪亞斯，我的畫作幾乎不被受世人接受。可是，我在某個偏僻小村找到了同志。」

法里斯一面看著畫作一面述說：

「他們各個都對只追求實用性的創作感到厭煩，渴望著更加與眾不同、更為別出心裁的作品。我在那裡設立了工房，與他們一同創作並共同生活。同志們的才能驚人，充滿了獨創性。他們原本就是擅長築城的巴蘭迪亞斯居民，在轉眼間不斷學習創造魔法，創造出大量的作品。」

即使誕生在不同的世界，法里斯也還是找到了志同道合的夥伴。他們想必一起切磋琢磨，共度快樂的日子吧。

「住在那座偏僻小村裡的大都是老人，當中有一位叫做卡爾森老師的人。」

賽門突然變了臉色。

「……卡爾森老師？是銀城老師卡爾森‧埃明納克嗎？曾在前任元首底下負責築城的那一位嗎？」

法里斯點了點頭。

「卡爾森老師與長年跟隨他一起築城的城匠們在工房裡創造作品的過程中察覺到，他們想創造的不是戰爭道具，而是美麗的城堡。我將建造傑里德黑布魯斯時培養的魔法技術教授給他們，於是他們開始消耗自身靈魂一般地築城。」

「我聽說他們因為年事已高，無法再擔任築城工作，所以才隱居……」

賽門感到困惑，難掩心中的疑問。就像在說他無法理解美麗的城堡是什麼意思一樣。

「老師曾說過，他因為怎麼也無法消除心中的鬱悶，才會從築城工作中引退。他與懷著相同心情的城匠們一起來到一座偏僻小村，要在那裡默默地度過餘生。他們儘管放棄了築城，依舊不知道自己心中的那份鬱悶究竟是什麼。」

法里斯一字一句地細心述說。在他話語的深處，充滿他尊敬作品的誠摯感情。

「所以，這肯定是命運吧。」

巴蘭迪亞斯可能幾乎沒有鑑賞藝術作品的文化，遠比兩千年前的迪魯海德還要缺乏。因此，銀城老師卡爾森和城匠們才會不知道自己真正想要做的事，一直在心中懷抱那份鬱悶。

然而，他們相遇了。人稱希世創術師的法里斯．諾因也在尋求能理解自己作品的人。

「他們就像從惡夢中清醒過來一樣說，這正是他們想要創造的東西。至今建築數千數萬的城堡不是為了戰爭，單純只是因為喜歡城堡──他們內心彷彿在這樣嘶吼。於是，他們耗費漫長的歲月，完成了五座城堡。」

法里斯將視線投向那五幅畫作，眼神清澈無比。

「這些是他們的遺作。他們全都像滿足了一樣，帶著笑容往生了。」

他們會一直感到鬱悶，正是因為對城堡這個作品的愛。當明白這一點時，他們對城堡的愛就猛烈燃燒到一生中前所未有的境界。

「這五座城堡是同志們的作品，是為了鑑賞城堡之美而建築的城堡，絕不能將它們用在戰爭之中。於是我決定將城堡收入畫框裡封印，直到巴蘭迪亞斯與外界的戰爭結束，迎來和平之時再進行解封。」

法里斯轉向賽門說：

「然而，就在我外出的期間，虎城軍來到那座偏僻小村，將收入這五座城堡的畫框搶走。儘管我想奪回它們……」

他朝著畫作伸出手。緊接著，他的指尖就被當場灼傷，手被彈了開來。本來就像睡著一般縮成一團的主神瞬間睜開神眼。

「你在做什麼？要小心結界啊。」

王虎梅帝倫說完這句話，再度閉上神眼。

「如你所見。不可能對抗主神的我，於是向不動王懇求。我說我會創造出比這五座還要優秀的城堡，希望他不要將它們從畫框裡拿出來。」

「所以你成為了銀城創手嗎？」

「是啊。」

法里斯很能體會已故老師們的心情吧。所以為了讓他們注入靈魂的作品絕對不會被用在戰場上，他交出了自己的靈魂。

「對你來說，這也許只是城堡——」

「既然如此，那就奪回來吧。」

賽門的話讓法里斯露出難以置信的表情。他立刻轉向王虎梅帝倫，但主神就像不感興趣似的閉著眼睛。

「無須擔心，我們已經跟主神講好了。」

「……你這是什麼意思？」

「卡爾汀納斯樹敵太多了。雖然他讓巴蘭迪亞斯達到深層世界的手腕值得稱讚，他的做法甚至讓心腹的城主們感到厭惡。這樣下去巴蘭迪亞斯會撐不住，最重要的是，他沒有擔任元首的資質。」

法里斯就像很驚訝似的注視著賽門的眼睛。

「我還以為你效忠卡爾汀納斯大人。」

「為了實現大義，不論要我做什麼都行。雖然不是在模仿他的話，漂亮話無法改變巴蘭迪亞斯。」

意思就是他們正在企圖謀反吧。就狀況看來，方才擦身而過的那些人也是同伴嗎？

「看那傢伙的臉色做事，我好不容易爬到了現在的地位。王虎梅帝倫大人也認為，為了巴蘭迪亞斯的利益要選擇更優秀的元首，願意對我們向元首謀反一事視而不見。」

「你要代替他成為元首？」

賽門默默地搖了搖頭。

「你來當吧，法里斯。不好戰爭的你，知道真正該戰鬥之時。你才是適合擔任我們銀城世界巴蘭迪亞斯的元首之人。」

或許從未想過他會這麼說吧，法里斯當場瞪圓眼睛。

「這樣一來，一切都能圓滿解決。你能奪回畫作，巴蘭迪亞斯能獲得更適合的元首，主神也能獲得更強大的力量吧。而我與眾城主們，將終於能侍奉一位適合的主人。要是你想和老巢的米里狄亞締結和平，那麼做也無所謂。」

面對賽門的提議，法里斯感到十分為難的樣子。他沒有立刻答覆。

「……的確，假如失敗了，將會失去一切。倘若被不動王察覺，此事就不可能成功。然而，只要你一句話，只要你說願意成為元首，我就賭上這條命。不只是我，城主們的意見全都和我一樣。」

「賽門，我……」

法里斯像在尋思一般垂下頭，然後再度把臉抬起來。

「……我本是一介創術師。然而我領悟到，倘若不用這支筆塗抹鮮血來代替顏料，我就連同志的作品都無法守護。我過去生活的米里狄亞是個內亂不斷的地方。而在巴蘭迪亞斯，與外界的紛爭則占了絕大部分。但不論對手是誰，戰爭的悲慘都不會改變。」

巴蘭迪亞斯大概一直在與不屬於帕布羅赫塔拉的小世界進行戰爭。法里斯夢想和平地轉生，卻再度誕生於戰火之中。

「兩千年前在米里狄亞的大戰激烈化時，我還能繼續作畫，都是多虧了一直在努力守護我的夥伴們，以及偉大的王的支持。」

他握住腰間的城劍。

「是我太天真了。等到離開他們、變成獨自一人時，我第一次站在守護他人的立場上。然後，我總算察覺到了。我即使畫出再多畫作，也無法拯救任何人的性命。人們比起一幅畫作，更需要能守護眾人的城堡和打倒敵人的利劍。沒錯……」

他用力握緊城劍的劍柄。

「我完全沒有擔任元首的資質。是個就連這麼簡單的事，都要在活了這麼久之後才終於明白的男人。夥伴們捨身奮戰的期間一直埋首作畫，愚蠢且天真的創術師——那就是我。」

法里斯彷彿在告解罪行似的說：

「總有一天，巴蘭迪亞斯一定會誕生光——真正能引導巴蘭迪亞斯的光。而我想繼續等待那道光。假如要賭上性命，賽門，能請你等到那個時候嗎？」

「光不會誕生，我們已經等得夠久了。而且，你不是已經來了嗎！」

賽門用力抓住法里斯的雙肩，率直的眼神貫穿法里斯。

「你就是引導我們的翅膀啊，法里斯。你作為銀城創手投入戰鬥，不論是多麼嚴酷的戰場，只要有你和傑里德黑布魯斯在，我們就無所畏懼。最重要的是，你總是不顧自身安危，對不動王貫徹自己的信念不是嗎！」

賽門熱情且真摯地訴說：

「巴蘭迪亞斯城艦部隊二十四城主及其麾下的士兵們，沒有一個人不認同你！」

賽門當場跪下，將雙手放在地上。

「法里斯，算我求求你了，挺身而戰吧。我會製造機會，絕對會向你展現我們的覺悟。你正是戰爭的化身，巴蘭迪亞斯在戰場上自由翱翔的翅膀。不論是誰，我都不會讓他們阻礙你前進的道路。」

他以要一頭撞向地板的力道向法里斯跪拜。

§28 【王虎的提議】

持續經歷一段漫長的沉默。

賽門一直跪拜在原地。由於事發突然，一直在猶豫答覆的法里斯在過了一會兒後，就像終於恢復冷靜一般地說：

「……請把頭抬起，賽門。我不忍讓戰友作出這等舉動。」

賽門微微抬起頭。

「那麼，法里斯──」

賽門的話說到一半，耳朵傳來走上階梯的腳步聲與對話聲。

兩人就像在警戒似的，眼神變得銳利。大概並非所有人都站在賽門這邊，只要他們企圖謀反之事曝光，一切就都結束了。

「走吧，作戰會議要開始了。」

法里斯伸出手。

「…………是啊……」

賽門抓住法里斯的手站起來。兩人就這樣離開房間，門扉靜靜地關上。

不論是法里斯的情況，還是巴蘭迪亞斯的情況，都大致明白了。不論賽門的謀反成功與否，元首的更迭可以說只是時間上的問題。

『……只要幫他取回畫作就好了不是嗎？』

米莎問。

『要是這樣問題就能輕易解決，法里斯應該會向我坦白實情。他說要為了巴蘭迪亞斯等待光誕生一事所言不假，畫作只不過是個契機。即使幫他把畫奪回來，我也不覺得他會改變心意。』

他還是一樣深愛畫。儘管如此，卻自行封筆了。我不會說自己能理解他的痛苦，那應該不是不懂繪畫的我能理解的膚淺慟哭。

『那傢伙可是會在戰場正中央突然開始作畫的人。一旦下定決心，就不會輕言退讓。』

畢竟那個法里斯，可是違背了要畫和平畫作的約定呢。

『……既然如此，那你有什麼打算——』

「那邊的三人，下來吧。」

王虎梅帝倫的聲音在天花板裡大大地響徹開來。唔嗯，該說真不虧是主神吧，早就被發現了嗎？

『要動手嗎？』

『要斬殺嗎？』

米莎與辛同時說。他們還真是可靠。

『先聽聽祂怎麼說也不遲。』

我們經由天花板的縫隙降落到室內。王虎梅帝倫的神眼（眼睛）朝我看了過來。

「你就是米里狄亞世界的元首吧？」

「說出祢的要求。」

那雙巨大的神眼（眼睛）似乎稍微嗤笑了一下。

「真虧你明白呢。」

「要是祢想收拾我們，根本沒必要等到沒人的時候。」

「真是聰明呢。雖說是不適任者，腦袋比卡爾汀納斯要好太多了。不愧是法里斯曾經侍奉過的人。」

王虎梅帝倫坐起身，將巨大的頭部朝我靠來，然後這麼說：

「妾身想請你將巴蘭迪亞斯的元首——不動王卡爾汀納斯毀滅掉。」

「哦？」

王虎的視線就像在窺看深淵一般貫穿我。彷彿深不見底的這位主神確實擁有相當強大的力量。儘管誕生的過程與艾庫艾斯略有不同，祂可是深層世界的主神，不可能會比那傢伙還要差勁。

「祢為何不自己下手？」

「你說自己剛來到銀水聖海吧？看來完全不懂這片銀海的規矩呢。主神無法自行毀滅自己所選擇的元首。假如打破這個禁忌，小世界就會毀滅消失，妾身將會淪為失去掌管世界的無名之神。」

祂不會在這件事上說謊。這是只要找奧特露露確認，就能立刻知道的事。

「你想正式加盟帕布羅赫塔拉對吧？之後的銀水序列戰，就讓你獲勝吧。火露與校徽也隨你愛拿多少就拿多少。」

「作為交換，我要毀滅不動王嗎？」

「沒錯。為了讓巴蘭迪亞斯迅速成長，妾身選了做事不擇手段的那傢伙擔任元首，但他已經充分盡到職責，基礎已經打好了。再來，必須在上頭建立一座美麗的城堡——為了讓妾身的巴蘭迪亞斯變得堅不可摧的真正元首。」

梅帝倫露出膽大無畏的笑容。

「法里斯那傢伙很好。他創造城堡的那雙手與注視深淵的那雙眼，要比什麼都來得美麗。對於身為巴蘭迪亞斯的妾身來說，他應該會成為一位非常適合的元首。」

「為何不一開始就選擇他？」

「巴蘭迪亞斯的歷史悠久，卡爾汀納斯也已經是第十幾任了吧？近海也有許多不屬於帕布羅赫塔拉的敵人，要是讓元首之位空缺太久，立刻就會被趁機而入。」

即使是花瓶元首，也是有必要的嗎？雖然不是無法理解這個道理。

「假如元首毀滅了，妾身就能再次選擇元首。然而，那傢伙不肯點頭。若非如此，現在巴蘭迪亞斯早就名列聖上六學院之一了。」

梅帝倫很遺憾地說：

「你方才聽到了吧？嫉妒法里斯才能的卡爾汀納斯，將他珍視的這五座城堡當成人質，使得法里斯越來越無法取代他成為元首，落得被卡爾汀納斯頤指氣使的下場。」

所以不動王自己也很明白，法里斯比他更適合擔任元首。即使如此，他還是不打算讓出世界元首的位置吧。還真是欲望深重。

「機會總算到來了。儘管賽門一直在尋找機會毀滅卡爾汀納斯，不過那傢伙十分謹慎，恐怕只有同船的法里斯能找到機會動手。可是法里斯很溫柔，不知道他是否會參與謀反。即使參與了，他可能也不會殺害卡爾汀納斯，導致謀反失敗。」

「所以要在謀反失敗、不動王放下心來的時候，由祢引導我去毀滅他嗎？」

梅帝倫發出「咯咯」的聲音笑了笑。

「你很聰明呢。妾身不會知會他們此事。必須讓他們真心覺得自己失敗，才能引得卡爾汀納斯大意。」

所以才會等那兩人離開之後，再向我搭話啊？

「成功讓法里斯當上元首後，妾身也能與米里狄亞締結友好關係喔。這樣你也能毫無後顧之憂地享受與他再會的喜悅吧？過去的部下如今能同樣作為元首且並肩而行，這是個不錯的交易吧？」

梅帝倫就像見縫插針似的說。大概是因為瞧不起我這個泡沫世界的居民，才會擺出這種態度。祂一直在虎視眈眈地等待不得不答應這項交易的元首出現。倘若是法里斯曾經侍奉過的我，應該是最適合的人選。

「繼續交涉也只是在浪費時間，你早就決定好答覆了吧？」

「說的也是呢。」

梅帝倫咧嘴笑了笑。

「我拒絕。」

「…………什麼…………」

梅帝倫就像難以置信似的，張口結舌地看著我。

「……好吧，你很懂得交涉呢。唉，要是沒這點能耐，也就無法依靠。你還有何要求，就說說看吧。」

我緩緩伸出指尖，指向掛在祂背後的畫作。

「追根究柢，不就是因為祢一直守護畫作，法里斯才不得不聽命於卡爾汀納斯嗎？」

梅帝倫停頓了一會兒後說：

「是他要我一直守護的。倘若妾身的結界消失了，卡爾汀納斯應該會立刻察覺。」

「祢可是能瞞過卡爾汀納斯，讓賽門策劃謀反計畫。應該還是有他不知情的情況下，將這些畫作還給法里斯的機會。」

「……真是拐彎抹角的傢伙。你到底想說什麼？」

「因為祢並不想將這些畫作還給法里斯。假如還給了他，那個男人說不定再也不會出現在祢面前，而且還有可能會就此離開巴蘭迪亞斯——祢害怕這件事。」

梅帝倫沉默不語，以那雙神眼（眼睛）直直地盯著我。

「祢無論如何都想要得到法里斯。」

「……妾身不否認此事。主神會追求更優秀的元首，這是天理，也是秩序。可是——」

「所以祢為了得到法里斯，便心生一計。」

祂既沒有否認，也沒有肯定，僅僅就像威嚇一般，從全身湧現魔力。

「感到嫉妒的卡爾汀納斯將畫作當作人質？是誰讓他覺得嫉妒的？是誰告訴他那些畫作存在的？」

面對猛然瞪來的梅帝倫，我回以膽大無畏的笑容。

「是卡爾汀納斯注意到法里斯的才能，派兵前往那座村莊的喔。」

「在工房裡毫無野心地創造作品的法里斯，被那個沒有看人魔眼（眼光）的愚王嗎？」

祂瞬間陷入沉默。

「大致上是祢對他說了什麼不必要的話吧？祢為了迫使法里斯當上元首，奪走了他的自由、他的畫作，以及他的靈魂。」

我緩緩地指著祂說：

「祢就跟曾在我世界裡的失敗品主神一樣，絲毫不顧人們的情感，只想著要從我們身上掠奪。祢那腐爛的頭蓋骨裡，就只裝著名為秩序的自私自利。」

梅帝倫咧開嘴角，向我露出醜惡的笑容。

「你也跟曾在妾身世界裡的愚者們一樣，確實是不適任者。妾身從未奪取過任何事物。此身即是銀城世界巴蘭迪亞斯的意志，妾身世界裡的所有一切，全都是妾身的所有物啊。不論是大地、天空、無數的城堡，就連生命也一樣啊。」

祂意外地老實承認了呢。雖然沒有證據，被不適任者挑釁讓祂感到不悅了嗎？雖說就祂的立場來看，替代人選要多少有多少。祂大概覺得只要等到願意答應的元首出現就好。

『妾身不會在此收拾你。就給妾身好好記住吧，不適任者。』

梅帝倫的前腳散發銀光。雖然沒有被動了什麼手腳的跡象，不曉得是否為王虎的權能，我們的身體在這瞬間被抬了起來。我們經由「惡戲神隱」化為霧氣的身體，直接穿過天花板的縫隙，被拋到城堡外頭，看得見天空。

『法里斯是巴蘭迪亞斯的人，妾身絕不會交給你。絕對不會。』

「這世上存在絕對不能侵犯的領域。」

我朝著逐漸遠去的城堡，向祂發出「意念通訊」。

「祢已經觸犯這一點。剩下的最後一天，祢就盡情打著野心的如意算盤度過吧。我會連同祢那顆愚蠢腦袋策劃的愚蠢計謀，將祢的野心（巴蘭迪亞斯）一起粉碎。」

隔天——

從煙囪冒著濃煙、行駛在黑穹之中的魔王列車上，可以看到一座巨大到無法掌握全貌的城堡。

更正確地說，那並不是城堡。而是岩塊、石頭以及堅硬的土塊，是擁有城堡形狀的岩石小世界。那裡就是銀水序列戰的舞臺，第二巴蘭迪亞斯。

魔王列車緩緩地持續降落，從相當於門口的地方進入第二巴蘭迪亞斯的內部，不久後一個廣大的地下空間映入眼簾。以米里狄亞世界來說，這裡類似地底。大概有某種秩序正在作用，雖然有光源，卻顯得有些昏暗。樹木、湖水和花草等綠意稀少，是個充滿岩塊與石頭的世界。

景致非常荒涼，確實能讓人理解這裡缺乏藝術文化。那塊堅硬的大地就像要防備外敵一樣，構築許多要塞都市。

『阿諾斯元首，魔王學院請到這裡來。』

伴隨著奧特露露的「意念通訊」，大地就像要引導我們一樣發光。在耶魯多梅朵的指示之下，魔王列車朝那裡下降高度，車輪降落在大地上。

「請稍等一下。」

奧特露露目前正站在畫於地面的巨大魔法陣上。祂將手中的巨大發條插進那個魔法陣的發條孔裡，用兩隻手旋轉。

「『銀海鯨』。」

發條轉了三次，隨後門就像被打開一樣，魔法陣的一部分開啟，從中湧出銀水。當整個銀水湖泊充滿魔法陣後，巨大的鯨魚嘴巴突然出現在水面上。鯨魚的體表呈藍色，是我第一次看到的品種。

「唔嗯，這是什麼？」

我從魔王列車的窗戶探出頭，詢問奧特露露。

「這叫做銀海鯨魚。是少數能在銀海游動的魔法生物。」

鯨魚的身體逐漸傾斜，再度「嘩啦」一聲沉入銀水裡。牠就像噴水一樣，從背上的噴氣孔噴出有如螢火的翠綠光芒——火露。

「這些是銀水序列戰要用的火露。」

銀海鯨魚將所有火露噴出後，猛烈地躍出湖面，彷彿飄蕩在第二巴蘭迪亞斯的天空中開始游動。當奧特露露再度轉動發條時，銀水就像被吸入發條孔裡一樣漸漸消去，最後連魔法陣也消失了。

「火露能以任何方式進行管理，不過只有在船內的會被視為該陣營擁有的火露。此外，銀海鯨魚會在三分鐘內回收遺漏到船外的火露，請小心不要被一起吃掉了。」

祂事務性地說明。

「裝進貨物室裡吧。」

我下令後，砲塔室的粉絲社少女們就跟著說：

「齒輪砲瞄準！」

「瞄準就緒！」

設有齒輪的砲塔朝向火露之光。

「『吸收引力齒輪』發射！」

附有鎖鍊的齒輪自砲塔射出，並在發出引力後，像磁鐵一樣牢牢吸住火露之光。

「回收，回收！」

在收回鎖鍊後，「吸收引力齒輪」就返回砲塔，將吸住的火露之光收進貨物室裡。粉絲社的少女們陸續射出「吸收引力齒輪」，將在那裡的火露盡數回收。第一、第二、第三貨物室裡，全都充滿了火露之光。

「確認到攻擊性魔力。推測是魔法砲彈。」

米夏說完的瞬間，「砰」的砲擊聲開始響徹。魔王列車的周圍陸續被砲彈擊中，地面劇烈地爆炸開來。

「……呀啊啊啊……！」

「搞什麼啊！戰鬥還沒開始吧……！」

「居然搞這種卑鄙的手段！」

地面劇烈搖晃，學生們大聲地發出抗議。

『哇哈哈哈哈哈哈哈哈哈哈！』

卡爾汀納斯的笑聲當場響徹開來。那是「意念通訊」。

「上空有飛空城艦接近，共有二十五艘。」

我將魔眼（視線）看向天空，看到以傑里德黑布魯斯為中心，合計有二十五艘的飛空城艦正朝這裡飛來。

『只是打個招呼，就搞出這麼大的騷動。不會打中的砲擊就跟空包彈一樣，你們在怕什麼啊，一群膽小鬼？』

卡爾汀納斯挑釁地說。虎城學院的飛空城艦就像在上空布陣一般停在那裡。

『不過，憑你們的戰力，就算會怕也是沒辦法的事。居然想用一艘這麼破爛的船，跟我的巴蘭迪亞斯城艦部隊交戰，還真是可悲到讓人想哭啊。』

「哦？雖說有眼無珠，還是有辦法流淚啊？」

他那張滔滔不絕的嘴巴突然停住。彷彿能看到他氣得發抖的模樣。

『你有膽就再說一次。』

「有眼無珠的不只是你的魔眼（眼睛），王虎梅帝倫也一樣。你們一點也搞不懂自己究竟在與誰為敵。」

我發出「遠隔透視」讓卡爾汀納斯看見我的身影。

「要與巴蘭迪亞斯的城艦部隊對戰，靠這一輛魔王列車就夠了。你就廢話少說，趕緊放馬過來吧。」

我坐在王座上托著臉頰說：

「我會將全艦統統擊墜。」

『口氣還真不小，不知天高地厚的傢伙！』

在我眼前的魔法水晶上，顯示出他送來的「遠隔透視」。就像怒不可遏一樣，他氣得頭髮倒豎起來。

『倘若你安分一點，朕本來還想手下留情，看來沒有這個必要了！就用我的城堡，將你那艘寒酸的破船碾碎吧。奧特露露！發出信號吧！』

奧特露露飛上第二巴蘭迪亞斯的天空，向雙方發出「意念通訊」說：

「即刻起，將進行米里狄亞世界的魔王學院與銀城世界巴蘭迪亞斯的虎城學院之間的銀水序列戰。作為舞臺的第二巴蘭迪亞斯受到的損傷，將不予追究。只要遵從帕布羅赫塔拉的理念——銀海的秩序，我們將能抵達深淵之底。」

上空畫出了魔法陣，奧特露露將發條插進其中。祂用雙手轉動發條後，紺碧之水就從中湧出。波濤起伏的水面宛如一層薄簾，覆蓋住廣大的範圍。

那大概是用來防止流彈的結界。只要是某種程度的火力，就會被波濤結界擋下，不會傷害到第二巴蘭迪亞斯。

「司爐、火夫，盡全力投入煤炭。行進方向是敵方飛行部隊的正中央，全速前進。」

「遵、遵命！」

「全速前進！」

在耶魯多梅朵的指示之下，司機室決定前進方向，車輪高速轉動。

「直接往正中央衝過去，不論如何都會被打成蜂窩吧？」

位在砲塔室的莎夏問。

「咯咯咯，不可能、不可能、不可能啊！妳覺得那個瞧不起我們是泡沫世界不適任者們的俗人，會冷不防地用集中砲火結束戰鬥嗎？他們當然是一點一滴地折磨我們，將我們凌遲致死。」

「或許是這樣啦……」

魔王列車提升高度，朝著在天空布陣的城艦部隊前進。

「魔王的魔法，以妳使盡全力的結界進行防禦吧。在他們的布陣中開出一個缺口，讓那些瞧不起我們的傢伙清醒過來吧！」

「我知道了喔！」

魔王列車迅速加速，逼近城艦部隊。

「魔王聖歌隊，一進入射程就立刻射擊眼前的城堡。只不過，要用列車上的玩具砲。」

「「「遵命！」」」

愛蓮她們的聲音響起。

「以第一砲塔至第九砲臺進行瞄準。」

「全砲臺瞄準就緒！」

「開砲——！」

飛空城艦一進到射程內，砲塔室就畫出魔法陣。

「「「『斷裂缺損齒輪（abisu）』——！」」」

從魔王列車的砲塔中射出無數缺損的齒輪。它們儘管直擊眼前的飛空城艦，卻被外牆輕易彈開。

『哇哈哈哈哈，這玩具砲是什麼啊！甚至不需要展開城牆呢！朕就來教導你們，什麼才叫做真正的大砲吧。』

『不動王，魔法通訊還在持續連接嗎？請切換到安全通訊吧。』

『無所謂、無所謂。就讓他們聽吧。公開自己的戰術取勝，就叫做強者的餘裕啊。』

賽門的聲音響起。由於通訊還連結在一起，我方也能聽得一清二楚。

『……我知道了。不過，昨天不是說要讓法里斯擔任指揮嗎？』

『啊啊，朕改變主意了。對付這些只會發射玩具砲的傢伙們，根本沒必要攻擊弱點。朕要親自讓那些蠢蛋們見識一下，什麼才叫做戰鬥。』

『俗話說窮鼠齧貓，請千萬別大意了。』

『你會在踐踏螻蟻時，特意拔出城劍嗎？』

『……那麼，請至少讓四艘卡姆拉西艦與傑里德黑布魯斯艦退到後方吧。雖說我方的戰力占上風，萬一被奪走火露，我們就會敗北。』

『你還真是慎重呢，賽門。算了，就這麼做吧。讓傑里德黑布魯斯艦與四艘卡姆拉西艦退後。二十艘艾坦艦微速前進，堂堂正正地迎擊他們。』

五艘飛空城艦往後方退去。就賽門與卡爾汀納斯的通訊看來，火露大概就裝載在其中一艘城艦上。

『艾坦四號艦，開啟砲門。讓他們見識一下真正的大砲吧。』

前排的飛空城艦開啟砲門，魔王列車毫不理會地直線前進。

『開砲！』

隨著震耳欲聾的轟響，魔法砲擊發射。陸續擊中的砲彈濺起火花，激烈地燃燒起來，車體瞬間籠罩在爆炸火焰中。

『停止射擊！哇哈哈，如何？要是還能飛——』

卡爾汀納斯啞口無言。因為魔王列車彷彿將爆炸烈焰一刀兩斷般，纏繞著煙狀結界一直線地狂奔而來。由於施展了「根源降世母胎（安妮斯歐娜 艾蓮歐諾露）」，無數的白鸛羽毛翩翩飛舞。艾蓮歐諾露藉此讓魔力無限上升，並利用魔王列車的結構，展開秩序與魔法的結界。

『敵、敵機尚未擊墜！毫無損傷！』

『城牆來不及展開！』

『迴避！』

判斷果然很快。最前排的艾坦四號艦在理解到無法及時展開比魔王列車更強力的結界後，立刻提升了高度。

可是——

『敵、敵機改變方向了！要撞上了！』

『被預測到了嗎！怎麼可能！就憑那種程度的結界，對面也不可能平安無事啊！』

魔王列車筆直衝向飛空城艦艾坦四號艦的城門。

「咯——咯、咯、咯、咯！來吧、來吧來吧來吧！嚇破他們的膽子吧！」

「『聖域白煙結界』。」

煙囪噴出白煙，就像纏繞在車體上似的形成結界。曾是「命運齒輪」的魔王列車貝爾特克斯芬恩布萊姆的秩序結界，在加上「根源降世母胎」的魔力後，化為一道連毀滅魔法都能隔絕的防壁。

將對方臨時展開的魔法屏障輕易撞破，彷彿失控的列車一樣朝城堡衝撞而去。首節車廂「砰」的一聲陷入飛空城艦的城門裡，下一個瞬間響起一道「轟隆隆隆隆隆隆」的巨響，魔王列車撞破飛空城艦的城門，就這樣貫穿沿途的所有牆面，一直線地衝出城外。

無數的白鸛羽毛翩翩飛揚。艾蓮歐諾露在結界室裡豎起食指露出笑容。

「以魔王的結界，將它貫穿了喔！」

§30 【聖劍的氣息】

正中央被撞出一個大洞的艾坦四號艦失去浮力，開始墜落。

『……唔、唔唔……！實、實在太不像樣了……！竟然讓泡沫世界的破船擊墜了朕的城堡……！城牆怎麼了！』

耳邊傳來卡爾汀納斯叱責臣子的怒吼聲。

『是的。可、可是，由於不是防禦陣形，那個當下實在來不及——』

『想辦法解決是城主的職責吧！沒用的廢物！』

魔王列車纏繞著「聖域白煙結界」，就這樣衝向正面的飛空城艦。

『——「監牢結界城牆（badireihiya）」。』

一道巨大的魔法陣憑空畫出，在艾坦艦的前方構築出城牆型的魔法屏障。「監牢結界城牆」與「聖域白煙結界」伴隨著「滋滋滋滋」的聲響相撞，噴濺出激烈的魔力火花。

『好耶！六號艦幹得好！就這樣碾碎他們吧！』

艾坦六號艦的雙翼發出魔力。然而，馬力方面是魔王列車勝出。

『你們在搞什麼鬼！打算撞輸泡沫世界的船嗎！』

『……不動王，我想這恐怕是米里狄亞世界的主神權能。或許這輛列車本身就是他們的主神？我認為魔王學院他們將自身的魔力加在主神的力量上來戰鬥。』

『什麼……？』

『假如是這樣，即使是淺層世界，想要僅憑一艘艾坦艦壓制他們，絕非明智之舉。』

就他們的語氣看來，似乎不是隨便一個深層世界的居民，都能輕易打倒淺層世界的主神。就算在小世界裡，主神也一樣另當別論。倒不如說，能僅憑一艘飛空城艦擋下主神的衝鋒，是只有深層世界的居民才辦得到的事嗎？

『——哼，原來是這種把戲啊。』

魔王列車衝撞了過去，卻無法撞破那道「監牢結界城牆」。儘管艾坦六號艦在馬力較量中輪了，還是巧妙地抵消了魔王列車的速度。

『不過是擊墜了一艘城艦，就得意忘形地衝過來。既然揭穿了把戲，再來就看要怎麼料理了。展開包圍陣形，讓他們見識巴蘭迪亞斯城艦部隊的砲擊戰吧！』

『『『遵命！』』』

他們留下一艘擋住魔王列車的艾坦艦，其餘的十八艘開始加速。他們為了封鎖魔王列車的退路而展開布陣，保持著一定的距離形成了包圍網。

飛空城艦的砲門陸續開啟，並讓艾坦六號艦偏離射線，瞄準魔王列車。

「『剛彈爆火大砲（veirobozumu）』準備。」

「把他們打成蜂窩吧！」

飛空城艦的所有砲門一齊射擊，使得魔彈有如雨點般落下，威力跟方才的砲擊無法相提並論。每一發都確實削減了「聖域白煙結界」，逐漸從魔王列車上奪走防壁。魔王列車的車輪猛烈轉動，眼前的城牆卻只是緩緩退開。

「『聖域白煙結界』第一層與第二層全部損毀。距離結界維持的極限點，預計還剩下一分鐘。」

魔眼室傳來米莎的報告。「聖域白煙結界」共有十三層。結合「命運齒輪」與「根源降世母胎」力量的這個魔法結界，比過去交戰過的齒輪集合神艾庫艾斯還要堅固。就算以「獄炎殲滅砲」轟炸一千次也打不出一個缺口，但深層魔法果然不能一概並論。

「咯咯咯，要是被擋下來了，就任憑他們攻擊了不是嗎？要是不設法處理那道擋住去路的城牆，魔王列車就會被打成蜂窩，你打算怎麼做呢？」

「那我就去斬斷它吧。」

雷伊位在彈射室若無其事地說。

「勇者，你說得簡單，但那道『監牢結界城牆』似乎是深層魔法。即使保守估計，大概也和艾庫艾斯差不多堅固喔？」

「大概在它之上吧？」

雷伊默默注視著靈神人劍。損毀的劍柄已經換成米夏創造的新劍柄。

「意思是你能斬斷嗎？」

耶魯多梅朵一臉愉悅地揚起嘴角。

「伊凡斯瑪那是這麼說的。這把劍大概也和阿諾斯一樣。」

「『聖域白煙結界』破損到第五層了。砲擊激烈化，距離全防壁損毀還剩下二十秒。」

米夏的報告傳來。

「射出雷伊・格蘭茲多利。」

「收到！開啟彈射室！」

彈射室的車廂門開啟，雷伊握住靈神人劍。

「雷伊同學射出！」

彈射室猛烈射出載著雷伊的大型齒輪，並在畫出一道弧線後，朝著眼前的飛空城艦衝了過去。

「路上小心喔！」

伴隨著艾蓮歐諾露的話語，白煙包覆住雷伊的身體。是「同調結界」。藉由與「聖域白煙結界」進行同調，使他能夠穿過那道結界。

「伊凡斯瑪那，你的力量傳達過來了……能讓我見識一下嗎？你在深層的模樣——」

靈神人劍發出神聖的光芒，在這瞬間有如太陽一般照亮這個小世界。彷彿將至今一直抑制的真正力量，在此解放開來——

『敵方飛行兵接近！』

『數量呢？』

『一名！武裝推測是聖劍！』

『一名？也太蠢了。他們難道以為泡沫世界的劍，有辦法打破「監牢結界城牆」——』

在他嘲笑說道的同時，艾坦六號艦連同魔法城牆一起被劈成了兩半。

『……怎……………怎、麼會……………』

卡爾汀納斯驚愕不已的聲音傳了過來。

『……那是……那把聖劍……該、不、會是……』

『比對魔力波長！』

就像在警戒一樣，附近的數艘艾坦艦開始與雷伊保持距離。這麼做使得包圍網改變形狀，露出了一道微小的缺口。魔王列車猛烈地衝向這道缺口，衝出巴蘭迪亞斯城艦部隊的包圍網。被劈成兩半墜落的飛空城艦，在地面上劇烈地爆炸了。

『確認比對！不會錯的！是聖劍世界海馮利亞的象徵，靈神人劍伊凡斯瑪那……！』

『……伊凡斯瑪那……這麼了不起的東西，為何會在泡沫世界的居民手上……』

「意念通訊」傳來不動王驚訝的聲音。趁著他陷入沉思的些許空檔，魔王列車將砲塔對準附近的飛空城艦。九個齒輪開始旋轉，木造的轉輪轉動起來。

「砲擊準備就緒！」

「「『古木斬轢轉輪』！」」

九個陳舊轉輪畫出弧線，撞擊在飛空城艦的魔法城牆上。轉輪發出「嘰嘰嘰、嘎嘎嘎嘎」的聲響陷進去，磨削著「監牢結界城牆」。

「呼……！」

這是牽制。朝著停止移動的飛空城艦，雷伊以「飛行」逐漸接近。

劍光一閃。靈神人劍輕而易舉地將巨大城堡斜斬擊墜。

「咯咯咯咯，實在太棒了啊！假如發揮真正的力量，米里狄亞世界會支撐不住，不愧是能消滅魔王的聖劍。就跟暴虐魔王一樣，那把聖劍同樣無法在淺層發揮出原本的威力吧！」

耶魯多梅朵一面閃避砲擊爭取重新展開結界的時間，一面稱讚他。

能聽到「哇哈」的聲響。

『……哇哈……哇哈哈……哇哈哈哈哈哈……走運了。啊啊，朕也總算開始走運了啊……！海馮利亞的靈神人劍，只要得到它……』

『伊、伊凡斯瑪那的劍士，要接近艾坦九號艦了……！』

『不要這麼慌張。即使靈神人劍是連亞澤農的毀滅獅子都能斬殺的聖劍，使用者既不是聖王，也不是五聖爵。豈止如此，不就是個泡沫世界的雜兵嗎？對吧？』

雷伊接近艾坦九號艦後揮下靈神人劍。然而，其魔力比方才還要強烈，米夏創造的劍柄出現裂痕。雷伊控制不住這股龐大的力量，使得這道斬擊偏離目標，只斬斷了一部分的城牆，劈開地面。

『怎樣，看到了吧？跟朕想的一樣，他根本運用不來。只要將他與對面的船分隔開來，就能輕易解決。去打倒那傢伙，把伊凡斯瑪那搶回來。千萬別在那之前把火露搶光了啊。』

卡爾汀納斯喜不自禁地說。

『——唔嗯，這作戰是不錯，不過，卡爾汀納斯。你該不會忘了自己的作戰會經由「意念通訊」讓我們聽得一清二楚吧？』

『哼，就說是故意要說給你們聽的吧，不適任者啊？朕總算明白你囂張的理由了。因為握有海馮利亞的靈神人劍，所以才這麼自命不凡吧？不過，就讓朕來告訴你，聖劍要有優秀的使用者，才能發揮其真正的價值啊。』

飛空城艦的砲門一齊開啟，並在上頭出現魔法陣。

『「剛彈爆火大砲」發射！』

為了形成彈幕，魔法砲彈紛紛傾注而下。已經拉開充分距離的魔王列車在空中奔馳，不斷地避開彈幕。可是無奈數量實在太多了，約有兩成被迫擊中，削減著重新展開的「聖域白煙結界」。

「……等等……在結界之前，我或許會先撐不住……」

艾蓮歐諾露說。儘管魔王列車穿過「剛彈爆火大砲」的彈幕薄弱處，與雷伊的距離轉眼間卻越來越遠。耶魯多梅朵持續作出最佳判斷，將魔王列車被擊中的次數壓在最低限度，但對方的船數是我方的十倍以上。

巴蘭迪亞斯城艦部隊就像棋盤遊戲一樣，驅使自軍的棋子步步逼近，強行將魔王列車與雷伊分隔開來。

「雷伊同學遭到孤立了……！」

「快進行掩護射擊！」

粉絲社們的聲音傳了過來。雖然砲塔射出「古木斬櫟轉輪」，並非目標的其他飛空城艦卻擋在射線上，以城牆擋住了攻擊。

『哼，需要救援的是你們那艘破船啊。畢竟沒了伊凡斯瑪那的援助，要擊潰你們是輕而易舉啊。』

「是嗎？可沒這麼容易喔？」

我站在首節車廂上說，周圍能看到十艘飛空城艦。不論想從哪裡突破，都無法打破這個包圍網吧。

「艾蓮歐諾露。」

「我知道了喔！」

在我飛起的同時，身上被施加「同調結界」，使我能穿過覆蓋魔王列車的白煙結界。

『蠢貨，你難道以為把船當成誘餌，就能夠突破包圍嗎？』

對我的行動瞬間作出反應的一艘船，在我的前進方向上圍起魔法城牆。隨後，兩艘飛空城艦艾坦艦展開魔法城牆從我的左右兩側猛烈撞來。

看它們沒有要停止的跡象，是打算壓死我吧。隨著一道「轟隆隆隆隆隆隆隆隆」的巨響，兩艘船撞擊在一起。

『哇、哈、哈、哈、哈、哈——！知道厲害了吧，你這個不知天高地厚的元首。連座像樣的城堡都沒有，怎麼可能敵得過朕的城艦部隊。』

「哦？」

我的聲音令卡爾汀納斯瞬間啞口無言。

『你、你們在搞什麼鬼？七號艦、八號艦！將動力全開！快壓死他，把他壓扁到連聲音都發不出來！』

『這、這個……！』

『動力應該已經全開了，但沒辦法繼續前進……』

『不對，豈止如此，這是……？』

我將手指陷入兩面城牆裡，朝著左右兩側用力推開。漆黑粒子在我身上形成螺旋。

『怎、怎麼可能……！這、這是……』

『……以……肉身……推回來了……？這邊可是飛空城艦啊！』

『是故障嗎！不對，是那傢伙的魔法嗎！快去檢查動力組！這可能是某種詛咒！』

『飛空城艦全狀態檢查完畢。一切正常！單、單純是動力不足！』

『你在說什麼蠢話！動力怎麼可能會輸給一個肉身的魔族……！那可是淺層世界的不適任者啊！』

彷彿極度混亂，城魔族們的聲音傳了過來。

「你說我連座像樣的城堡都沒有吧，不動王？確實跟你說的一樣——直到現在為止。」

我施展「飛行」緩緩地旋轉身體。與此同時，被我抓住的兩座城堡也默默地開始旋轉。

『動、動力全開！全速後退！快把他甩下去！』

『正、正在做了！可是，完全動彈不得！』

『……這個感覺是什麼……難、不、成……飛空城艦正在被揮舞著……』

以我為中心旋轉的兩座城堡不斷加速，彷彿化為巨大的葉輪。

我將兩座城堡舉起，就像龍捲風一樣旋轉起來，同時朝著擋住上方的飛空城艦艾坦艦衝過去。隨著一連串的「咚、嘎、嘎、嘎、嘎、嘎嘎嘎嘎嘎嘎嘎嘎嘎」巨響接連響起，城牆與城牆、城堡與城堡互相碰撞，使得雙方破損得越來越厲害。

『怎……咕、咕啊啊啊啊啊啊啊啊啊啊啊啊啊啊啊啊啊啊啊啊啊啊啊啊啊啊啊啊啊啊啊啊！』

輕易破壞掉一艘艾坦艦後，我直接衝向下一座城艦。

『砲、砲擊——！連、連續開火！』

『不、不行啊！在這種情況下，很可能會誤射友軍……！』

『過、過來這邊了……！』

『以、以三艘壓制下來——！』

『怎、怎麼會，轉瞬間就被捲進去了——呀、呀啊啊啊……！』

『這、這是什麼……！這究竟是什麼啊……！竟然用城堡……竟然用我們的城堡攻擊我們……！』

『嗚、啊、啊、啊、啊、啊啊啊啊啊啊啊啊啊啊啊啊啊啊啊啊啊啊啊啊啊啊啊啊啊啊！』

淒厲的慘叫迴蕩開來。

人若是在戰場上被敵人的氣勢壓倒就會喪命。城魔族們是深層世界的居民，只要知道我會來這一招，他們應該有辦法能夠應對。可是，他們缺乏想像力。因為他們從未考慮到我會像葉輪一樣旋轉著兩座城堡朝他們撞過去，才會驚慌失措，來不及作出反應。這些許的判斷遲疑足以致命。

「咯咯咯，咯——咯、咯、咯——咯、咯、咯、咯！」

耶魯多梅朵一面看著我以旋轉的城堡將包圍的飛空城艦一一吞噬，一面在司機室高聲大笑。他們已經沒有餘力理會魔王列車與雷伊了。

「恐懼吧、戰慄吧，巴蘭迪亞斯的居民們。然後，瞻仰恐怖吧。」

彷彿在歌頌勝利一般，他的聲音在第二巴蘭迪亞斯的天空響徹開來。

『朝、朝這裡過來了……！』

『後、後退，全速後退……！先暫時重整態勢！』

『不行，太快了──』

「轟隆隆隆隆隆隆隆隆隆隆隆隆隆隆隆隆──」震耳欲聾的轟響迴蕩。

不過短短數十秒，十四艘飛空城艦艾坦艦就散落著瓦礫，讓被撞成細小碎塊的碎片有如沙塵一樣飛揚，墜落而去。

「深層世界算什麼東西。這就是魔王阿諾斯．波魯迪戈烏多啊。」

§31　【銀城世界的真正實力】

一艘又一艘的飛空城艦猛烈撞擊地面的聲響層層疊起，在天空中響徹開來。正在遠處觀望這邊戰局的傑里德黑布魯斯與四艘飛空城艦卡姆拉西艦，傳來城魔族們的聲音。

『……十四艘艾坦艦……無法修復……全、全滅了……』

『太難以置信了……巴蘭迪亞斯引以為傲的城艦部隊，單憑一個男人……竟然就全軍覆沒了……』

『……那傢伙到底是何方神聖……？雖說是元首，他的實力可是遠遠超出淺層世界的水準啊……？』

『他那能輕易揮舞兩艘艾坦艦的力量，一般的主神根本對抗不了吧？』

『暴虐魔王……阿諾斯……波魯迪戈烏多……』

『……他自稱魔王，真的只是偶然嗎……？』

『我記得應該有一個魔王下落不明……或許……』

眾多魔眼投來視線，試圖窺看我的深淵。突然間，卡爾汀納斯的怒吼聲傳了過來。

『你們這群笨蛋！膽小也要有個限度吧！不要被對方的氣勢壓倒了。一旦被壓倒，就會將敵人看得比實際上還要強大！竟然說區區泡沫世界的不適任者是魔王？君臨深層世界的不可侵領海，為何要跑去泡沫世界當什麼不適任者啊！你們用常識想想吧！』

『常識？』

卡姆拉西二號艦的城主毫不掩飾憤慨地反駁說：

『恕我直言，不動王，常識對現在的狀況有什麼用嗎？您方才也親眼看到了吧！他跟我們至今交手過的淺層世界元首相比，魔力的規模實在相差太多了！以肉身擊墜十四艘艾坦艦，到底哪裡算是常識啊！』

『他是否為魔王，現在並不重要。我們想要說，他並不是平白自稱魔王。至少，他擁有這種自負。』

『他們擁有海馮利亞的靈神人劍也並非偶然不是嗎？我們說不定判斷錯誤了。』

三號艦和四號艦的城主也這樣提出意見。

『我們一直小看他們是淺層世界的不適任者，可是由不適任者擔任元首的小世界根本前所未見。倘若不是米里狄亞世界的主神太弱，相反地，是那些不適任者們太強的話……？』

『他們是史無前例未曾有過，完成未知發展的小世界。至少，要是不以他們和巴蘭迪亞斯同等的心態應戰，很可能會慘遭滑鐵盧。』

『開什麼玩笑！他可是個連魔王的意思都不懂的白痴啊！竟敢說泡沫世界的元首與朕同等？你儘管身為巴蘭迪亞斯的城主，卻瞧不起身為元首的朕嗎！』

『……您、您在說什麼……？現在不是在談這種事吧……！』

『聽好了嗎？你以為朕是誰？是不動王卡爾汀納斯。是遲早要將這片銀水聖海全都收入手中的男人！就算泡沫世界的元首比預期來得稍微強一點，朕也不是會因此害怕的男人！給朕好好記住了！』

就像要威嚇部下一樣，卡爾汀納斯發出怒吼。

『好了，去吧！二號艦、三號艦、四號艦！去讓他見識一下，不下於傑里德黑布魯斯的名城——飛空城艦卡姆拉西艦的力量吧！』

不動王發出命令。然而，飛空城艦卡姆拉西艦就像在警戒我一樣，持續以魔眼監視我，沒有要行動的意思。

『……怎麼了？快去啊！去讓那個不過是擊墜了艾坦艦就得意忘形的傢伙，見識你們的厲害吧！』

即使再度下令，卡姆拉西艦還是沒有動作。

『不動王，敵人不僅僅是泡沫世界的元首。他並非是如今失去這麼多城艦後，能毫無策略、只憑力量壓制就能取勝的對手。假如判斷錯誤，就必須承認錯誤。他很強這點，至少是事實。』

卡姆拉西二號艦的城主以毅然的語調向卡爾汀納斯進言。

『哈哈哈，朕看你是被嚇到了吧？想不到飛空城艦卡姆拉西艦的城主居然這麼膽小！』

『……什麼……！都到這種時候了，您竟然還……』

言語之間明顯傳達出城主的失望，不過卡爾汀納斯應該就連這個都分辨不出來。

『我們巴蘭迪亞斯城艦部隊，在對艦戰上絕對不會輸！可是，那樣也是因為有作為象徵的銀城傑里德黑布魯斯！如果是原本的主人來指揮，才不會讓人輕易擊墜十七艘艾坦艦！』

『……你這傢伙……』

不動王憤慨的聲音傳來。

『膽敢以這種口氣跟身為元首的朕說話，你應該知道會有什麼下場吧？夠了。膽小的城主是巴蘭迪亞斯的恥辱！你現在就給朕滾出城堡！』

『既然如此，那也容許我們離開吧！』

三號艦的城主說。

『……什麼？』

『卡爾汀納斯大人，對於您的任性，我們已經再也看不下去了。我們也是為了巴蘭迪亞斯的發展，才會一直沉默至今，忍辱負重地以身為城來守護君主，可是我們只得到對於我們世界的惡評。我們不是為了靠騙局打贏一無所知的淺層世界，才當上城主！』

『在說什麼漂亮話！你們以為是誰讓巴蘭迪亞斯達到第二十一層！能晉升為深層世界，全是多虧了朕作為不動王的本領吧！』

『在那之後就完全沒有成長了不是嗎！』

四號艦的城主這麼說。

『只是憑藉卑鄙手段榨取弱者，又能抵達哪裡呢？就算用這種手段晉升為聖上六學院，也不會有世界承認巴蘭迪亞斯！』

『您知道別人是怎麼說我們虎城學院的嗎？是紙老虎啊！只會跟弱者交手，虛有其表的深層世界！我們要是回到巴蘭迪亞斯，也是一國一城之主。像這樣的屈辱，我們怎麼可能吞得下去！』

『如果想罷免我們，就悉聽尊便吧。我們全員將會立刻在這裡離開城堡，並將所有的校徽交給魔王學院。』

『………………什麼……』

卡爾汀納斯當場啞口無言。彷彿能看見他狼狽不堪的樣子。

『……你們……知道這麼做的話，會有什麼樣的下場嗎……』

接著，方才一直保持沉默的卡姆拉西一號艦，傳來賽門的聲音。

『不只會在銀水序列戰中敗北，虎城學院還會從帕布羅赫塔拉的學院同盟中被除名。即使如此，您也不在乎嗎？』

『……賽門……原來如此，是你教唆的啊……』

卡爾汀納斯咬緊牙關。

『我們忍耐過那段屈辱的日子了。為了巴蘭迪亞斯忍下這口氣，投身在幾乎是從背後暗算的戰場中。不過，這種日子也已經結束了。靠竊賊一般的手法收集火露，即使能成為盜賊之王，也絕無可能成為霸者！』

賽門光明正大地正面詢問不動王：

『回答我，不動王卡爾汀納斯。您是否要罷免我們？』

卡爾汀納斯沒有回答。他無法回答。因為這麼做會讓他累積至今的一切全都化為虛有。這是他絕對無法接受的事。

『……受不了……』

響起憤怒的顫抖聲。

『……你們這些傢伙，還真是一群廢物……全都沒有考慮到這麼做的後果嗎……』

卡爾汀納斯恨恨地說：

『朕無法在這場銀水序列戰中對你們出手。畢竟朕可不想退出帕布羅赫塔拉。所以呢？之後你們打算怎麼辦？』

朝著謀反的城主們，卡爾汀納斯厲聲問道。

『你們可別忘了，朕可是王虎梅帝倫選上的世界元首。縱使家臣全部反叛，支配巴蘭迪亞斯的也依舊是朕。可別以為這場戰鬥結束之後，你們還能坐在城主的位置上啊？朕會砍掉你們所有人的腦袋，並將一家老小全部殺光。』

情勢急轉直下，就像要攻擊賽門等人的弱點一樣，卡爾汀納斯發出威脅。元首的命令在巴蘭迪亞斯應該就是如此絕對，賽門他們無法貿然開口。

『聽好了嗎？朕就等三秒。只要你們把頭磕在地上哀求，我就讓你們做一輩子的閒職，放過你們一馬。』

卡爾汀納斯譏諷似的說，似乎看穿賽門他們終究還是無法反抗他。他們重視身為城主的榮耀，所以會因為這份榮耀，無法忍受自己害得整個家族一起受到懲罰。卡爾汀納斯應該是這麼想的。

『三。』

賽門他們沒有動作，只是默默地等待。他們應該也早就明白，要是謀反的話，情況就會演變成這種局面。會在這場銀水序列戰的舞臺上反抗不動王，並不只是一時的感情衝動。就連「意念通訊」會將對話全都洩露給我方知曉也是同樣的道理。雖然不動王指示要故意洩露給我們聽到，實在不覺得他想連這場內鬨都洩露給我們知道。賽門一派是故意讓通訊傳到我方這邊的。他大概想讓我明白情況，促使我靜觀其變。他應該採取了某種對策。

『二。』

賽門他們還是沒有動作，讓人覺得這就像在表明他們的堅定覺悟一樣。

『一。』

他們不發一語，藉由不讓城艦移動一分一毫，作出自己等人的主張。他們在等待什麼。就像在等待某人一樣——

『零、呃——』

卡爾汀納斯痛苦的呻吟傳了出來。

『……咳、啊…………你……為何……梅帝倫……快……來救……朕…………』

響起魔法陣展開的聲響。在數秒的寂靜後——

『各位請放心。』

「意念通訊」傳來法里斯的聲音。

『惡王卡爾汀納斯已遭到討伐。如此一來，巴蘭迪亞斯就回到我們手中了。』

突然間，虎城學院的人們齊聲發出勝利的歡呼，宛如震耳欲聾的大合唱。無關於「意念通訊」，聲音從五座城艦上湧出，激烈地震撼著大氣。他們大概經歷了相當嚴酷的暴政，不論是誰都聲嘶力竭地高喊：

『他做到了。銀城創手做到了……！』

『我們的希望，我們的翅膀！』

『我一直都相信，法里斯大人一定會為了我們挺身反抗！』

『這樣我們終於能從卡爾汀納斯的暴政中解放了……！』

『我們奪回來了！』

『是啊！終於、終於、終於！我們終於將巴蘭迪亞斯奪回我們手中了！』

『法里斯元首誕生了！假如是他，一定能將這個巴蘭迪亞斯帶往正確的方向！』

『萬歲！法里斯元首萬歲！』

『『『萬歲！』』』

『『『法里斯元首。』』』

『『『萬歲！』』』

『『『唔喔喔喔喔喔喔喔喔喔喔喔喔喔喔喔喔喔喔喔喔喔喔喔喔喔喔喔喔喔！』』』

城主們齊聲大喊。看來這是足以讓他們忘記目前還在進行銀水序列戰的喜悅。

這就是賽門的謀反計畫吧。假如是銀水序列戰，不動王絕對會搭乘傑里德黑布魯斯。由於他身旁的城魔族也會受到校徽數量的限制，難以受到額外的妨礙。只要以校徽作為人質，卡爾汀納斯就無法放棄這場戰鬥逃走。而操控傑里德黑布魯斯的法里斯，絕對會待在卡爾汀納斯身旁。他雖然警戒著謀反，卻萬萬沒想到連主神梅帝倫都背叛了自己吧。

也就是他們利用他深信梅帝倫的結界會守護自己的心理盲點，出其不意地暗算了他。

就他們的語氣看來，法里斯是否贊同謀反，對賽門他們來說似乎也是一場賭注。假如他不動手，別說賽門他們，就連他們的一家老小都會慘遭殺害。如同他那時說的，他們會向法里斯展現他們的覺悟吧。

『法里斯。』

賽門說：

『我的戰友，我一直相信你會動手。』

『要高興還太早了，賽門。』

法里斯冷靜地說。

『啊啊，的確。現在還在序列戰中呢。』

以傑里德黑布魯斯為中心，五艘飛空城艦朝我們飛來，士氣明顯和方才不同。傑里德黑布魯斯與四艘飛空城艦卡姆拉西艦發出的魔力，如實地傳達了這一點。

就像要鼓舞自軍一樣，賽門高聲大喊：

『我們要上了，米里狄亞！哪怕你們的元首與真正的魔王匹敵，我們也已經無所畏懼！從現在開始，領教我們巴蘭迪亞斯的真正實力吧！』

§32 【致兩千年前的戰友】

地面響起「轟隆隆隆」的巨響。

「阿諾斯！」

隨著雷伊的吶喊，一艘城艦朝我飛來。

「唔嗯，來得正好。」

我以空手輕鬆接住被靈神人劍一劍貫穿正中央的飛空城艦艾坦艦。

「剩下那一艘也丟給我。」

我話一說完，雷伊就往前踏出一步，以靈神人劍連同城牆一起貫穿艾坦艦，然後就這樣憑藉魔力將其投向空中。

「……喝啊啊……！」

「全、全員脫離……！」

城主的聲音從被貫穿的破洞中傳了出來，能看到「轉移」的光芒。我以左手接住飛來的無人飛空城艦，這樣就將總共二十艘的艾坦艦統統擊墜了。我盯著朝這裡接近的五艘船——傑里德黑布魯斯與卡姆拉西艦。

「我就見識一下你們所謂的真正實力吧。」

我抓著兩艘城艦，一面旋轉一面衝過去。

「進行掩護。」

耶魯多梅朵立刻下令。魔王列車跟在我身後，將全砲塔對準城艦部隊，魔法陣的齒輪猛烈地旋轉。

「瞄準就緒！」

「要上了喲——！」

「「『古木斬轢轉輪』！」」

就像掩護射擊一般，陳舊轉輪在空中畫出一道弧線，朝著城艦部隊射出。卡姆拉西二號艦開啟砲門，噴出火光。

射出的「剛彈爆火大砲」直擊轉輪，將軌道稍微打偏。三號艦在遠程下展開「監牢結界城牆」，讓「古木斬轢轉輪」卡在上頭，並趁機飛越轉輪。

大概是法里斯在負責指揮。他不愧擁有一雙好魔眼（眼睛）。

「那麼，這邊又如何呢？」

我揮舞巨大的飛空城艦，就像一道龍捲風似的衝向在空中布下陣形的城艦部隊。

『斬城無畏，卡姆拉西一號艦的賽門·埃帕拉前來挑戰！』

隨著這道吶喊，卡姆拉西一號艦就像要迎擊我一般向前衝出。那艘城艦在即將撞上我揮舞的飛空城艦艾坦艦時，在所有外牆上畫出魔法陣。

『拔刀！「艦劍城刀（gazudema）」。』

卡姆拉西艦從全方位伸出無數巨大的城劍。

『喔喔喔喔喔喔喔喔喔喔喔喔喔喔喔喔喔喔喔喔喔！』

卡姆拉西一號艦就像陀螺一樣猛烈地旋轉，與我手中的飛空城艦相撞。「艦劍城刀」在眨眼間將兩艘飛空城艦斬碎，使得我的武器朝著大地四散落下。

「咯哈哈，不這樣怎麼行呢。」

『賽門大人開出道路了。全軍前進——！』

趁著我與一號艦交手時露出的破綻，三艘飛空城艦以全速從我身旁通過，並在避開魔王列車的砲擊後，朝地面飛去。

「目標是雷伊啊？」

我朝著一號艦畫出「霸彈炎魔熾重砲」的魔法陣。突然間，我的身體受到衝擊，被撞飛出去。

「……哦？」

什麼也沒看到。連發動魔法的跡象都沒有，等注意到時，身體就突然受到衝擊。這個權能是——

「不論你作出什麼抵抗，都是無用的掙扎。巴蘭迪亞斯如今已堅不可摧。」

王虎梅帝倫飛到我眼前。

「更何況這裡還是妾身的世界，王虎所主宰的城堡中。無論是什麼樣的強者，在此都毫無勝算。」

「好啦，真的是堅不可摧嗎？」

對於我的詢問，梅帝倫回以銳利的眼神。

「祢在說謊。」

「就盡情哭叫吧，小子。」

梅帝倫在空中高速奔馳。當我用魔眼（眼睛）追上祂的瞬間，身體再度受到衝擊，被撞飛出去。

「真是有趣的權能。」

「這麼悠哉好嗎？你離那些弱小的部下越來越遠了喔？」

話語響起的同時，這次是胸口遭到撕裂。雖然毫無前兆，祂確實留下爪痕，滲出鮮血。

『傑里德黑布魯斯要來了。』

米夏的「意念通訊」傳來。這不是發送給我的訊息，而是對司機室的報告。在視野的遠處，飛空城艦傑里德黑布魯斯正在與魔王列車貝爾特克斯芬恩布萊姆對峙。

『咯咯咯咯，沒想到竟然要和那艘船交戰！還真是愉快、痛快、欣喜千萬啊！』

魔王列車射出車輪，傑里德黑布魯斯的大砲噴出火光。能在空中自由翱翔的飛空城艦，輕易避開了魔王列車的攻擊，確實削減它的結界。

在地上，四艘飛空城艦卡姆拉西艦將雷伊團團圍住，展開了「剛彈爆火大砲」的彈幕。即使雷伊想要接近，速度更勝一籌的飛空城艦相對地拉開距離，絕不讓自己進到靈神人劍的攻擊範圍內。

「靈神人劍，祕奧之二——」

雷伊猛然踏住地面用力一蹬，刺出了伊凡斯瑪那。

「——『斷空絕刺』——！」

連同雷伊的身體，靈神人劍被神聖光芒籠罩，化成為一道劍光。其光量不是在米里狄亞世界展現的祕奧所能比擬，不僅吞噬了眼前的所有彈幕，甚至還超越了飛空城艦卡姆拉西二號艦的速度。

卡姆拉西艦將「飛行」的魔力集中起來，以全速進行迴避行動。大概是對方的判斷稍微快了一點，靈神人劍只擦過那艘城艦的外牆。

『……這樣就——什麼……！』

驚呼聲從連同外牆一起被破壞的「意念通訊」的魔法術式中洩露出來。「斷空絕刺」僅僅只是擦過，然而光是如此，就轟掉一半的卡姆拉西艦。

『……僅僅擦過……就將這艘卡姆拉西艦……』

雷伊的視線貫穿那艘失去外牆的卡姆拉西艦城主。正當他要再踏出一步時，膝蓋突然跪了下來。

「…………唔…………」

他將靈神人劍插在大地上，試圖重新站起來，雙腳卻無法使力的樣子。大概是發出祕奧的舉動更加促進了覺醒，伊凡斯瑪那的力量變得比方才更加強大。

「……呼唔唔……」

雷伊咬緊牙關，強忍著痛苦。他光是握住劍柄，他的一個根源就破裂了。雷伊無法完全控制住伊凡斯瑪那，遭到其狂暴的力量侵食著身體。

『就是現在——！就算城艦崩塌了也無所謂！持續射擊！』

雷伊受到「剛彈爆火大砲」的集中砲火攻擊。儘管他以靈神人劍為盾承受住攻勢，那把聖劍卻在侵蝕他。

『一號艦突擊！』

賽門的聲音響徹開來。卡姆拉西一號艦經由「艦劍城刀」，伸出無數的城劍。

法里斯認識勇者加隆。他大概認為雷伊即使處於這種狀況下，只要給他時間，就有可能將靈神人劍運用自如，所以打算一口氣分出勝負。巨大的飛空城艦貼地飛行，朝著雷伊逼近而去。

「真是遺憾呢。只要靈神人劍倒下，那邊的列車也就等同是墜落了。甚至不需要打倒你，就能分出勝負了。」

梅帝倫的前爪閃動著銀光說。

「祢最好別小看我的部下。」

突然間，卡姆拉西一號艦的機翼閃過雷光，劇烈地爆炸開來。

『右、右翼嚴重破損……！』

『怎麼會！我們甚至沒被擊中啊！』

失去一邊機翼的卡姆拉西艦從雷伊身旁掠過，數次摩擦著大地。就在險些要墜落時，勉強重新穩住了艦身。

『是、是來自內部的攻擊……！有一瞬間確認到了魔力反應。敵人侵入一號艦內，目前一部分的魔力迴路已被對方掌控！這道通訊也可能被竊聽了！』

『……是斬斷元首揮舞的艾坦艦那時嗎……？還想說他居然這麼輕易就讓我們通過，原來已經讓部下潛入了啊……』

唔嗯，很敏銳呢。

『將對外的魔眼全部轉向內側，把侵入者找出來！』

『……動力組附近有反應，然後這是……就、就在艦橋這——呃……啊……！』

我將視野移到潛入卡姆拉西一號艦的部下魔眼上。

那裡是艦橋。米莎解除「惡戲神隱」後，辛的身影便顯露出來。他正以魔劍刺穿一名虎城學院的士兵。

當他拔出劍，士兵就當場倒下。他筆直注視著一號艦的城主——賽門。

「你們去找出另一名潛入艦內的人。」

賽門這樣下達命令後拔出城劍，與辛進行對峙。其他人則無視他，立刻開始修復卡姆拉西艦與搜索侵入者。

大概是因為信賴，假如是學院首席斬城無畏的賽門・埃帕拉，就一定能將侵入艦內的賊人輕易斬殺。

「準備好劍了嗎？」

「不。」

「原來如此，真是令人欽佩的覺悟。你打算在靈神人劍的持有者復活前，為他抵擋住攻勢嗎？」

賽門眼光銳利地發出殺氣。

「我不會讓你得逞，會立刻結束這場戰鬥。」

辛一口氣衝進攻擊距離揮下魔劍。

「太慢了——」

賽門藉由比辛快上好幾個層級的速度揮劍，斬斷他的魔劍——本來應該會這樣，然而城劍就像偏離目標一般揮空了。

「——什、麼…………？」

遲了一步後，辛緩慢的一劍砍中賽門的肩頭。

「……唔唔……！」

「鏗、鏗鏘」一聲，響起彷彿砍中石頭或金屬一般的聲響。賽門的身體非常堅固，這一劍僅能稍微割開表皮，反倒是辛砍中他的劍刃折斷了。儘管如此，他露出一如預期的表情，拋開了魔劍。

「我不打算爭取時間。像他那種憑藉蠻力揮舞的劍，頂多只能砍中體積很大的城堡。」

辛把手伸進畫出的魔法陣中，拔出新的魔劍。

「你們很弱。」

「……是沒見過的劍技。再來一次試試吧。」

辛再度向前。賽門為了看清楚他的劍技，故意將劈下的劍引誘到極近的距離，然後揮出城劍。

「……唔……！」

緩慢劈下的魔劍穿過賽門揮出的高速劍擊，這次直擊了他的頭頂。雖然僅是稍微滲出血絲，辛的劍卻發出「鏗鏘」的聲響再度折斷了。

「我不懂畫，所以我曾經很討厭他。」

辛靜靜地說：

「輕視吾君的命令，一點也不想好好警戒，而是跑到戰場正中央攤開畫布。就連放跑敵人，也不是一次、兩次的事。甚至會在殘酷的大戰中，對奪取性命的行為感到遲疑。踏上戰場卻使得同伴置身危險之中的任性男人，這就是法里斯·諾因。」

辛再度拔出新的魔劍。賽門亮起自身的魔眼，意圖看穿他那一招的深淵。

「……那是以前的事吧？如今的法里斯早已克服那份天真。他自行持起劍，討伐施行暴政的惡王！這就是方才發生在你們眼前的事！」

「即使如此，吾君就連他的這份天真也一併愛著，容許了他的任性。」

辛踏出三步。賽門的城劍憑藉速度，為了斬斷他的身體疾馳而出，這次卻穿過辛的身體揮空了。

「……唔……」

辛的魔劍橫砍向賽門的身體，並「鏗鏘」一聲折斷了。

「不僅讓區區的畫家拿起劍，甚至還將他推舉為王。這種沒有度量、弱小的世界，想必讓他很絕望吧。」

辛從魔法陣中拔出魔劍，將劍尖對準賽門。

「法里斯，你就在那裡看好吧。」

辛發出冰冷的視線，向過去的戰友說：

「我會為你斬斷這個甚至不容許你握筆的膽小世界。」

§ 33 【劍理】

辛與賽門兩人互相舉起劍正面對峙著。

「你說膽小？」

賽門發出殺氣騰騰的銳利眼神。

「沒錯。」

辛朝著步步逼近的賽門，投以警戒的視線。

「連想要繪畫的願望都實現不了的不講理世界；不去反抗這份不講理，只會唯唯諾諾服從的城主們。不稱巴蘭迪亞斯為膽小，還能稱什麼為膽小？」

賽門高舉城劍大步踏出。他此時大概陷入奇妙的錯覺——兩人的距離沒有變化。自己照理說應該前進了，卻絲毫沒有縮短與辛之間的距離。

這是因為辛使用他那幾乎毫無前兆的步伐才能做到的技巧，不讓人察覺幾乎毫無預備動作的腳步動作，計算雙方之間的距離。

雖然他只不過是看出賽門踏出步伐的呼吸，跟著他一起後退而已，在察覺這點之前的短暫空檔，卻微妙地使得賽門的感覺錯亂了。

「銀城世界還說得真好聽。你們沒有勇氣離開庇護自己的城堡，就只是膽小的戰士。」

辛的魔劍刺向賽門的魔眼。在要刺穿眼球之前，依舊是魔劍發出「鏗鏘」一聲折斷了。

他的魔眼（眼睛）只是滲出些許血絲。

「這對下定決心戰鬥的法里斯來說，也是一種侮辱啊。」

賽門的身影化為兩個人。那不是魔法，而是殘影。看似只是在輕快走動的他，實際上卻是以高速移動，迷惑著辛的視野。

以技巧對抗技巧。他大概想反過來擾亂辛那會讓呼吸與距離錯亂的步法。

「我們一直在等待真正配得上巴蘭迪亞斯的王者出現。忍受屈辱、啜飲泥水，不斷忍耐不拔出城劍。即使被批評是膽小鬼，這也是我們的戰鬥！即使捨棄榮耀與性命，也要構築祟高的城堡！這就是城魔族的靈魂！」

賽門的分身一齊襲向辛。快到看不見的突刺，再度穿過辛的身體。

不過這次跟方才不同，辛沒能完全避開，臉頰滴下血珠。

「我的戰友法里斯一直在等待光。溫柔無欲的他，似乎從未想過要由自己來成為元首。正因為如此，我們才證明了！交出自己的性命向他證明，他確實是足以擔任元首的人才！」

賽門的速度再度提升。在深層世界巴蘭迪亞斯裡足以自稱首席的城魔族，展現出比辛快上好幾個層級的速度，擾亂著他的視野。

「法里斯以他的靈魂回應了我們！他作出戰鬥的決心討伐卡爾汀納斯，立下誓言要在這片銀水聖海上構築名為巴蘭迪亞斯的真正銀城！已經無人能夠阻擋我們的霸道了！」

分身為六人的賽門展開迅雷不及掩耳的連擊。每過一秒，辛的身體就濺出鮮血。縱使他憑著步法與操控肢體勉強避開致命傷，可是賽門實在太快了。

他的衣服眼看著被染成一片朱紅。即使如此，他的眼神依舊銳利。

「交出性命，證明他是元首的人才……嗎？」

辛的身體輕輕晃動。就像要擾亂賽門的知覺一樣，他向前走去。

「難道不是以自己的性命作為人質，威脅他聽命嗎？」

辛在賽門即將刺中的瞬間避開攻擊，同時刺向他的左胸。他漂亮地擊中本體，制止了賽門的移動。

鮮血從他身上流出的同時，辛的魔劍也粉碎了。

「假如當時法里斯不討伐卡爾汀納斯，你們城主應該會連同族人一起被滿門抄斬……即使如此，你還能說他是自己下定決心選擇這條路嗎？」

在極近距離下，賽門與辛互相瞪視。

「他很貪心，甚至會在戰亂的時代追求和平。」

「正因為如此，他才會下定決心走上霸道。」

「你難道從未想過，他真的在等待光嗎？」

賽門斜斬揮下劍。

「他只能自己成為光！因為最適合的人就是他啊！只要成就霸道，不論如何他都能取得一切。」

高速的斬擊淺淺地劃開辛的胸口。他從魔法陣中拔出新的魔劍。

「走在霸道之路的人，看不見自己的背影。」

賽門再度揮出的斬擊，在喘息之間已達一百下。在倏地穿過這波攻勢後，辛來到了他的背後。

「有誰能畫得出來看不見的背影呢？」

辛將魔劍對準賽門的背。

「……俯瞰自己這種事，就連我的魔眼也辦得到。假如他想畫，只要盡情去畫就好。」

賽門將注意力集中在對準他的魔劍上回答。

「我也這麼想。」

「……什麼？」

「所以，你一點也不懂。就跟我一樣。」

業炎劍祕奧之五——「轟魔炎獄」。以渾身力量揮出的無形炎刃砍中賽門，並且將他焚燒。纏繞著他的炎刃絕對不會脫離，不論他的身體有多麼堅固，這把劍都不會折斷。反魔法一分一秒地遭到突破，燒灼著皮膚，烤焦著肉體。在這個瞬間——

「『堅塞固壘不動城』。」

賽門喃喃低語。銀城世界巴蘭迪亞斯最上級的築城屬性魔法創造出彷彿城堡的鎧甲，覆蓋住他的全身。辛發出的炎刃瞬間消散。

「業炎劍祕奧之六——」

炎刃瞄準鎧甲縫隙之間的後頸。

「——『赤熱紅蓮』。」

加熱到極限的紅蓮之刃，足以燒斷根源的「赤熱紅蓮」，砍中賽門的後頸，然後被彈了開來。不只是劍身，就連辛手中的劍柄都一併消滅了。

「你的殺手鐧就這點程度嗎？」

賽門就像感到失望似的說。

「法里斯的戰友，雖然我作好了以防萬一的準備，看來似乎沒有警戒的必要。」

穿上城鎧的賽門迎面衝來。辛拔出新的魔劍劈下，卻被城劍輕易地打掉。與此同時，辛的大腿被割開，淌流著鮮血。

「假如光說漂亮話就能改變世界，就算要我說到聲嘶力竭也無所謂！」

攻守在瞬間逆轉。辛被砍中肩膀、劃破臉頰、刺穿腹部，眼看著被逼入絕境。

「法里斯也注意到了這件事！繪畫無法拯救任何人！唯有構築強韌且不會屈服於任何人的強大城堡，才能實現巴蘭迪亞斯的平定！」

賽門理解到辛最大的攻擊無法造成致命傷後，便將距離與呼吸全都拋諸腦後，憑藉「堅塞固壘不動城」的鎧甲一路猛攻。他使出就算被砍中也無所謂的捨棄攻擊，這樣一來辛的技巧與步法也難以生效。

「你的話語就跟你的劍一樣！雖然美麗、能迷惑敵人，卻沒有速度、沒有力量，也沒有重量。就連我一個人都斬不了的男人，竟敢誇口要斬斷巴蘭迪亞斯！」

辛試圖用左手拔出另一把魔劍，賽門卻快他一步，連同魔法陣一起將那把魔劍打斷，於是辛立刻將右手的魔劍刺進賽門的鎧甲縫隙裡。伴隨「鏗鏘」一聲，能聽到堅硬的聲響，連一層表皮都沒能刺破。

「看吧。這就是現實，這就是世界的秩序。倘若有能抱怨這是錯誤的時間，我們寧可拿去斬殺眼前的敵人。」

「你們像這樣為自己找藉口，逃離了『秩序』這個真正的敵人。不要再以自己的弱小為武器去脅迫同伴了，挺身迎戰敵人才是真正的戰士吧？」

「夠了，給我閉上嘴巴。」

辛以手上的魔劍擋下賽門揮出的城劍。一道悶聲響起，他憑藉臂力將辛整個人打飛到空中。轉瞬間，賽門的魔力化為虛無，以其根源掌握了城劍。

「斬城劍祕奧之一——」

辛落地之後，迸發魔力的斬城劍隨即劈下。

「——『寒風一刀』。」

那是肉眼看不見的不可見斬擊。斜斬揮下的巨刃，連同天花板與城堡的內牆將辛的身體從肩頭斜斬成兩段。

「你再也說不了漂亮話了。」

賽門揮去血跡將斬城劍收入鞘中後，便轉身離開。太過銳利的一劍，使得辛的身體在數瞬後才錯開滑落。就在這剎那間，辛的手臂動了起來。他從魔法陣中拔出魔劍刺進自己的身體，將被劈成兩段的身體縫了起來。

「方才的祕奧並不壞呢。」

辛再次拔出一把能療傷的魔劍——再生劍克赫斯刺入自己的身體，將錯開的身體強行歸位、縫合起來。

「我想你應該十分清楚我們之間的實力差距了。」

賽門轉過身來。

「這份差距可沒小到你能以命相抵。」

「我差不多也適應這個小世界了——多虧與你交手。」

斬城劍再度出鞘。賽門說：

「即使適應了，你的實力也不會增加。」

他向前踏出一步。跟方才一樣，是憑藉「堅塞固壘不動城」的鎧甲進行不倒的猛攻。正是這種一點也不精湛的純粹暴力，封鎖了辛豐富的技巧。

「更何況還是用那副半死不活的身體！」

斬城劍毫不留情地劈下，辛的魔劍卻將其撥了開來。

「什麼……？」

二擊、三擊、四擊，辛完全跟上賽門以高速揮出的劍擊。

「嘖！」

賽門猛然加速，以目前為止最快的速度繞到辛的背後。

「只是速度快的多餘動作。」

金屬的「鏗鏘」聲響起。賽門的斬城劍被彈開、在空中轉了好幾圈後，刺在了地板上。

「……你方才沒用全力嗎？」

「不，就只是開始適應罷了。」

辛踏出一步揮出魔劍。賽門大步跳開，在避開這一劍後，撿起插在後方的斬城劍。

「即使適應了，你的速度與力量也不可能提升。」

賽門亮起魔眼試圖窺看辛的深淵，想要明白他為何到了這時候才突然與自己勢均力敵。

「倘若憑藉蠻力揮舞，情況應該就和你說的一樣。」

賽門以斬城劍擋下辛高舉劈下的魔劍。突然間，超乎尋常的重量使他的膝蓋彎曲。

「這個第二巴蘭迪亞斯比我們的米里狄亞世界還要深層，所以不論是劍的重量、魔力場，甚至是纏繞在身上的空氣，所有作用都會發揮得更為強烈。」

「……既然如此，你應該無法自由行動……」

「你這樣就理解錯了。在這個第二巴蘭迪亞斯，我的劍會比在米里狄亞世界來得更快、更沉重。」

辛猛然使勁之後，賽門的膝蓋就彎得更低。他在勉強撥開這道攻擊後，便往後方退去。

「如果要合乎道理地揮劍，一切的枷鎖將會反轉。重力與魔力場會使劍變得更快、更重，並且更強吧。」

賽門的劍就像要迎擊向前走來的辛，以最短距離筆直地刺出。與之相對，辛的魔劍則畫出既長又複雜的軌道。倘若考慮到距離，應該是賽門的劍比較快。儘管如此，辛的劍還是先擊中了對方。

「……唔……！」

魔劍刺進鎧甲縫隙。縱使依舊連一層皮膚都沒能割開，這道不太強烈的疼痛還是讓賽門露出痛苦的表情。

「築城的秩序是這個世界最強的力量吧？因此能斬下秩序之城的劍最合乎道理。只要能做到這點，就不需要任何力量。」

「……在巴蘭迪亞斯，築城會比劍來得強大……所以這種事絕對不可能……」

「那你就用魔眼（眼睛）凝視，窺看這把劍的深淵吧。」

辛再次將劍壓向賽門。彷彿得到巴蘭迪亞斯的秩序協助一樣，魔劍以米里狄亞世界的數倍力量與速度疾馳而出。

「……唔唔唔唔唔……！」

「當劍的秩序達到最大，築城的秩序達到最小，兩者交匯的一點，就能成為破解秩序的劍技。這就是劍理。」

能看穿這一點的魔眼（眼睛）自然不在話下，但要斬斷並不是一件普通的事情。不僅速度要夠快，力量也要夠強才辦得到。只有實現合乎道理的絕妙劍技時，唯有在使用這個劍技斬擊的瞬間，魔劍才能夠斬斷秩序。

重力、魔力場與大氣，一切的秩序枷鎖都將化為斬擊的助力。不論是力量、速度還是魔力，賽門都更勝於現在的辛。即使如此，憑藉力量揮舞的劍無法達到辛的境界。假如是在米里狄亞世界，雷伊應該也做得到相近的事情。重複無數次死與新生的根源與身體，讓他理解了正確的揮劍方式。

然而，能在初來乍到的第二巴蘭迪亞斯輕易做到這一點的人，我的部下當中就只有辛。

「啊……唔姆！」

賽門即使吐血了，還是噴出魔力讓雙腳陷入地板裡穩住身體。他伸出左手用力抓住那把魔劍。

「——劍要是停住了，應該就有辦法打斷！」

他以渾身力量劈下的斬城劍，猛烈地砍在辛的魔劍上。然而，儘管劍刃崩口了，還是沒能打斷那把劍。

「……什麼…………？」

「唯獨這把魔劍從方才開始就一直沒斷吧？」

辛再度踏出一步。他就這樣刺出魔劍後，賽門的鎧甲縫隙之間便滲出鮮血。

「『剛彈爆火大砲』！」

爆炸烈焰在極近距離下射向了辛。雖然一度以為成功直擊了，賽門的視線隨即變得凝重起來。辛將魔劍拔出他的腹部，擋住了「剛彈爆火大砲」。

賽門在跳開的同時連續發射出「剛彈爆火大砲」，可是這些攻擊全都被辛斬斷了。

「……那是什麼魔劍？」

「落城劍梅茲貝萊塔。由於只能斬城，劍刃並不怎麼鋒利，在米里狄亞世界沒有能拔劍的機會。」

隨著爆炸聲響，被斬斷的火焰形成漩渦。

「巴蘭迪亞斯好像不擅長應付這把魔劍呢。」

這大概是因為銀城世界的特性，以及城魔族這個種族的緣故。他們的本質恐怕是城。即使穿過鎧甲的縫隙，也無法刺穿賽門的皮膚，可能是藉由「堅塞固壘不動城」將他的身體本身變堅固了。正因為本質是城，才能以築城屬性的魔法強化自己。

辛恐怕是在戰鬥的過程中，因為魔劍在米里狄亞世界與此處的些許力量增減，使他察覺到這種性質的差異。他懷著這種猜測，試著拔出落城劍梅茲貝萊塔，想不到正中巴蘭迪亞斯的弱點。

「……怎麼會……你們主神的秩序，不是轉動……車輪與葉輪嗎……？為何會有與巴蘭迪亞斯的秩序相反的偏頗屬性魔劍……？」

「那個只是普通的交通工具。」

「別裝傻了。你們的元首就像葉輪一樣旋轉了吧？」

「吾君會抓著城堡一起旋轉，不過是一時心血來潮，請別在意。」

「只是心血來──！」

賽門瞪大眼睛。辛穿過「剛彈爆火大砲」的彈幕，逼近到他的眼前。

「──可惡，竟然用這種手段動搖我！」

賽門的斬城劍如閃光一般揮出，目標是將辛的身體連接在一起的再生劍。以「寒風一刀」斬斷的身體還沒有完全治好，只要破壞掉那把魔劍，辛大概就會動彈不得。然而，辛的落城劍梅茲貝萊塔卻比閃光還要快速地打掉賽門的斬城劍。

以劍理劈下的梅茲貝萊塔即使劍刃崩口，還是微微傷到了賽門的後頸。賽門咬牙撐住這一擊，再度高舉城劍。

「斬城劍祕奧之一──」

不可見的斬擊在極近距離下揮出。

「落城劍祕奧之三──」

與此同時，辛當場轉了一圈，將魔劍的力量解放開來。

「──『寒風一刀』。」

梅茲貝萊塔纏繞著巨大的魔力，其模樣就像要打破城牆的攻城武器。

「──『破城槌』。」

伴隨著震耳欲聾的衝擊聲響，斬城劍從賽門的手中脫離。

在不可見的斬擊揮下之前，辛的「破城槌」搶先一步刺中了賽門的腹部。「堅塞固壘不動城」的鎧甲碎裂崩落，與此同時落城劍的劍刃也粉碎四散。即使是銀城世界的弱點，淺層世界的魔劍似乎仍舊無法承受住這一擊。

「抱歉──」

賽門的手握住辛刺在身上的再生劍，並在上頭畫出「剛彈爆火大砲」的魔法陣。

「是我贏──」

賽門就像懷疑自己看到了什麼一樣注視著那個。

辛端正地握著從他手中脫離的城劍。

「『寒風一刀』。」

在不可見的斬擊之下，城堡內牆被劈開，賽門的腦袋飛離了身體。

「……才剛……握住……就領悟了……斬城劍的祕奧…………」

他的身體倒下，腦袋在地板上滾動。辛站在一旁，以斬城劍解下別在制服胸前的帕布羅赫塔拉校徽，將其彈飛到空中。

「不論要我說幾次都行。」

辛接住校徽，對著無法動彈的賽門說：

「你們以這是世界的秩序為藉口，逃避了現實。」

§ 34 【主神的天敵】

第二巴蘭迪亞斯的空中──

從右至左、從左至上，王虎梅帝倫踏著天空，縱橫馳騁地高速穿梭。

「小試身手就到此為止了。讓妾身見識你的真本事吧，否則──」

祂的身影剛晃動一下，便出現在我的眼前。

「──就要吃掉你嘍。」

祂張開嘴巴，尖牙閃閃發光。我將右手伸入祂想將我從頭咬掉的大嘴。

「盡情吃吧。」

我在王虎的體內畫出魔法陣，射出「霸彈炎魔熾重砲」。轟鳴迴蕩，蒼藍恆星洶湧肆虐，迸發出無數的火花。

「……果然呢。」

儘管遭到轟飛，梅帝倫仍然咧嘴笑了出來。

「卡爾汀納斯的話一點也無法信任。想不到居然是『霸彈炎魔熾重砲』呢。這豈是只會用溯航術式的問題啊。」

梅帝倫毫無驚訝之色，在輕盈翻身後，就像不曾發生過任何事一樣地站在空中。

「小子，你是跟誰學的？」

「沒什麼，我在森林散步時，一位路過的男人教的。」

我畫出十門魔法陣，射出蒼藍恆星。「霸彈炎魔熾重砲」在空中畫出弧形，彷彿要封住退路一般從四面八方逼近，上頭卻突然出現銀色的爪痕，隨即又四散消失了。

沒有揮動爪子的跡象，只有爪痕突然出現。射進體內的「霸彈炎魔熾重砲」也是被這招消滅的嗎？

「你在隱瞞什麼呢。」

梅帝倫的神眼（眼睛）散發光芒凝視著我。

「才剛來到銀海，就習得比巴蘭迪亞斯還要深層的魔法，並且擁有靈神人劍伊凡斯瑪那。是跟聖劍世界海馮利亞還是跟他們的仇敵災淵世界伊威澤諾有所聯繫嗎？」

祂一面在空中奔馳，一面試探般的詢問。

「某個深層世界將你送到帕布羅赫塔拉。只要賦予你深層魔法和伊凡斯瑪那，小看你們是泡沫世界而掉以輕心的敵人，就會有很多破綻能趁虛而入。」

「懷疑我有後盾或許很合理。不過，梅帝倫，你有沒有考慮過，其實我比他們還強的可能性？」

「你很擅長裝傻呢。假如不想死，就給妾身一五一十地招來。」

梅帝倫的前爪閃著銀光。

「不然就等著被撕裂吧——被這個連城堡都能攻陷的『破城銀爪』。」

我從正面用雙手接住梅帝倫如閃光般衝來的身體。緊接著，祂的爪子明明沒有碰觸到我，我的背上卻劃過了銀色爪痕。就像無視身上的反魔法一樣，根源遭到撕裂，使得魔王之血隨著鮮血一起湧出。

我在與隆克魯斯的戰鬥中受到的傷勢尚未痊癒，毀滅的根源開始在我的體內洶湧肆虐。

「以泡沫世界的居民來說，你這元首挺結實的呢。還真是讓人傻眼。」

突然間，視野裡閃過神的魔力。這並非來自眼前的王虎，而是來自奧特露露創造的水結界之外，第二巴蘭迪亞斯的天蓋。

顛倒聳立的長城正閃耀著銀色光芒。那座城堡就像要圍住這個世界一樣，從天蓋延伸到大地，繞了一圈再度回到天蓋。那是覆蓋住小世界的城堡圓環。這種圓環還有另外一道，並與另一個圓環互相交錯。

「唔嗯，那座長城就是祢的權能吧。」

「你總算注意到了呢。」

就像揭開隱藏的面紗一般，覆蓋世界的城堡開始發出龐大的魔力。

「石牆堆疊化城池，因果累積形長城。城即因果，因果即城。眾城疊起一世界，高聳立起王虎巢。」

隨著梅帝倫的話語，我感覺到世界的秩序扭曲了。彷彿與覆蓋世界的長城發生共鳴一般，王虎梅帝倫的銀毛閃耀光芒。

「『因果長城』海斯本伊耶利亞。」

剎那間，頭部感到一陣強烈衝擊，將我整個人打飛到正下方。

「這個世界乃是妾身的城堡，疊起的石牆即是世界的因果。明白了嗎？巴蘭迪亞斯的因果，全在妾身的支配之下。不論築城還是崩城，全在妾身的一念之間。也就是說，妾身能消除原因，直接得到結果喲。」

所以祂能消除揮爪擊中身體的原因，直接得到留下爪痕的結果嗎？挺像是主神會擁有的權能。

「這座銀城能自由自在地操控一切的結果。早在你來到此地時，就已注定會敗北。」

我在空中翻身，降落在大地上。結界的水花濺起，地面更是撞出一個巨大的坑洞。

「祢大話說過頭了。」

我以染成滅紫色的魔眼，從地上瞪著囂張地浮在空中的王虎梅帝倫。

「如果祢能完全支配因果，為何方才那一擊沒能毀滅我的根源？」

梅帝倫並未回答，只是以猙獰的眼神看著我。

「如果祢能自由自在地操控結果，要讓法里斯當上元首應該是小事一件，然而祢並沒有這麼做。因為祢辦不到。」

我緩緩地將指尖指向祂。

「基於城堡的性質，祢能做到的事情，或許就如同祢方才所說，不是消除因果，就是累積因果。即使能消除因果，只將結果強加在他人身上，祢能消除的原因也有極限。就算祢能無視揮爪的動作與擊中我身體的原因，頂多只會得到留下爪痕的結果，無法消除我根源發出的抵抗。」

倘若消除太多因果，城堡本身也會無法維持。縱使似乎也能累積原因，得到更強烈的結果，這理所當然有極限。

「祢那支配因果的權能，應該頂多只能影響祢一隻前腳所能觸及的範圍。在這個狹小的世界裡，或許這樣就很足夠了。」

我揚起無畏的笑容說：

「但不論祢消除多少原因、累積多少結果，簡陋的城堡終究比不上我。」

「的確，妾身只能消除或累積因果——現在是這樣呢。」

梅帝倫一副被看穿也不以為意的模樣說：

「妾身有法里斯在。只要他當上元首，不久後就能將這座『因果長城』畫成自由自在的形狀。巴蘭迪亞斯會達到更深層的位置，妾身的四隻腳將全部都能觸及因果。等到終於抵達深淵之底，妾身的思考就能支配銀水聖海的因果。」

「咯咯」笑聲在空中迴蕩。

「如此一來，只需一個動念就能實現一切，你只不過是過程中的一個環節。如今法里斯已成為妾身的所有物，世上再也沒有障礙能阻撓這個夙願。」

「破城銀爪」閃動光芒，無視距離與原因，從背後貫穿了我的胸口，大量鮮血從我的胸口與嘴中湧出。

「喏，不適任者？就算不可能讓法里斯當上元首，在戰鬥中也只需要一隻前腳便足夠了吧？要說大話，至少等對妾身留下一道擦傷之後再說吧。」

「唔嗯，祢說的擦傷——」

我拔出二律劍。在以其魔力施展「二律影踏」的同時，狠狠踩住梅帝倫的影子。

「……嘎、唔嘎嘎嘎嘎嘎啊啊啊啊啊啊啊啊啊啊啊啊啊啊啊啊啊啊啊啊啊啊啊啊啊啊啊啊啊啊啊啊啊……！」

就像被從空中用力踩住一般，梅帝倫的身體猛烈墜落，激烈地撞擊在大地上。

「——是這種程度嗎？」

不論怎麼消除、累積一隻前腳的因果，自己的影子都無法消失。這把二律劍充分地積蓄了我的毀滅魔力，要是被其以「二律影踏」擊中，自然會是這種結果。

「……咕、姑姑唔唔……這……這是……」

在大地裂開的嘎吱聲響中，梅帝倫忍不住驚愕地說：

「……這是……遠比『霸彈炎魔熾重砲』還要深層的……不對……豈止如此——」

我朝著正要站起的祂的影子丟出六把「影縫鏃」，縫住了祂的身體。

「唔唔……這是……」

我重新踩住梅帝倫的臉。

「……這該不會……該不會……該不會是……」

王虎一臉難以置信的表情說：

「……二律僭主……的魔法嗎……！這種事情、這種魔法，應該只有在那個不可侵領海才有辦法施展啊……！」

她以充滿驚愕的眼神注視著我。

「……到底……？你……到底是誰……？」

「為了避免祢再次忘記這點，我就刻在祢的頭蓋骨上吧。我是暴虐魔王阿諾斯．波魯迪戈烏多。」

我反手握住二律劍，朝著梅帝倫的頭頂揮下。

「……想不到妾身——」

劍刃並未擊中。無論怎麼施力，劍刃都無法抵達祂的頭部，彷彿刺中祂頭部的結果被消除了一樣。

「哦？」

「——想不到妾身竟會被泡沫世界的不適任者逼出這一招！」

梅帝倫的身體開始覆蓋起宛如城堡一般的鎧甲。聳立在天蓋上的「因果長城」海斯本伊耶利亞，正朝著祂灑落銀色光芒。

「長城甲冑海斯本伊耶利亞——」

「唔嗯，是受到因果守護的鎧甲啊？真不愧是叫做銀城世界，這似乎不是能輕易攻陷的東西。」

我緩緩收回二律劍。

「機會正好。」

我抬頭看向上方。朝空中射出的齒輪上載著一名少女。

「妳那招是否真的是對主神使用的權能，就來試試看吧。」

少女靜靜地點了點頭。

「月不升，日將沉，無神之國春陽照。」

靜謐的詠唱在第二巴蘭迪亞斯響徹開來。

「『背理六花』里拜伊赫魯奧爾塔。」

熊熊燃燒的巨大冰花出現在亞露卡娜的背後，凍結與燃燒同時發生。在這矛盾的權能之前，王虎梅帝倫正要穿上的長城甲冑當場凍結，並開始熊熊燃燒。

「不論是什麼魔法還是力量，都無法傷害在巴蘭迪亞斯上聳立的銀城。這個小世界的一切因果，都將會守護妾身的城堡——」

梅帝倫突然瞪大眼睛。因為圍繞著第二巴蘭迪亞斯的銀城——「因果長城」海斯本伊耶利亞伴隨嘩啦啦的聲響開始崩塌，世界的秩序眼看著開始錯亂。

「……怎……………………………怎、麼、了？這是……？」

「因果長城」崩塌，其巨大的瓦礫朝著王虎梅帝倫紛紛落下。

「唔……不……可能……不可能……………妾身的城堡……怎麼可能會加害妾身……！」

由於守護主神的因果錯亂，那座城堡開始襲擊梅帝倫。銀城的瓦礫紛紛砸來，逐漸將祂的身體壓垮。

「呀……呃……怎麼會！這是……妾身的力量……在消失……正在漸漸消失……」

祂被埋在瓦礫堆下忍不住發出悲壯的喊叫：

「……支配巴蘭迪亞斯的……主神之力啊啊啊……！為什麼！不可能啊！不論是多麼強大的權能，哪怕是不可侵領海，也唯獨不可能消除妾身的權能……！這到底是……這到底是怎麼一回事……！你究竟做了什麼，不適任者──！」

「在我的世界裡，有個敗給我的不適任者。這是他為了預防主神誕生，創來對抗的手段。我想確認一下有沒有效果。」

一塊格外巨大、前端尖銳的銀城一部分，筆直地當場墜落下來。

「扭曲秩序，加以背理。我乃逆天背理的不順從之神。」

伴隨「咚──！」的聲響，瓦礫將瓦礫撞飛。尖銳的城堡瓦礫貫穿梅帝倫的身軀將祂壓垮，梅帝倫被自己創造的銀城掩埋起來。大概是因果的權能錯亂了，瓦礫保持著奇妙的平衡在王虎的身上層層疊起。

勉強沒被埋住的只有頭部。喪失主神擁有的一切權能，祂大概連要抵抗都無能為力。

「有效嗎？」

亞露卡娜一面說，一面從天空降落而下。

「立竿見效。」

聞言，她害羞地露出微笑。

行動。

「魔力還撐得住嗎？」

「只要不施展里拜因基魯瑪，大概能維持數分鐘吧。相對地，無法給祂最後一擊。」

一旦「背理六花」消失，梅帝倫就會再度取回祂的權能。目前還只是封住了祂的力量與

「可能無法完全封住其他世界的主神權能。」

「這也來確認一下吧。」

我以二律劍砍下梅帝倫的腦袋。

「……你想……做什麼……不適任者……？」

即使只剩下腦袋，梅帝倫還是能夠發出話語，還真是頑強。祂只是無法動彈，根源還保有充分的魔力。

「只要我想毀滅祢，祢應該就會在那之前投降，這麼一來就無法奪回法里斯。」

我抓起王虎的腦袋，飛向正在持續展開砲擊戰的魔王列車與傑里德黑布魯斯。

「就讓祢待在特等席好好觀賞巴蘭迪亞斯一敗塗地的模樣吧。」

§ 35　【破壞的天空】

爆炸聲響徹天際，發出「嘎吱嘎吱」的齒輪轉動聲。在展開魔法砲擊戰的同時，飛空城

艦傑里德黑布魯斯與魔王列車貝爾特克斯芬恩布萊姆在空中奔馳。

儘管被纏繞爆炸烈焰的大砲「剛彈爆火大砲」擊中，魔王列車依舊朝著傑里德黑布魯斯正面撞去。以即將正面相撞的速度，雙方的距離眼看著漸漸趨近零。

『傑里德黑布魯斯已達連射極限。距離下一發裝填，預測還需要六秒。』

米夏的聲音傳了出來。

『全砲臺瞄準就緒！』

『還不行。給我貼上去。』

耶魯多梅朵向砲塔室發出指示。

『變更方向。目標是傑里德黑布魯斯的正中央。』

『是、是要撞上去嗎？』

『咯咯咯。』

耶魯多梅朵不以為意地用手杖轉舵，將行進方向轉向傑里德黑布魯斯。

『如果能撞上不就賺到了嗎？你們真以為那位創術師的駕船技術會這麼糟糕嗎？』

司機室的學生們瞪大眼睛。傑里德黑布魯斯在險些要撞上的瞬間，猛然改變了行進軌道，使得飛空城艦避開了魔王列車。

『開砲。』

『這次一定要打中！去吧──────！』

砲塔室響起粉絲社們的聲音。

『『『「古木斬轢轉輪」！』』』

他們在擦身而過的同時，朝著傑里德黑布魯斯陸續射出陳舊的轉輪。距離「剛彈爆火大砲」的下一發裝填還需要一秒，對方沒有能擊落攻擊的砲彈。面對以零距離射出的齒輪，傑里德黑布魯斯只是加速。破風飛馳、翱翔天際，那雙翅膀以超出砲擊的速度飛離。

『騙人！竟然飛得比魔法砲擊還快，他們是怎麼辦到的？』

砲塔室的愛蓮發出難以置信的叫喊。而且傑里德黑布魯斯在巧妙避開會追蹤目標的「古木斬轢轉輪」的同時，還使出一個翻轉瞬間來到魔王列車的背後。

『咯咯咯，被咬住尾巴了不是嗎！』

魔王列車的所有車廂一齊冒出滾滾濃煙。

『「彼邊此邊煙列車」！』

當濃煙倏地消散後，魔王列車的最尾端車廂就變成首節車廂。在與傑里德黑布魯斯展開空戰之前，他們以「彼邊此邊煙列車」的煙霧幻影，讓魔王列車的前後模樣顛倒過來。也就是說，他們方才一直在倒車行駛。

『讓車輪與第五齒輪連結，全速前進。』

『收到！與第五齒輪連結，全速前進！』

在耶魯多梅朵的指示下，齒輪立刻從後退切換為前進。基於列車的特性，貝爾特克斯芬恩布萊姆不論前進後退都能達到相同的速度。不過，因為司機室與煙囪位在首節車廂上，操控性能還是前進時較為優秀；煙霧結界也是前方最為厚重，背後最為薄弱。

法里斯沒料到他們至今一直都在用防禦最薄弱的尾端衝鋒，於是瞄準了列車的最尾端，但這正是耶魯多梅朵所下的豪賭。

『咯──咯、咯、咯！衝鋒、衝鋒、衝鋒啊啊啊啊啊！』

為了不被魔王列車甩開，傑里德黑布魯斯以全速追擊。可是列車突然緊急煞車，並更進一步地開始逆向行駛，使得雙方以超出方才的全速逐漸逼近，連要緊急煞車都來不及。如果是以這種速度相撞，不管怎麼說都實在難以迴避。

『等、等等！你真的要撞上去嗎！要是撞上傑里德黑布魯斯的城牆，就怎麼樣都沒辦法全身而退喲！』

『無所謂、無所謂、無所謂啊！要是不這麼做，怎麼可能打得中那艘快得要死的船不是嗎！就相信魔王的魔法吧！』

耶魯多梅朵輕易地駁回莎夏的警告。

『雖然一定會很吃力，但我會努力喔！』

「聖域白煙結界」的光芒增強，多重結界展開。伴隨著震耳欲聾的轟鳴聲，他們縱使受到「剛彈爆火大砲」的集中砲火，集中在前方的結界還是擋住了攻擊。

魔王列車轉眼間就逼近到傑里德黑布魯斯的魔法城牆之前。就在即將撞上的瞬間──這次是煙囪冒出的白煙消失了。「聖域白煙結界」緩緩地逐漸消散。在司機室投煤的一名學生──司爐就像耗盡全力似的倒了下來。

「古木斬轢轉輪」的第五齒輪速度和「聖域白煙結界」，都少不了魔王列車的動力，需要火箱燃燒煤炭。投煤速度已經超出訓練水準的他們，終於達到極限了。

『——咯咯咯咯，輸到血本無歸了不是嗎！』

耶魯多梅朵欣喜地感嘆豪賭的失敗。在「聖域白煙結界」正在逐漸消散的狀況下，要是撞上傑里德黑布魯斯的「監牢結界城牆」，大概會當場車毀人亡。

『你還是喜歡無法預期結果的轉印法呢，熾死王。你的戰鬥帶有超現實主義的美學。』

在收到法里斯「意念通訊」的同時，魔王列車撞上傑里德黑布魯斯的魔法城牆。防壁與防壁才剛「啪」的一聲撞上，消散中的「聖域白煙結界」就突然完全消滅了。突然間，法里斯故意解除了自己船上的魔法城牆。

『雖然不是我的興趣，這麼做也別有一番趣味呢。』

他利用解除城牆產生的些許空間，讓傑里德黑布魯斯華麗地避開魔王列車的撞擊。並在與長長的車廂擦身而過的瞬間，只發射了兩次「剛彈爆火大砲」。

『連結部位有兩處中彈。第一、第二、第三貨物室墜落。』

米夏的聲音響起。收納火露的貨物室全都脫離了魔王列車，開始墜落。假如那些火露被奪走了，銀水序列戰就會敗北。傑里德黑布魯斯迅速轉向，朝著貨物室飛去。

『發射「吸收引力齒輪」。』

『收到！』

『「吸收引力齒輪」發射！回收回收！』

砲塔陸續射出「吸收引力齒輪」。那些齒輪正要回收墜落的貨物室，卻被傑里德黑布魯斯發射的「剛彈爆火大砲」擊碎了。

憑魔王列車現在的速度，無論如何都追不上法里斯操控的傑里德黑布魯斯。眼看著逐漸逼近貨艙的飛空城艦，當場畫出一個魔法陣。他們打開城牆，要將貨物室裝進城內——

「『霸彈炎魔熾重砲』。」

隨著一道「轟隆隆隆隆隆隆隆！」的轟鳴響徹，「監牢結界城牆」被打出一個大洞。

我朝大洞伸出「森羅萬掌」之手，將三個貨物室拉到身旁。

「咯哈哈，還真是可惜啊，法里斯。」

我施展「飛行」讓貨物室飛離，趕來的魔王列車將它們接回列車上。

「你們的主神已淪為這副模樣了。」

我亮出王虎梅帝倫的腦袋，竊聽著在傑里德黑布魯斯內部此起彼落的「意念通訊」。儘管應該能以反魔法防止，法里斯並沒有阻止我這麼做。既然主神已經落到我的手中，他們就只能遵從了。勝敗就像已成定局一樣。

『……………啊……』

『…………什麼………』

『………我的天呀………』

能聽到倒抽一口氣與茫然自失的聲音。

『……梅帝倫大人竟會變成如此悽慘的模樣……』

『……………這是何等的惡夢……？無法置信……在這個第二巴蘭迪亞斯，我等城魔族的世界裡，「因果長城」竟會被如此輕易地擊墜……』

『那名少女做了什麼……？感覺……似乎是神族……？』

『……這是並非主神的神將主神打倒的意思嗎？那是掌管什麼的神？怎麼可能會有這種秩序存在……』

『賽門大人似乎也輸了……包圍網被瓦解，飛空城艦卡姆拉西艦全都失去反應……』

傑里德黑布魯斯艦內傳來驚愕的話語。

『……獨自擊敗賽門大人的劍士、那個靈神人劍伊凡斯瑪那的使用者，以及能封住主神秩序的未知神族。不只是元首，竟然連部下都是一群怪物……？』

『米里狄亞世界的魔王學院，他們究竟是何方神聖……？雖然沒有小看他們，不管怎麼說，他們以不適任者來說未免也太強了……！』

『……儘管曾經想過他們不是平白自稱魔王……沒想到竟然強到這種程度……』

城魔族們被赤裸裸呈現在眼前的結果嚇得膽顫心驚。他們的船已經只剩下一艘了。

『真是敵不過您呢，陛下。即使用上巴蘭迪亞斯的全力，也一樣不是您的對手。』

「不，現在只不過是分出遊戲的勝負罷了。戰鬥還沒有結束。」

我上升到魔王列車的高度，俯瞰目前仍悠然飛在空中的傑里德黑布魯斯。

「法里斯，你和傑里德黑布魯斯還尚未倒下，是城魔族們在戰場上看到的希望之翼。倘若不將那對翅膀折斷，巴蘭迪亞斯就無法從惡夢中醒來。」

即使勝敗早已成為定局，我還是向法里斯說：

「這是最後的勝負。就以那對翅膀，飛到我的魔王列車這邊來吧。如果辦得到，我就將這場銀水序列戰的勝利讓給你。」

為了給予他們澈底的敗北，我特意製造巴蘭迪亞斯勝利的機會。

『假如無法讓翅膀抵達列車會如何？』

「你就回到我身邊作畫吧。畫出那一天你跟我約定好的和平畫作。」

片刻的沉默——傑里德黑布魯斯被一道巨大的魔法陣覆蓋。法里斯和城魔族們的魔力，自飛空城艦上爆發出來。

『我就接受這個挑戰吧。可是，即使敗北，我也再也無法作畫了。』

法里斯明確地斷言：

『我已經封筆了。應該……應該絕對不會再作畫了。相對地，我立下誓言要成為巴蘭迪亞斯的翅膀。陛下，即使無法成為像您那般的存在，我也能成為翅膀，將巴蘭迪亞斯送到總有一天會出現的光手上。』

傑里德黑布魯斯開始緩緩上升，同時纏繞著前所未有的強大魔力。

『我的筆已經斷了。正因為如此，這對翅膀絕對不會折斷——直到我將這個世界、將巴蘭迪亞斯送到光的手上為止。』

「法里斯，你為了世界捨棄小我，這樣獻身很高尚，而且帶有卓越的覺悟。總是隨心所欲作畫的你，竟然成為了獨當一面的戰士啊……不過——」

為何他必須要封筆？我很清楚這絕非半吊子的覺悟。他想要成為戰士的決心，不可能是個謊言。

因此，我對他說：

「我絕對不會稱讚你。」

我注視著那艘無懼於我，筆直飛來的飛空城艦。

「莎夏。」

「終於輪到我了？我都等到不耐煩了呢。」

莎夏離開魔王列車，施展「飛行」飛到空中。

「用那一招。」

莎夏浮現「破滅魔眼」，並以右手遮住那雙眼睛。當她將手迅速揮下後，她的眼瞳便形成將萬物導向毀滅的闇色太陽形狀。那是「終滅神眼」。

「『破壞神降臨（阿貝魯猊攸）』。」

魔王列車再度飛往上空，並以它為中心出現一顆闇色太陽。過去在米里狄亞世界會將破壞神的神眼（眼睛）看到的一切盡數燒燬的「破滅太陽」莎潔盧多納貝，在第二巴蘭迪亞斯顯現了。

魔王列車被吞入那顆太陽的內部。如此一來，只要無法打破「破滅太陽」，傑里德黑布魯斯就無法抵達魔王列車。

「就讓你們見識一下破壞神的力量吧。」

「破滅太陽」輕而易舉就將奧特露露的結界燒燬，然後再度提升高度，以黑光照耀著巴蘭迪亞斯。龐大的魔力聚集於此，照射出黑陽。

這道毀滅之光朝著飛向天空的傑里德黑布魯斯傾瀉而下。在將現今「想司總愛」(ra senshia)轉變為秩序的米里狄亞世界裡，神的權能會伴隨著愛。遠比兩千年前還要強烈的那道黑陽，漸漸燃燒傑里德黑布魯斯的翅膀。

『真是嬌豔的太陽。跨越兩千年的時光，陛下將那顆不祥太陽轉變成和平象徵了呢。』

儘管燃燒著翅膀，傑里德黑布魯斯仍然沒有停止上升。

『不過，我也一路在巴蘭迪亞斯這裡奮戰過來。傑里德黑布魯斯是絕對無法撼動的不動銀城。這對翅膀絕對不會墜落，直到最後都會在戰場上翱翔，是巴蘭迪亞斯勝利的象徵。』

彷彿在重現那一天，傑里德黑布魯斯迎面劈開黑陽，在這片破壞的天空不斷上升。

『好，我們上吧。你們無須害怕。我不會要求你們要美麗，但請跟隨著我前進。即使要啜飲泥水，我也會為你們帶來勝利。』

即使城牆遭到灼燒、機翼變得破爛不堪，傑里德黑布魯斯還是飛向天空。

『就跟當時一樣，陛下。我的翅膀一定能將希望送到那顆「破滅太陽」中。』

彷彿受到一刻也不曾畏懼的法里斯鼓舞，他身為部下的城魔族們發揮出更強大的魔力。

那是創造出絕不陷落的不動城魔法——

『「堅塞固壘不動城」。』

傑里德黑布魯斯纏繞著銀光。

巴蘭迪亞斯的最上級築城屬性魔法，突然間將飛空城艦重新創造成新的面貌。閃耀銀光的厚重城牆、長而寬大的堅固機翼，以及不計其數的砲門。那座巨大的城堡，毫無疑問正是一座要塞。賽門光是在身上覆蓋鎧甲就竭盡全力，可是法里斯雖說借用了城魔族們的魔力，卻成功將那個魔法施展在整座城艦上。

那是為了守護同志們的作品，決心將自己的作品改造成兵器的男人——既強大又悲傷的翅膀。

就連黑陽也無法傷及絲毫，傑里德黑布魯斯悠然地翱翔在天際。她注視著這幅光景悲傷地說：

「米夏。」

莎夏出聲呼喚後，魔王列車裡便傳來回應：

「『創造神顯現（米里狄亞）』。」

雪月花往筆直飛向太陽的翅膀上飄落而下。無數的雪花翩翩飄落，漸漸覆蓋住整片天空。「破滅太陽」旁邊出現一顆閃耀著白銀光輝的滿月——「創造之月」亞蒂艾路托諾亞。

它們正在移動。太陽與月亮彷彿背靠背互相依偎一樣，莎潔盧多納貝漸漸出現缺損。

巴蘭迪亞斯遭到黑暗——「破滅太陽」的日全蝕——所覆蓋。那顆黑暗太陽上，映照出一名少女的身影。

「——你那一天笑得很開心呢。」

莎夏就像在回憶兩千年前似的說：

「明明是那種時候，卻笑著說要讓世界變得和平；即使不斷遭到破壞的天空破壞，也仍然翱翔於天際。你高喊著：『美麗地上吧。』像個笨蛋一般衝來。不論怎麼破壞，都會創造出新的翅膀，而不是這種只是堅固，卻一點也不好看的船。」

莎夏睜開闔上的眼睛，「終滅神眼」鮮明地閃耀著。

「你或許以為自己變強了，可是很遺憾，我是因為笑容才輸的。因為你笑得很開心，那對翅膀才能在破壞的天空裡自由飛翔。」

她狠狠一瞪的同時，「終滅日蝕」發出閃光。

「所以，我要毀了它。我想看到的，才不是這種悲傷的結局。」

剎那間，曾一度要毀滅米里狄亞世界的終滅之光釋放出來。那道闇光，不僅照耀在傑里德黑布魯斯，也照耀在我、奧特露露、水結界與巴蘭迪亞斯的大地上。

然而——我的身體沒有受到任何灼燒。

在轉生之後的米里狄亞世界裡，破壞神的秩序也同樣進化了。其權能的「破滅太陽」得到了她的愛，使得力量的性質發生改變，轉變為只會毀滅該毀滅事物的終滅之光。沒有灼燒我、沒有灼燒大地，甚至沒有灼燒城魔族們，那道光芒只灼燒飛空城艦傑里德黑布魯斯。

由於局限了毀滅對象，那個權能增強了數倍——

「『微笑會照亮世界（ein eiaaru naveruva）』。」

§ 36 【靈魂所在】

終滅之光照射在傑里德黑布魯斯上。那座化為閃耀銀城的巨大要塞，城牆燃燒起來，艦體遭到灼燒，機翼逐漸摧毀。「堅塞固壘不動城」是即使世界毀滅，也絕對不會陷落的不動城——卡爾汀納斯曾經這麼說。如今的傑里德黑布魯斯，或許確實具備這種抵擋的強度。

可是它依舊無法抵擋。莎夏發出的「微笑會照亮世界」，以壓倒性的毀滅力量蹂躪著傑里德黑布魯斯，轉眼間厚實的外牆遭到燒燬，艦體呈半毀狀態。

「受到這麼嚴重的損傷，恐怕已經無法正常飛行了。」

我俯瞰著傑里德黑布魯斯說：

「你要限制自己到什麼時候？以『創造藝術建築（asutorasutera）』來吧，法里斯。就讓巴蘭迪亞斯的人們好好看看，你畫出的真正翅膀。」

『——我使得畫筆塗滿了鮮血。』

法里斯的聲音傳了過來。彷彿在以創造魔法維持破爛不堪的艦體，傑里德黑布魯斯仍未失去光輝。它拚命伸展雙翼，竭盡所有魔力，在終滅之光的照射中緩慢卻確實地上升。

『——我在畫布畫上屍骸。』

法里斯的魔力一個勁地維持幾乎就要崩塌的城堡外型。

『陛下，即使如此，我也必須守護才行。』

他就像在用自己的話語激勵自己一般說：

『守護戰友。』

轉生之後，他大概經歷過無數的戰場。

『守護人民。』

只要看著現在的傑里德黑布魯斯就想像得到，那不是簡單的戰鬥。

『守護老師們的作品。』

那裡對他來說，無疑是地獄。讓太過溫柔的創術師絕對無法逃出的地獄——

『強大的敵人逼近眼前時，我能戰鬥的手段只有一個。不是作為創術師死去，就是作為戰士守護他們。在面臨這種抉擇時，我選擇將這艘船染上鮮血。』

彷彿竭盡全力，魔法屏障覆蓋住傑里德黑布魯斯的所有方向。

『事到如今……事到如今……我怎麼還畫得出來？將作品沾染鮮血的我，根本沒有握筆的資格。』

傑里德黑布魯斯輕盈地升上空中。

『我將這艘傑里德黑布魯斯改造成兵器，不僅玷汙了靈魂，甚至還出賣給了惡魔。就算有人願意原諒我，畫也絕對不會原諒我。』

就像在呼應他的意念，那對翅膀在終滅之光中英勇地飛翔。

『請您千萬不要同情我。即使如此，即使醜陋，我也不曾後悔！因為我拯救了作畫所無法拯救的生命！就算畫不出和平畫作，我也能畫出和平。這是成為戰士的我，所剩下的最後希望——』

即使機體被摧毀得破爛不堪，傑里德黑布魯斯仍然不斷逼近「終滅日蝕」。

『我一定會以這對翅膀帶領巴蘭迪亞斯給您看！』

那艘船猛然加速。儘管翅膀幾乎就要折斷，仍然飛得比以往強勁。

「沒錯，去吧！法里斯！」

地上傳來聲音。是賽門與巴蘭迪亞斯的城主們。

「你正是……你正是巴蘭迪亞斯的翅膀啊！」

「是戰場之子，戰鬥的化身！」

「沒有比法里斯大人更受銀城喜愛的人了！」

「你是我們世界唯一的銀城創手，是最強的戰士啊！」

「讓他們見識我們城魔族的骨氣！以固若金湯的傑里德黑布魯斯向米里狄亞世界還以顏色吧！」

就像受到加油聲推動，傑里德黑布魯斯再度上升。憑藉破爛不堪的艦體與幾乎就要折斷的翅膀飛向光芒的那副模樣，在我眼中彷彿跟法里斯自身重疊在一起。我對王虎的腦袋施展「飛行」，往空中拋去，然後緩緩地朝下方加速。

「法里斯大人！我們的元首！你正是巴蘭迪亞斯的希——」

一道震耳欲聾的「砰、吱吱吱吱吱」轟鳴響起。我在城魔族們眼前，以右手折斷了傑里德黑布魯斯的右側機翼。

「……怎麼…………會…………唔啊…………」

「蠢話到此為止，你們就仔細看好，然後深深體會吧。巴蘭迪亞斯的居民，只懂得戰鬥的城魔族啊。你們的魔眼簡直就是瞎的！」

我握緊拳頭打碎外牆。

「法里斯，我熱愛自由的部下啊。真虧你能在這種地獄活下來。」

我扯下砲塔，空手將它撕成碎片。

「人人都在讚揚你是個戰士，任誰都遠遠不及你的力量。」

我在傑里德黑布魯斯的周圍到處飛行，就像要將四方形的城堡拆成圓形一樣，陸陸續續粉碎著艦體。

「然而，已經夠了。我會為你折斷這種期待。我就將他們的希望，在他們的眼前澈底粉碎，讓他們知道何謂真正的戰士吧。」

我筆直飛去撞破左翼，使勁將它折斷。在終滅之光的照射當中，直到粉碎為止一再破壞比世界還要堅固的城堡。將他們所倚賴的希望之翼，只會束縛你的這座不動城——

我在巴蘭迪亞斯的眼前，將其澈底破壞殆盡。

「在恐懼中顫抖吧，巴蘭迪亞斯。這就是力量，就是真正的戰鬥。」

必須有人對他說才行。必須有人阻止他才行。然而沒有人這麼做。巴蘭迪亞斯的居民無法理解畫，沒有一個人能敵得過作為創術師的法里斯。

「這是兵器嗎？就憑這種東西？這種就像紙紮一樣纖細的城堡？」

半毀的傑里德黑布魯斯前方連結著無數的術式，魔力都供應在一個點。那個位置上畫著「堅塞固壘不動城」的術式；兩千年前法里斯則在那裡畫上法西瑪群生林的畫。

即使踏上戰場，他作為創術師也絕對不容許有人在那裡刻上術式，他的信念就存在於此。在戰場上，唯獨這一塊小小的畫布是他的靈魂所在。是為了讓他能作為自己、作為一名創術師在戰場飛翔，絕對不能侵犯的聖域。然而法里斯扭曲了自己的信念。

那是多麼痛苦的糾葛，多麼沉重的苦惱啊。每當看到這座城堡，法里斯恐怕都會陷入無盡的哀傷哭泣之中。

「我會讓你從這座監牢中解脫。」

我在全身纏繞七重螺旋的漆黑粒子。在將拳頭高高舉起後，朝著「堅塞固壘不動城」的術式打了下去。

伴隨一道「轟隆隆隆隆隆隆隆」的震耳轟鳴，術式毀壞、牆壁粉碎。我用這雙手持續毆打、粉碎那個刻劃下他作為戰士踏上戰場的可悲術式，直到澈底毀滅為止。我將與石牆一起堆起悲劇的城堡一再破壞，直到完全毀滅為止。

然後，當我將傑里德黑布魯斯的厚重防壁全部打破、飛進城艦內部後，便看到法里斯站在艦橋上的身影。

「喂，法里斯。」

我緩緩降落在地板上對他說：

「你果然不適合當個戰士呢。」

「…………陛下……」

他擺出毅然的戰士表情。然而在我眼中，他就像一個幾乎快要哭出來的迷路小孩。

「魔王軍裡多得是擅長戰鬥的人，可是他們畫不了畫。」

我朝他踏出一步。

「你不是當英雄的料，更別說是當元首了。你的歸宿在這裡嗎？」

他倒抽一口氣後說：

「……創術師法里斯．諾因已經死了。他將靈魂賣給了惡魔……」

「你賣了靈魂？是賣給誰？卡爾汀納斯嗎？別說笑了。」

我笑著對他：

「你的靈魂早在兩千年前就被我買下了，你要怎麼賣掉自己沒有的東西？」

法里斯瞪大雙眼，我則筆直地走了過去。

「不論是哪個傢伙，全都在說一些自以為是的話。如果不是你的意志，我可不打算交給任何人。不論是卡爾汀納斯還是梅帝倫，就連巴蘭迪亞斯也一樣。」

我走到法里斯身邊，在他旁邊輕輕低語：

「不論你怎麼哭叫，我都會讓你握住畫筆。即使要脅迫你，我也會讓你繼續作畫喔，法里斯。」

我在極近距離下凝視法里斯的臉孔，以無法撼動的意志說：

「你是我的人。」

我指著自己的胸口。

「你的靈魂在這裡。創術師法里斯．諾因的靈魂，現在也仍然存在於此。那高尚的心靈，可沒有廉價到會被血所玷汙喔。」

「…………陛下…………」

法里斯一臉受到衝擊的表情，無力地跪倒在地，在我的腳邊垂下頭。

「……我想作畫……」

淚水止不住地流下。他以沙啞的聲音吐露自己的心聲。

「……假如還能獲得原諒……」

法里斯握住拳頭，宛如在向我求助一般說：

「……我、我想繼續作畫……陛下……」

就像在祈求一般。

「……就像兩千年前一樣……在您身邊……」

「准。」

他一直都在追求。即使置身在戰火不絕的巴蘭迪亞斯，也仍然不斷在追求。

一個能作畫的場所。一個能讓眾人欣賞畫作的場所。他恐怕一直在追求靈魂的歸宿。

「你就盡情地畫吧。所有束縛你自由的不講理，我全都會為你毀滅。」

我立刻把手伸到法里斯的眼前。他淚流滿面地仰望著我。

「讓你久等了，法里斯。」

§37 【翅膀在銀城世界飛舞】

法里斯握住我的手，緩緩站起身來。他原本就像剛從惡夢中清醒一般的表情，很快就收斂起來。

「陛下，不動王他——」

這時，飛空城艦開始劇烈震動。「微笑會照亮世界」早已停止照射。即使是傑里德黑布魯斯，要是破壞到這種地步，艦體也終究還是到達極限了吧。

不，不對。傑里德黑布魯斯被某種力量從上方壓住了。一股強大的魔力——神的權能——映入魔眼。

「——是妾身的………」

令人毛骨悚然的聲音響起。我轉向聲音傳來的方向，透過城堡的破洞抬頭望向上空。

「……是妾身的東西………」

飄浮在那裡的，是王虎梅帝倫的腦袋。

「不給、不給，妾身不會給你。那可是妾身的東西啊。法里斯是要引導巴蘭迪亞斯的翅膀，是能建築妾身理想城池的銀城創手啊……！」

我立刻收到亞露卡娜傳來的「意念通訊」。

『無法以「背理六花」完全封住。王虎大概燃燒了自己的生命。』

臨欲滅時光明更盛，以更盛之光克服燈滅。瀕臨毀滅的王虎根源，甚至就要凌駕於作為神族弱點的「背理六花」之上。亞露卡娜的魔力也即將耗盡。假如對象是深層世界的神，終究無法讓祂完全喪失力量吧。

『傑里德黑布魯斯！聽得到嗎……！』

這次收到賽門傳來的「意念通訊」。他迫切的聲音在傑里德黑布魯斯內迴蕩開來。

『快立刻棄船逃生！梅帝倫大人打算要使用神之咆哮了！』

船上人員們立刻作出反應，畫出「轉移」的魔法陣。可是在他們轉移之前，突然出現一道銀色爪痕將術式打碎。

「為……！為什麼……！」

「……『轉移』的因果被支配了……這不是梅帝倫大人的權能嗎……」

「怎麼可能，為什麼要連我們一起……！」

「梅帝倫大人！您究竟打算做什麼！」

飄浮在上空的王虎腦袋咧嘴笑了出來。

「不會讓你們逃走，絕對不會。只要留下能讓一粒沙通過的縫隙，就會被那邊的不適任者趁機溜走。」

在傑里德黑布魯斯遙遠的下方，被「因果長城」壓垮的梅帝倫身軀閃爍著銀光。就像在呼應這道光一樣，堆疊起來的銀城再度取回光芒。

『梅帝倫大人！假如您在這裡施展那一招，第二巴蘭迪亞斯會承受不了啊！您打算毀滅自己的世界嗎！』

「以一顆銀泡換取法里斯，可是很划算的交易喔。妾身不會把你交給任何人。不論是誰都不行。你是妾身的東西啊，法里斯。永遠都是。」

王虎的腦袋發出充滿執念的話語。

『……怎麼會！那個位置的話，連法里斯都會遭到波及啊！』

賽門大喊。然而，梅帝倫陰森地笑了出來。

「倘若死了，他與不適任者的牽絆就會斷絕吧。如此一來，法里斯的火露終有一日會再度成為巴蘭迪亞斯的翅膀。妾身就等到那一天——無論是要等待數千年還是數萬年。」

一股類似「根源光滅爆（gabueru）」的激烈光芒，眼看著漸漸掙脫「背理六花」的束縛。「因果長城」迅速地扭曲變形，最終組成一顆巨大的虎頭。

隨著沉重的「轟、轟轟轟轟」聲響，虎頭張開嘴巴，王虎燃燒生命的魔力聚集於此。

「來吧，就和妾身在一起吧。」

王虎說：

「『因果子彈長城虎砲（heizu berumuto ieriyaade）』。」

那是撕裂大氣的王虎咆哮。它口中顯現出無數貫穿天空的銀色彈痕射向傑里德黑布魯斯。王虎的權能會無視原因強行得到結果，即使面對非常堅固的結界，也能強行得到貫穿的結果。那個權能大概能無視強度，將萬物毀滅殆盡。

就連搭乘在傑里德黑布魯斯的人們也無法立刻作出反應。身為巴蘭迪亞斯的居民，他們恐怕已在本能中察覺到，在主宰自己世界的主神——王虎梅帝倫權能的因果力量面前，根本無從躲避，也無從抵抗。也就是說，他們必死無疑。然而——

「——美麗地上吧。」

一支魔筆從魔法陣中被拔了出來。其在空中揮動一下，傑里德黑布魯斯便被一道立體魔法陣籠罩。我與他連上「魔王軍」的魔法線，補充他不足的魔力，兩人一起施展集團魔法。

「就讓祂見識一下，何謂真正的翅膀吧。」

法里斯瞬間閉上眼睛，然後集中精神。

「『創造藝術建築』。」

他以天空為畫布，瞬間畫出傑里德黑布魯斯早已折斷的雙翼。比方才更長、更銳利，最重要的是更加美麗的翅膀——外牆、城門、城牆以及砲門得以重生。原本半毀的飛空城艦，經由那道魔法在眨眼間被重新創造出來。

剎那間——因果的咆哮「因果子彈長城虎砲」吞沒傑里德黑布魯斯。就像被銀色彈痕貫穿一般，傑里德黑布魯斯劇烈震動，並逐漸碎裂崩塌。無視魔法城牆、魔法屏障以及任何的防護，透過被那道彈痕貫穿的結果，持續破壞著傑里德黑布魯斯。

然而，城艦沒有崩塌。才剛被破壞，那對翅膀就重新誕生。不僅如此，「因果子彈長城虎砲」對傑里德黑布魯斯造成的損傷明顯有限。這恐怕是王虎的殺手鐧。就賽門等人慌張的樣子看來，即使這一招瞬間將傑里德黑布魯斯連同「創造藝術建築」的術式一起摧毀，似乎也不足為奇，然而因果的咆哮沒能貫穿傑里德黑布魯斯的核心。

不僅如此，每當他重新畫出傑里德黑布魯斯，那對翅膀對於「因果子彈長城虎砲」的抵抗就不斷增強。

在因果不斷累積的銀城世界巴蘭迪亞斯裡，就像能輕易地讓城牆崩塌一樣，對王虎來說要瓦解因果根本易如反掌——只要祂能正確理解那個因果。

只要堆疊石頭，便能建出城堡。就跟這個道理一樣，梅帝倫大概以為只要重疊顏料，就能畫出一幅畫。然而，即使祂貫穿魔筆，術式也不會停止。「創造藝術建築」不需要畫筆，也不需要顏料。那是憑藉法里斯的想像所描繪出來的畫作。因此，假如要摧毀，就必須正確地認識法里斯的腦內景象、認識他所想像的畫面。

這點王虎無法做到。不論怎麼追溯因果，即使那個權能窺看到了法里斯的腦內景象，那裡也存在祂所無法理解的領域。因為巴蘭迪亞斯不存在藝術。

儘管祂或許對築城的方法瞭如指掌，對於繪畫卻一無所知。法里斯畫出的那對與機能美相去甚遠的藝術性翅膀，想必讓祂覺得就像無視因果跳過過程一樣。

彷彿在不論怎麼堆疊石牆都無法抵達的高處隨心所欲地飛翔一樣——所以，為了補足不完整的世界，王虎才會追求法里斯，對他產生執著也說不定。

「……啊啊……啊啊……！法里斯……你的那份力量……你要是成為元首，妾身就能變得更……」

「祢也差不多該承認敗北了吧？祢就只剩下那個瀕臨毀滅的根源而已。」

我飛出傑里德黑布魯斯，朝著在空中聳立的虎頭長城飛去。

「閉嘴！不給……妾身才不會給……法里斯……你是……妾身的東西……絕對……絕對不會交給——！……像你這樣的傢伙！」

——！……

銀色彈痕貫穿我的身體。轉瞬間，不祥的日蝕在巴蘭迪亞斯的天空中發出光芒。

「祢給我好好記住，梅帝倫。」

在遙遠的上空，莎夏將「終滅神眼」對準王虎之城，黯淡的光芒聚集在日蝕上。

「過度的執著心，會害死自己。」

「『微笑會照亮世界』——！」

只會毀滅王虎與那座城堡的終滅之光，照射在「因果長城」上。即使如此，梅帝倫仍然憑藉異常的執著，不停朝著傑里德黑布魯斯發出銀色彈痕。然而，那道因果的咆哮已經無法觸及他的翅膀。傑里德黑布魯斯在飛散著無數彈痕的天空中悠然飛舞；「因果長城」在終滅之光的照射下逐漸染成黑色，開始崩塌瓦解。

「……可惡、啊…………」

飄在空中的腦袋不甘心地大喊。「因果長城」澈底消滅了。王虎的腦袋忽然降落到眼看就要毀滅的無頭身軀上接了起來。

「……雖然很不甘心，到此為止了……給妾身記住，米里狄亞世界。給妾身記住，魔王學院的不適任者們！這份怨恨和這股怒火，妾身絕對不會忘記。我的銀城世界今後將會化為一頭只求毀滅你們的飢餓猛虎。即使會讓人民痛苦、會讓世界毀滅，妾身也不管了。妾身將會追殺你們，不斷地追殺直到地獄的盡頭，將你們連同骨髓一起啃食殆盡……！」

「——假如祢不是不服輸地發狠話，而是在這段時間投降，就能得救了呢。」

我來到王虎背後一把抓起祂的毛，在染成暮色的右手上緊握終滅之光。

莎夏並未停止照射「微笑會照亮世界」，而且被我的「掌握魔手」抓住了。破壞神阿貝魯猊攸威力強大到足以將一般的小世界輕易毀滅的終滅之光，現在更經由「掌握魔手」不斷增強。我在祂的根源上用力揮下這顆拳頭。

「——等、等等，妾、妾身投呀啊啊……！」

我一拳貫穿王虎的身體，在祂的根源中心炸開「微笑會照亮世界」。闇光照耀著第二巴蘭迪亞斯，使得黑暗籠罩此地。毀滅的一切都集中在梅帝倫的根源中，漸漸將其撕裂粉碎。

黑暗稍微散開。視野漸漸變得清晰，在不久後取回原本的色彩。將天空染成不祥色彩的「終滅日蝕」已不見蹤跡。如今留在我腳邊的，是祂幾乎化為灰燼的屍骸，以及勉強保住原形的老虎頭蓋骨，勉強還有一口氣在。

「祢已經沒救了，別投降對巴蘭迪亞斯比較好。」

我朝著梅帝倫的頭蓋骨這樣勸說。然後，我將視線投向在遠處觀望情況的那些傢伙。

「已經結束嘍，巴蘭迪亞斯的城魔族。過來這邊，讓我們作出最後的了斷吧。」

§ 38 【啟程】

城魔族們正朝著我們飛來，他們之中負責帶頭的是賽門。他被辛砍下的腦袋在急救後勉強接了回去，儘管尚未痊癒，只是要移動的話似乎並無大礙。

他在我的眼前著地。城主們守候在他身後，而他們的後方整齊排列著城魔族們的隊伍。

「……你說要作一個了斷？」

賽門靜靜地問。

「沒錯。」

「銀水序列戰完全是巴蘭迪亞斯敗北。既然校徽被奪走了，我就已經無法參戰。元首已向你屈服，主神淪為那副模樣，事到如今還要作什麼了斷——」

「你們的元首還尚未屈服。」

我將視線投向上空。

「我沒說錯吧，法里斯？」

法里斯離開傑里德黑布魯斯，緩緩地降落下來。

「……被您看穿了嗎？」

他降落在我的身旁。

「這是什麼意思？法里斯明明已經向你效忠……」

「意思是說，法里斯並非巴蘭迪亞斯的元首。」

賽門露出一臉驚訝的表情看向法里斯。

「該不會卡爾汀納斯…………？」

「……抱歉，賽門。」

法里斯畫出魔法陣，一個畫框出現在那裡。畫中的人物，正是不動王卡爾汀納斯。這是一幅他露出痛苦表情的肖像畫，不過畫得栩栩如生，彷彿隨時都會動起來一樣。

「我以『封描繪畫(rossen)』將他封進畫框裡了。」

只要毀滅卡爾汀納斯，當下巴蘭迪亞斯的元首之位便會空出。由於主神梅帝倫就在一旁，法里斯應該能馬上成為元首，然而到頭來他還是遲疑了。

「要作出了斷的人是你們——了斷你們為了自己的世界，獻出自己的生命所挑戰的這場戰鬥。」

我對「封描繪畫」施展「封咒縛解復」後，畫中的卡爾汀納斯便睜開眼睛。

「……這、這是……？朕到底是……」

他把手放在畫框上，試圖從畫中離開，卻像撞到看不見的玻璃一樣，他無法從那裡移動分毫。

「那裡很擠吧？我現在就放你出來。」

我把手伸進畫框裡，抓住卡爾汀納斯的衣領。

「……唔唔……你……」

我用力將不動王從畫中拖出，就這樣拋在地面上。

「呀……！」

儘管一屁股摔在地上，他還是以燃起怒火的眼神朝我瞪來。

「哼，明明就這樣奪走火露就好，你卻起了貪念呢……！難道連『逐二兔者不得其一』的道理都不懂嗎……！」

卡爾汀納斯在放話的同時畫出魔法陣。隨後，有什麼正從奧特露露張設的結界外側朝著這裡飛來。那是五個畫框。是卡爾森老師等人，法里斯的同志們所遺留的城堡。

「哇哈哈哈哈！朕就知道會發生這種事，所以早就作好能隨時動用的準備！法里斯，既然你忤逆朕，那麼應該知道會有什麼樣的下場吧？」

卡爾汀納斯對自己與五個畫框畫出魔法陣。

「梅帝倫！方才的事，朕就原諒祢吧！現在先將這群傢伙狠狠地教訓一頓。就讓你們好好見識一下，朕被稱為不動王的理由吧！」

他畫出的六道魔法陣，每一道都缺少了一半。這個看來需要主神與元首，是兩人一組才能發動的術式。

「好啦，你就後悔吧，不適任者。朕認真起來，只要一個人就能與巴蘭迪亞斯城艦部隊匹敵。要是再用上這五座名城，就無敵了！」

只有一半的魔法陣讓卡爾汀納斯穿戴上形如城堡的鎧甲，並眼看著不斷變得巨大，逐漸形成一座高聳的城堡。

「梅帝倫，祢怎麼了？在擺什麼架子啊！主神無法殺害元首，別忘了祢要殺要剮，全憑朕的興致啊！快把力量交過來！」

不動王朝著魔法陣注入魔力。然而，儘管是理所當然的事，欠缺而只有一半的魔法陣並未被補全。

「賽門！你們也是，到底在發什麼呆！快去幹掉他們！小心朕將你們滿門抄斬啊！」

賽門等人的銳利視線冷冷地刺在卡爾汀納斯身上。

「嗄——？你們那是什麼表情？這樣行嗎？朕要殺了喔？朕真的會殺光你們全家喔？」

賽門等城魔族們整齊劃一地把手伸向卡爾汀納斯，同時畫出魔法陣。

「不動王卡爾汀納斯，因為你，許多戰友都離去了。」

那是一道低沉且平靜，充滿正義怒火的聲音。

「即使失去榮譽，也要為了人民。縱使我們懷抱這種想法忍氣吞聲，能夠獲得的卻是微不足道的力量，以及我們巴蘭迪亞斯的惡名。明明就連讓人民溫飽度日都辦不到，你這個元首只顧著牟取私利！像這樣的王，我們再也不需要了！」

「剛彈爆火大砲」朝著卡爾汀納斯一齊發射。

「呃喔喔喔喔……！」

「惡王卡爾汀納斯，為了平定巴蘭迪亞斯，我要討伐你！天誅！」

魔法砲擊接連命中，卡爾汀納斯還在構築途中的城堡轉眼間迅速崩塌。

「……嗯唔……咳喔……！竟、竟然蠢到這種地步……平定巴蘭迪亞斯？那個巴蘭迪亞斯的意志不是選上了朕嗎？既然如此，朕的所作所為，即是我們世界的期望啊！」

儘管城堡已被炸得半毀，卡爾汀納斯的態度仍然強硬。

「梅帝倫！動作快！朕要以全力蹂躪他們嘍！」

「唔嗯，你從方才一直在找的——」

我撿起掉在地上的老虎頭蓋骨。

「——該不會是這傢伙吧？」

「……什麼，咦、咦咦咦咦咦咦咦咦咦咦咦！唔嘎啊啊啊啊啊啊啊啊啊啊啊啊啊啊啊啊啊啊啊啊啊啊啊啊啊……！」

在卡爾汀納斯驚愕的瞬間，「剛彈爆火大砲」的集中砲火朝他射去，魔法城堡在建成之前就慘遭陷落。

「要是這麼想祂，就還給你吧。」

我將王虎的頭蓋骨拋到被拆掉城堡鎧甲、變得毫無防備的他腳邊。一看到那顆頭蓋骨，不動王就驚叫一聲，當場嚇得腿軟。頭蓋骨失去眼珠的眼孔，與卡爾汀納斯有眼無珠的魔眼(眼睛)對上。

「……啊……怎……呃……麼……會……唔……」

他發出不成話語的聲音，以及牙齒不停打顫的聲響。

「你……你……怎……這……這是……？」

「看了還不明白嗎？」

我悠然走到他面前輕輕抬起腳。

「我將祂毀滅了。」

「啪嚓」一聲，我將王虎的頭蓋骨踩碎。就像嚇破膽一般，卡爾汀納斯的臉色瞬間變得慘白。

「不過，祂應該勉強還留著一口氣吧。我想你已經明白，即使你現在投降，主神毀滅也是時間的問題。」

「……朕、朕明白了……朕也是統治小世界的元首……既然事已至此，朕就不會再繼續抵抗了……」

卡爾汀納斯突然果斷投降，端正姿勢。

「朕會歸順米里狄亞……我們巴蘭迪亞斯城艦部隊，從今以後將改名為米里狄亞城艦部隊，成為您的部下……！」

卡爾汀納斯看到主神的下場，毫不掙扎地如此說。

「哦？」

我把臉靠向他，以魔眼看穿他的真正意圖。

「你難道以為，在只有不適任者的米里狄亞世界中，身為適任者的自己能輕輕鬆鬆當上元首吧？」

「……朕、朕不敢……」

「像你這樣的愚者，沒資格成為我的部下。我只要你將法里斯的火露和那五幅畫作還來就好。」

我以指尖輕輕地畫出魔法陣。

「我就告訴你巴蘭迪亞斯的下場吧。」

「等……等等……住手……快住手——」

「它將是漂蕩在銀海上的一顆無神泡泡，成為泡沫世界。」

「快住——」

我發出「獄炎殲滅砲」將王虎的頭蓋骨炸成碎片。

「……啊、啊啊！」

卡爾汀納斯看著自己的野心逐漸燃燒殆盡的景象，發出宛如臨死前的痛苦慘叫。

「……朕的……主神……至今築起的銀城……在燃燒……啊……啊啊……啊啊啊……」

卡爾汀納斯露出絕望的眼神，茫然注視著漆黑火焰。

「……求、求求你…………」

他喃喃發出虛弱的話語。

「救救王虎……！快救救梅帝倫……！這樣的話……再這樣下去的話……朕拜託你，朕拜託你了……！」

不動王把頭磕在地上，跪著向我求饒。

「至今被你當成棋子一樣對待的臣子與民眾，會怎麼處置你呢？」

我一副不打算理會他要求的態度說：

「還有在銀水序列戰中被你踢落的小世界，要是知道巴蘭迪亞斯淪為泡沫世界，大概會拚了命地尋找你吧。」

他嚇得渾身發抖，不斷地向我低頭。

「……這樣的話，就連巴蘭迪亞斯……都會毀滅……」

沒有主神加護的世界，秩序將無法保持平衡，火露會不斷洩漏到外側。如此一來，下場即是世界邁向終結。

「…………唯、唯獨這件事……唯獨連累無辜的百姓毀滅這件事……一切的責任……都在朕身上……」

「哦？你有重新來過的覺悟嗎？」

卡爾汀納斯猛然抬頭。他就像在述說顯而易見的謊言般，虛偽地裝出高尚的表情說：

「當、當然。所以，請你務必拯救梅帝倫的性命……」

「即使沒有主神，世界也會繼續轉動——就像我們米里狄亞一樣。」

彷彿海水退潮一般，他的臉色瞬間慘白。

「你將成為自己以前瞧不起的泡沫世界居民，並以這個身分活下去。即使沒有神、沒有銀城、變得一無所有，只要你能真心為了國家、為了世界著想，並受到人民的認可，就能再度成為巴蘭迪亞斯的元首吧。」

我說：

「不要仰賴無聊的神，自己去贏得這個資格吧。假如你真心愛著這個世界。」

腳步聲「唰」的一聲響起，城主們來到不動王卡爾汀納斯的背後。當我轉身離去後，他們立刻上前制服了卡爾汀納斯。

「……嗚、啊……………等、等等……你們……這、這是在做什麼……朕可是、唔咕……呀啊啊啊啊……」

卡爾汀納斯被繩索綁住身體，轉眼間就被拘束起來。

「米里狄亞的元首，阿諾斯大人。」

賽門走到我面前，身後跟著三名城主。他們恐怕是方才操控卡姆拉西艦的那三人。

「……感激不盡……本來的話，主神被毀滅的我們巴蘭迪亞斯，通常應該會被奪走一切……這份恩情，我們永生難忘……」

「沒什麼，我就只是看不慣這種理所當然。」

「陛下。」

法里斯朝我看來。

「……對不動王卡爾汀納斯來說，這是理所當然的下場，但城魔族們或許會被推向無法生還的懸崖……這場戰鬥實在太過殘酷了……」

法里斯為了巴蘭迪亞斯，建議我和他們和解。對此我輕輕回以微笑。

「你果然不是戰士呢。」

我施展「飛行」悠然地往上空飛去。法里斯抬頭仰望，以困惑的視線追逐我的身影。不久後，展翅飛翔的傑里德黑布魯斯映入他的視野。

「——『創造藝術建築』就是你本來的翅膀啊。」

法里斯的視線低垂。站在他身旁的賽門正抬頭仰望傑里德黑布魯斯。

「好美麗的城堡……這或許是我有生以來第一次覺得城堡美麗……」

賽門被翱翔天際的翅膀吸引目光，忍不住向站在身旁的戰友說：

「創術師還真是厲害，跟只懂得戰鬥的我完全不同。」

法里斯睜大雙眼。

「我一直相信我們是志同道合的同志。然而，你和我其實並不一樣吧。」

法里斯露出內疚的表情，但賽門立刻低頭道歉。

「……抱歉……法里斯……我讓你背負了沉重的負擔。」

法里斯再度露出驚訝的眼神，就像要否定似的一再搖頭。

「……不，不是的，賽門。我自願背負這些負擔。你們擁有正直、美麗，愚直到讓人清爽的心靈，是我自己無法忍心坐視像這樣的你們不斷受到傷害。我自願踏上了成為戰士的道路。儘管如此，我在最後一刻背叛你們，結果還是沒將卡爾汀納斯——」

賽門就像要打斷法里斯的道歉，把手搭在他的肩膀上。

「喂，戰友啊。是我太弱了。我必須要強大才行。要是我強大到足以讓你自由作畫，就不會害你陷入這種左右為難的局面了。」

賽門一臉認真地說：

「這是我的責任。畢竟我只要成為元首就好了，我說的沒錯吧？」

身為創術師，法里斯不須強大。

身為戰士，賽門必須強大。

即使如此，如今醒悟到自身錯誤的他，並沒有軟弱到會將責任推卸給法里斯。

「我們要從泡沫世界重新開始嘍。我說的沒錯吧，各位！」

賽門回頭向城魔族們大喊：

「讓我們重頭開始建立巴蘭迪亞斯吧。我們的翅膀教會我們，即使是主神的權能，我們也能挺身對抗！而米里狄亞的元首，暴虐魔王阿諾斯．波魯迪戈烏多也教會我們，我們能對抗世界的秩序，甚至打倒主神！」

城魔族們就像在說巴蘭迪亞斯要從這裡開始一樣，紛紛露出開朗的表情點點頭。

「讓我們建築新的城堡吧。不會受到愚蠢的王和只是強大的主神支配，只屬於我們自己的城堡！不只會戰鬥，而是充滿畫作與美麗城堡的美好世界！然後，總有一天，我們要邀請引導我們走到這一步的翅膀，招待銀城創手來這裡！」

「「「遵命！」」」

城魔族們齊聲高呼。然後，他們紛紛聚集到法里斯的身旁。

「法里斯大人，即使回到米里狄亞世界，也請不要忘記我們。」

「你現在仍是巴蘭迪亞斯的翅膀。直到城魔族清醒之前，你一直在為了我們奮戰。這份恩情，我們永生難忘。」

「請安心吧。我們也是高傲的巴蘭迪亞斯城主。並不是在看到你儘管身為創術師，仍然持起城劍挺身奮戰的英姿後，還無法振奮精神的一群窩囊廢。」

為了不讓法里斯有身為背叛者的罪惡感，眾人全都帶著笑容為他送別。大概是法里斯那時無力地跪倒，哭訴著哀嘆：「想要繼續作畫。」打動城主們的心，振奮他們身為戰士的靈魂吧。

我俯瞰法里斯迄今建立起的牽絆，並且向他們大喊：

「今天是新生巴蘭迪亞斯的啟程之日。我們米里狄亞世界也送上一份餞別禮吧。」

「終滅日蝕」飄浮在巴蘭迪亞斯的天空中。由於進行了反轉，目前正散發銀紅光芒。是「源創月蝕」——

『——三面世界「創世天球」。』

米夏的聲音在天空響起，銀紅的月光灑落下來。王虎梅帝倫化為灰燼的骨骸與崩塌散落成碎片的「因果長城」，正逐漸經由她的創造權能被重新創造出來。

「要再努力一下喔！」

「要加油、加油，再加油……！」

在銀紅的月光下，無數的白鸛羽毛飛舞。

經由「根源降世母胎」創造的意念，是無數的愛與溫柔。

「雷伊同學雖然也被聖劍弄得很辛苦，還要再努力一下喔！」

「……我知道。」

雷伊釋放出靈神人劍伊凡斯瑪那的力量，同時將艾蓮歐諾露產生的愛與溫柔轉換成「想司總愛」。

「咯咯咯，順便也帶走希望吧！」

司機室的耶魯多梅朵代替倒下的司爐握起鏟子，一個勁地對火箱投煤。伴隨著神的魔力，烈焰形成漩渦。

『……唔呃呃……住、住手……我是——……』

艾庫艾斯的聲音響徹開來。魔王列車的水車與風車猛烈旋轉，巴蘭迪亞斯的絕望正逐漸轉變為希望。

「『溫柔的世界自此而始（aru anto erutonoa）』。」

第二巴蘭迪亞斯被染成銀紅色。就跟在米里狄亞世界施展的時候一樣，米夏以創造神的權能調整巴蘭迪亞斯的秩序，溫柔地重新創造王虎梅帝倫與「因果長城」。

「——已確認王虎梅帝倫消滅。」

在上空靜觀事態的裁定神奧特露露說：

「奧特露露在此宣布魔王學院勝利。由於主神已經消滅，巴蘭迪亞斯的火露所有權將轉移至米里狄亞世界。」

大概是「微笑會照亮世界」將梅帝倫重新創造成不同的存在，使祂失去了主神的資格。

「不需要。那是巴蘭迪亞斯的東西，我只需要拿回法里斯的火露。」

「假如回收巴蘭迪亞斯的所有火露，米里狄亞就能達到深層世界。這樣真的可以嗎？」

「無妨。」

「明白了。奧特露露會遵從毀滅主神的元首決定。你能獨自完成回收火露嗎？」

我將視線朝向「源創月蝕」。果然分辨不出火露的區別。

『法里斯的火露不在這裡。』

米夏說：

『我想應該在第一巴蘭迪亞斯。』

「唔嗯，那就必須去那裡一趟了吧。」

「這不成問題。即使相距遙遠，秩序也仍然相連。」

奧特露露畫出魔法陣，將發條插進那個鑰匙孔裡。當其旋轉三次後，魔法陣隨即開啟，能在內部看見火露的光芒。

「請收下。」

銀紅的月光灑落下來，火露被緩緩吸進「源創月蝕」中。

「……這是……………？」

奧特露露困惑地注視地上。祂的神眼（眼睛）深處，浮現出齒輪的形狀。

「……應該已經毀滅的主神之力……？奧特露露應該確實確認到梅帝倫消滅了……？」

「就好好看清楚堵上水桶破洞的方法吧。」

銀紅的月光漸漸平息，原本在天上的「源創月蝕」消失無蹤。巴蘭迪亞斯的再創世已經結束。

「……天空…………」

位在地上的賽門喃喃地說。城主們一齊抬頭看向上空，然後注視著那個東西。

重生的巴蘭迪亞斯，天蓋消失無蹤，出現過去沒有的無垠藍天。

「……巴蘭迪亞斯居然有藍天了…………」

「賽門，你快看……」

兩人睜大眼睛。藍天之中飄浮著巨大的八片翅膀。更準確地說來，是帶有翅膀形狀的建築物。

「唔嗯。米夏，妳創造了什麼？」

飛在空中的莎夏與米夏降落到我的位置。

「去看看？」

我點頭同意，轉向在地上的城魔族們。

「一起來吧。來親眼看看過去支配你們的『因果長城』，現在變成什麼模樣了。」

我將美麗的門扉完全推開。

這棟有八片翅膀的建築物內部相當寬敞，整體空間以白色為基調。柱子、牆壁和天花板皆呈現獨特的形狀，點綴著各式各樣的裝飾。潔白的牆壁上，隨處掛著大量的畫框。然而都只有畫框，沒有半張畫作。

「原來如此，是美術館啊？」

聽到我的回答，米夏點了點頭。賽門以一臉新奇的表情環顧館內，緩緩踏出步伐。

「……所謂的美術館，我記得是用來裝飾不以買賣為目的的物品……？」

走在賽門身旁的法里斯回答他的疑問：

「巴蘭迪亞斯以前沒有這種設施呢。這裡是用來收集美術作品與畫作，並進行展覽的地方；除此之外，也有保存文化財產的目的。」

「『因果長城』曾為巴蘭迪亞斯帶來戰爭的因果，所以我將它重新創造成美術館了。這次它將取代戰爭，為巴蘭迪亞斯帶來繪畫與文化。」

「這棟『因果畫樓』一定很適合新生的巴蘭迪亞斯。」

米夏平淡地說明。

「……創造神，而且還是其他世界的神，重新創造了巴蘭迪亞斯的主神……居然能做到這種事……」

賽門一臉難以置信的表情說。

「因為主神已經瀕臨毀滅了。」

由於米里狄亞世界經歷了重生，如今創造神的權能也開始伴隨著愛與溫柔。這是為了回應米夏的意念，獲得了更加溫柔地創造世界的力量。

「雖說如此，並不是這樣就可以高枕無憂了吧？」

米夏點頭同意。

「大概就是比一般的泡沫世界好上一點的程度。在米里狄亞世界，我們集結了全體人民的意念，將整個世界重新創造了。雖說主神已瀕臨毀滅，單憑米夏與魔王學院的力量不可能做到這種程度。」

火露說不定會稍微洩露到外側，秩序也還未完全穩定。視情況，秩序的平衡還有可能會被再度打破。

「這樣已經足夠了。我們已經獲得過於充分的建言與餞別禮了，阿諾斯元首。」

賽門說：

「藉由飄浮在新生巴蘭迪亞斯上的這對翅膀，我們絕對會築起一座沒有主神的出色城堡給您看。在那個曙光之時，這棟嶄新的畫樓應該也會掛滿大量的畫作。」

「等到那時，也想請你們接受我們世界的捐贈。」

「好啊。這棟『因果畫樓』是我們與米里狄亞的友好象徵。我們沒有理由拒絕。」

賽門轉向一旁的法里斯。

「只陳列畫框，感覺實在有點寂寞。機會難得，你不畫一幅畫嗎？」

「也是呢。我已經很久沒有握筆了，要是能立刻畫出來就好了……」

法里斯帶著微笑四處環顧畫樓。

「最初要畫什麼才顯得美麗，在我腦內還沒有一個鮮明的印象。」

賽門顯得有些困惑，頓時沉默不語。大概是不知道該怎麼回應才好。

「也就是說……那個……對了，這就像不能隨便拔劍攻擊，要仔細判斷應當拔劍的時機一樣……？」

法里斯輕輕笑了笑。

「……不是嗎？」

「不，將畫作比喻為劍，或許也是一種美吧。」

「……這、這樣啊。」

賽門就像放心似的吁了一口氣。就在這時，視野裡冒出一個小小的影子。

「……交給我……吧……！」

潔西雅挺起胸膛，握著調色盤與畫筆來到賽門面前。在她身旁，跟著抱著畫布的安妮斯歐娜。

「……潔西雅……很擅長……畫畫……具備……藝術性……」

「啪答」一聲，安妮斯歐娜把畫布放在地板上。潔西雅立刻揮起沾了顏料的畫筆，開始作畫。

「要畫什麼？」

安妮斯歐娜發出「啪答啪答」的聲響拍打頭上的翅膀，探頭看著畫布。

「……要畫……城堡……比起銀色的城堡，潔西雅更喜歡……金色的城堡……安妮……也一起畫。」

潔西雅把畫筆遞給安妮斯歐娜。兩人一臉開心地畫起取名為潔西雅城與安妮城的城堡。

賽門等城魔族們，饒富興致地注視著她們作畫的樣子。

「啊、啊～你們不需要看得這麼專注，她們就只是在塗鴉喔？」

「無所謂。對現在的巴蘭迪亞斯來說，即使是塗鴉也是貴重品。請務必捐贈給我們。」

賽門極為認真的表情，使得艾蓮歐諾露一臉就像在說：「這樣真的好嗎？」

「如果需要畫作，我要不要也將珍藏已久的這幅畫捐贈出去啊？」

愛蓮就像忽然想到似的，從魔法陣中取出一幅畫作。

「等等，妳那幅畫該不會是——？如果害巴蘭迪亞斯搞錯藝術的性質，該怎麼辦啊？」

潔西卡立刻說。

「這、這就某種意思上也是一種藝術啊！讓他們知道這世上存在各式各樣的文化也很重要吧？」

「是怎樣的文化啦，快拿給我看一下！」

「呀——是春天的畫！就只是春天的畫啦！」

「哇，真的是春天的畫……」

「還真是嘔心瀝血的力作……」

諾諾與麥雅從背後目不轉睛地探頭看著愛蓮的畫。

「呀、呀！色鬼。」

「誰是色鬼了！那是妳自己畫的吧？也讓我看看啦！」

圍繞著愛蓮的畫作，粉絲社的少女們開始吵吵鬧鬧地追逐起來。

「可是，連一幅像樣的畫作都沒有的世界，還真是罕見。」

「據說在銀泡裡，該世界的意志會被強烈地反應出來。」

我轉過身，發現裁定神奧特露露就站在那裡。

「銀城世界巴蘭迪亞斯因受到作為意志的王虎梅帝倫影響，使得城堡具備力量，成為了一個以戰為尊的世界，因此在此誕生的生命大都是城魔族。相較於其他世界，他們理解畫作等藝術方面的能力較為低下。」

「主神從巴蘭迪亞斯的居民身上奪走了藝術嗎？」

「主神即是小世界的意志本身。世界會依照該神的意志流轉，此乃銀水聖海的秩序。」

法里斯會被迫選擇封筆，很可能也是因為遵循了這個秩序。

「幾乎所有的小世界都存在明顯的偏頗。這些偏頗，會決定居民的能力、性質以及文化。不過，米里狄亞世界受到這種偏頗的影響可能非常微弱。」

「哦？」

奧特露露跟在我身旁，一面逛著畫樓一面進行說明。

「在銀水序列戰中使用的落城劍，那是在米里狄亞世界產生的魔劍嗎？」

「沒錯。」

「根據你們的主神——艾庫艾斯的權能來類推，那把魔劍本來應該不會存在於米里狄亞世界。即使存在，也應該會在世界進化時混入其他魔力，傾向主神的屬性。」

賽門對於落城劍的存在感到吃驚，而我正好很在意這件事。

「落城劍是一把具有限定屬性的魔劍。」

限定屬性嗎？

「這點我第一次聽說。那是什麼？」

「在魔法與魔法具等方面上，泛指具有單一秩序或單一屬性的意思。當中也有特化攻陷城堡能力的屬性，是極為特殊的限定屬性吧。」

「這麼說的話，伊凡斯瑪那也是限定屬性嗎？」

「是的。」

那把聖劍特化了打倒暴虐魔王的能力，所以也有對真正的聖人或神族等對象難以生效的缺點。雖然在這片銀海上，它好像變成為了毀滅什麼亞澤農的毀滅獅子而存在的聖劍。他們和我的魔力波長似乎十分相似。

「在小世界中誕生的一切，或多或少都一定會受到其主神的秩序影響。例如在銀城世界巴蘭迪亞斯中，不會有不具備築城秩序的魔法具與居民。」

即使有一把具有九成九火焰性質的魔劍，只要它出自於巴蘭迪亞斯，剩下的一成一便必定會是築城性質。因此，巴蘭迪亞斯不會出現火焰的限定屬性，也就是這麼一回事吧。

「也就是說，巴蘭迪亞斯只會出現築城的限定屬性。而在聖劍世界海馮利亞，則只會出現與靈神人劍伊凡斯瑪那相同的限定屬性。」

「雖然靈神人劍是特殊案例，你的理解完全正確。因此，在米里狄亞世界，原則上應該只會出現主神艾庫艾斯所具備的秩序——即齒輪的限定屬性。」

所以不可能會出現特化攻陷城堡能力的落城劍嗎？

「具備落城秩序的主神，目前連在帕布羅赫塔拉都尚未獲得證實。假如是限定屬性，即使是淺層事物，也能對深層事物產生影響。然而，作為巴蘭迪亞斯弱點的限定屬性，應該不存在於銀水聖海。」

所以賽門才會感到驚訝吧。對他們來說，落城劍梅茲貝萊塔應該是不存在這片海上的東西才對。

「所以祢也對此深感不解嗎？」

「這是非常罕見的事例，但能考慮到數種可能性。要是你知道理由，能請你告訴奧特露露嗎？」

「我曾經說過那是個失敗品吧？就跟王虎梅帝倫一樣，我將艾庫艾斯變成方便的道具。簡單來說，就是米里狄亞世界並未受到主神支配。」

瞬間，奧特露露變得啞口無言。大概是因為祂想到的可能性全都不符合情況吧。

「……這種銀泡應該不存在才對……」

「這樣祢理解了嗎？」

奧特露露再度沉默了一會兒。祂思忖片刻後開口說：

「奧特露露已經證實，米里狄亞世界正走在這片銀水聖海前所未有的進化道路上。」

奧特露露將視線從我身上移開，環顧了一下「因果畫樓」。

「儘管位在巴蘭迪亞斯，這棟畫樓上卻作用著來自米里狄亞世界的魔力──恐怕是毫無偏頗的無色秩序。王虎梅帝倫大概被重新創造為米里狄亞世界的所有物了吧。」

由於是米夏重新創造的，這是必然的事。

「畢竟摧毀祂太浪費了。」

祂不發一語地回望著我。

「有什麼問題嗎？」

「……不論是沒有受惠於主神意志的世界，還是取得其他世界主神的世界，在帕布羅赫塔拉都是史無前例的事。問題在於不確定這樣有沒有問題。」

「咯哈哈，確實如此。但要是煩惱起這種事，問題可會沒完沒了。」

「若是遵循帕布羅赫塔拉的理念，尊重元首的判斷是奧特露露的職責。」

不愧是叫做裁定神，奧特露露看來保持中立。假如其他世界的元首們也能這麼想就好了，好啦，實際上會如何呢？

「帕布羅赫塔拉需要情報，奧特露露可以調查這棟畫樓嗎？」

「隨祢高興吧。」

「感謝您的協助。」

奧特露露在行了個禮後，隨即便離去了。

「米夏，那個在哪裡？」

「這邊。」

我跟在米夏身後走在畫樓裡，跟在一旁的莎夏露出困惑的表情。

「喂，那個是什麼？」

「珂絲特莉亞等人，亞澤農的毀滅獅子目前盯上了媽媽。雖然我讓伊杰司擔任護衛了，他們畢竟是深層世界的居民。雖說還有艾庫艾斯守護，無法確定他們會使出何種手段。」

「這我知道，但這件事跟這棟畫樓有什麼關係啊？」

米夏推開房門。那間房間裡，裝飾著一幅畫作。

「咦？只有這裡的畫框有好好裝著畫耶。」

莎夏將目光移向那幅畫，上頭畫著一隻帶有銀色體毛的老虎寶寶。

「所以說，這到底──」

『吼！』

莎夏嚇得往後仰。畫中的小老虎可愛地吼了一聲，然後動了起來。

「該不會……跟艾庫艾斯一樣…………？」

「只要感受到戰鬥的因果，她就會躍出畫中，挺身守護媽媽吧。這樣能夠爭取時間。」

我拿起那幅畫作。

「而且媽媽很喜歡貓。」

「……她是老虎吧？」

『吼！』

就像在威嚇似的，畫中的小老虎梅帝倫吼了一聲。我以「滅紫魔眼」冷冷地低頭看著她那副模樣。

『…………喵、喵嗚…………』

小老虎以微弱的聲音叫了一聲。

「是貓。」

「……怎樣都好啦……」

莎夏傻眼似的嘀咕，米夏則朝著畫中的小老虎叫著：「喵喵喵。」

「法里斯，差不多該走了吧？」

我聽到腳步聲轉過身，法里斯正靜靜地朝我們走來。

「要去哪裡？」

「迪魯海德。我想讓你看看，我們的國家在兩千年後變得怎麼樣了。」

我這麼說完，法里斯猛然一驚。他露出一臉彷彿想到什麼似的表情，簡直就像想像在他的腦海中擴展開來一樣。

「怎麼了嗎？」

「──沒事。我已經確實看到了──就在方才。」

「哦？」

他穿過以視線詢問的我面前，毫不遲疑地來到牆壁前。那面牆既高聳又寬敞，有如畫布一樣潔白。

「即使相隔遙遠，陛下，我也確實在您與您部下的背影上窺看到了重生的迪魯海德。」

法里斯畫出魔法陣，從中取出他愛用的魔筆。

能感受到他的心靈逐漸變得清澈。在戰鬥中，他絕不會展露出來的創術師靈魂，此時赤裸裸地呈現出來。靜謐且溫暖。儘管方才他才籠統地說，他還沒有一個鮮明的印象決定要畫什麼，此時法里斯腦內已經充滿應當要畫的印象。果然還是這副模樣最適合這個男人。

「啊啊，這是個美麗的世界吧。」

魔力粒子匯集，法里斯迅速地揮灑畫筆。彷彿魔法一般，畫樓的牆面上疊起層層色彩。僅僅三種顏色巧妙地混合在一起，變化為各式各樣的色彩。色彩在不久後帶有輪廓，其形象浮現出來。這是不過數秒間發生的事。彷彿將全副心力傾注在這一瞬間，法里斯流下斗大的汗珠氣喘吁吁。

「——不知陛下是否滿意？」

他轉身行禮，並且當場跪下。

「這就是兩千年前，我跟魔王陛下約好要完成的和平畫作。」

在寬敞的牆面畫布上，畫著一條道路。儘管畫布上似乎畫著迪魯海德的某處，其實哪裡都不是，是一條想像出來的溫暖道路。

眾多魔族走在那條道路上。有米夏、莎夏、辛、雷伊、米莎、亞露卡娜、艾蓮歐諾露、潔西雅和耶魯多梅朵——我的部下們全都走在相同的道路上。

而在他們的中心，能看到魔王正在笑。畫中的我一面和部下們並肩行走在和平的道路上，一面笑了出來——帶著我從未露出過，有如聖人一般的平穩表情。

「不覺得是在畫我呢。」

莎夏苦惱地發出：「嗯～」米夏連忙搖頭。法里斯靜靜等待我的下一句話。

「我曾聽某人說過，銀水聖海似乎瀰漫著蠻橫和不講理。像巴蘭迪亞斯這樣的世界也並不罕見嗎？」

「並非盡是美麗之物。帕布羅赫塔拉的理念是維持銀海的平靜。正因為海面波濤洶湧，才會高舉這個理念，希望成真。」

法里斯坦率地回答。只要看他的表情，就不難想像他至今看過不少糟糕的世界。

「我很中意這幅畫，請務必讓我看到下一幅畫作。」

我向跪著的他宣告。

「您想看到什麼樣的畫？」

「是海。你就待在我身旁，將我的背影深深記在魔眼（眼睛）裡，然後將其畫在『因果畫樓』的牆面上吧。」

我抬起雙手，指著這間房間裡的所有空白牆面。

「這次我會讓你看見銀海的平靜。」

法里斯抬起頭，魔眼（眼睛）就和兩千年前一樣閃耀著希望的光芒。希望畫出和平畫作的他如今如願以償，恐怕極度想要畫出更宏大的和平——畫出銀水聖海美麗閃耀的瞬間。

「不論重生多少次，我的靈魂都將永隨君側。」

他再度低頭，就像宣誓忠誠一般說：

「我將終生為您作畫，陛下。」

他會將這些潔白的牆面，重新畫成世上最美的事物吧。想必會讓我見識，我無法想像的色彩和出乎意料的景象。讓真實更加真實，想像宛如展翅高飛一般。

創術師法里斯・諾因在畫布上展開翅膀，究竟會飛出什麼樣的光景？

還真是讓人期待不已。

後記

這本第十一集出版時，由しずまよしのり老師繪製的《魔王學院的不適任者》畫冊也即將要發售（註：本文所指皆為日本當地的發售狀況）。

插圖在輕小說中的職責重大，能固定光憑文字表現使得因讀者而有所不同的角色形象，變得更具魅力。

我用上三四百頁的篇幅循序描寫的角色們，しずま老師用一張插圖就能活靈活現地呈現出來，我想這正是他作品出色的地方。在畫冊即將發售之際，我回顧迄今為止的所有插畫，每一集的封面插圖都令我愛不釋手，在翻閱前就讓人對即將展開的故事充滿期待，感到興奮不已。

當中我特別喜歡第七集和第八集。第七集的阿諾斯展現出的達觀氣息、面對地底危機試圖阻止的真摯，以及他作為魔王的從容與自負；插圖如實地呈現阿諾斯這名角色，也傳達出他與後方粉絲社的關聯性，只能以精采絕倫一詞來表達。第八集則是背對著背的阿諾斯與賽里斯。當我思考著讀完之後要再次回顧封面時，搭配那一觸即發的沉重氛圍，呈現出一種只能說「非這不可」的完成度，即使保守地說也一樣真是太棒了。

第一集最後一張插圖的米夏笑容、第四集〈下〉彩頁裡辛與蕾諾的訣別，以及第八集第四百一十七頁的阿諾斯等，儘管我認為自己已經努力以文章確實地進行描寫，還是插圖與圖像能更加具體地傳達出意境。而最重要的一點，是老師畫出了「就是這個」的感覺，讓我每次都感到欣喜若狂。如果各位讀者也能購買這本畫集，我會非常高興。

當然，本集也由しずま老師繪製了出色的插圖，真的非常感謝您。

同時，這次也承蒙責任編輯吉岡先生的關照，在此獻上感謝。

最後，我要由衷感謝一直支持本作的各位讀者。我下一集也會繼續努力，還請各位多多指教。

二〇二二年一月四日　秋

國家圖書館出版品預行編目資料

魔王學院的不適任者：史上最強的魔王始祖，轉生就讀子孫們的學校/秋作；薛智恆譯. -- 初版. -- 臺北市：臺灣角川股份有限公司, 2023.10-
冊；　公分. -- (Kadokawa fantastic novels)

譯自：魔王学院の不適合者：史上最強の魔王の始祖、転生して子孫たちの学校へ通う
ISBN 978-626-378-005-7(第11冊：平裝)

861.57　　112013212

Kadokawa
Fantastic
Novels

魔王學院的不適任者～史上最強的魔王始祖，轉生就讀子孫們的學校～ 11

（原著名：魔王学院の不適合者～史上最強の魔王の始祖、転生して子孫たちの学校へ通う～11）

2023年10月25日 初版第1刷發行

作 者：秋
插 畫：しずまよしのり
譯 者：薛智恆
發 行 人：岩崎剛人
總 編 輯：蔡佩芬
編 輯：彭曉凡
美術設計：吳佳昫
印 務：李明修（主任）、張加恩（主任）、張凱棋

發 行 所：台灣角川股份有限公司
地 址：104台北市中山區松江路223號3樓
電 話：（02）2515-3000
傳 真：（02）2515-0033
網 址：www.kadokawa.com.tw
劃撥帳戶：台灣角川股份有限公司
劃撥帳號：19487412
法律顧問：有澤法律事務所
製 版：尚騰印刷事業有限公司
ISBN：978-626-378-005-7

MAOH GAKUIN NO FUTEKIGOUSHA Vol.11
~SHIJOSAIKYO NO MAOH NO SHISO, TENSEISHITE SHISONTACHI NO GAKKO HE KAYOU~

Edited by 電撃文庫
First published in Japan in 2022 by KADOKAWA CORPORATION, Tokyo.
Complex Chinese translation rights arranged with KADOKAWA CORPORATION, Tokyo.